伤心总是会有的，

也总是会过去的

十点听风

千寻文化
Qianxun－Culture
—图书·影视—

云深几许 2

YUN SHEN JI XU

十点听风——著

江苏凤凰文艺出版社
JIANGSU PHOENIX LITERATURE AND ART PUBLISHING

图书在版编目（CIP）数据

云深几许 . 2 / 十点听风著 . -- 南京 : 江苏凤凰文艺出版社 , 2021.5
ISBN 978-7-5594-5113-2

Ⅰ . ①云… Ⅱ . ①十… Ⅲ . ①长篇小说 – 中国 – 当代
Ⅳ . ① I247.5

中国版本图书馆 CIP 数据核字 (2020) 第 156875 号

云深几许 . 2

十点听风 著

责任编辑	丁小卉
特约编辑	小 左 晴 子
装帧设计	微 凉
责任印制	刘 巍
出版发行	江苏凤凰文艺出版社
	南京市中央路 165 号，邮编：210009
网 址	http://www.jswenyi.com
印 刷	长沙鸿发印务实业有限公司
开 本	880 毫米 ×1230 毫米 1/32
印 张	10
字 数	305 千字
版 次	2021 年 5 月第 1 版
印 次	2021 年 5 月第 1 次印刷
书 号	ISBN 978-7-5594-5113-2
定 价	39.80 元

目录 CONTENTS

目录 CONTENTS

YUN SHEN JI XU

第一章

被否认的爱情

华榕起身，将屋子里的灯一一打开。

她喜欢光线明亮的环境，只要她在家，公寓里每间房的灯都是打开的，如果不是晴天，连白天也要开着灯。

餐桌那儿的灯一亮，她就看到桌上摆得整齐漂亮各色菜式，有荤有素有汤。

干干净净，像是等着人上桌品尝，只是早已没有了热气。

华榕怔住，还维持着半转过身准备离开的姿势。

五秒后，她突然往卧室里跑去。

江云深正在解着衬衫的扣子准备洗澡，只听急促的脚步声在身后响起，他一转身，就接住了扑他满怀的女人。

江云深还以为她是被什么东西吓到了，拧眉问："怎么了？是听到什么，还是看到什么了？"

"看到餐桌的饭菜了。"

"忘记了，我洗完澡就去收拾。或者你先洗澡，我现在去收拾。"

"你晚上没吃饭吗？"

"没有。"

"为什么，还做了那么多菜？"她揪着他的衬衫，仰脸看着他，

“你是在等我回家吃饭吗？”

“公主殿下。”

“怎么不说话？”

“我可能没有告诉过你，做饭对我来说是一种消遣方式，只是做好了之后顺便可以吃。”

“那你为什么不吃？”

“不饿。”

“你说谎！”

江云深勾了勾唇：“嗯，我是心情不好。”

华榕背着手，歪着头勾起红唇：“哼，我看你就是故意做那么多菜又不碰，让我看见，让我知道你不高兴。”

江云深别过脸，笑出了声，抬手捏了捏山根：“公主殿下真是冰雪聪明，什么都瞒不过你。”

她挥挥手：“行了，你去洗澡吧。”

男人正要转身，她又忙拉住他的手臂：“对了，你把头发也洗洗吧。”

江云深：“……”

她一本正经：“该洗了。”

江云深：“……”

华榕一出卧室，就又像一只燕子似的飞到沙发前，从包里翻出手机拨了个电话给夏泉。

“夏夏，夏夏，快教我怎么煮面。”

“你要煮面给江云深吃？”

“嗯嗯。”

夏泉沉默片刻：“你要不要考虑叫外卖？”

“夏泉，不是我说你，你真是半点情趣都不懂。”

“我会煮面，也有情趣，我只是对你的手艺表示怀疑。”

她撒娇道：“你到底教不教。”

“我教。”

半个小时后。

江云深一打开浴室的门，就看着靠墙站着的女人。她正仰着脸，弯眉笑眼地晃了晃她手里的领带。

江云深眉梢高高挑起：“公主殿下是想……”

华榕两步跨到他的面前，将领带蒙上他的眼睛，踮起脚系上。

江云深纵容她的所为，嘴角勾出玩味的笑，低笑着道："公主殿下，这种玩法，蒙你的眼睛会比较有感觉。"

华榕："……"

"你脑子里除了这些，还能想点别的吗？"

华榕将领带在他脑后打了个结，然后牵住他的手，道："跟我走。"

江云深笑出了声，反握住她的手，懒懒地道："好，任凭公主殿下处置。"

华榕拉着他出了卧室，又穿过客厅。

一直把他带到了餐厅里，拉开椅子，才握着他的手臂往下："坐。"

江云深依言坐下。

眼睛上的领带被扯掉后，过了几秒钟，他的视线才恢复清明。

他低头，看着摆在眼前的一碗面条，沉默了。

良久，江云深偏头看着她："宝贝儿，我觉得，你献给我一个你最不擅长的领域之一，你吃力，我讨不到好，何必呢？"

华榕一腔甜蜜和期待简直就是遭遇了泥石流。

她觉得委屈又生气："江云深，这是我长这么大以来第一次煮面，第一次下厨！你竟然敢嫌弃！"

她说着就要去端那碗面倒掉。

手还没碰到碗的边缘，男人就截住了她的手腕，将她拉到腿上坐下。

"不是煮给我吃的吗？"

"不给你吃了！不稀罕你吃！"

江云深用左手将她两只手腕一并扣住，另一只手扶起筷子，慢悠悠地道："公主殿下做的，不管是什么都得吃下去。"

"不准吃了！"

江云深颇为艰难地夹起一小坨的面条，望着她低笑道："你还生气，就这个卖相，换了别人，给我一千万，我也不愿意动一下筷子。"

"江云深，不准你再侮辱我的面。"

他低头，不紧不慢地尝了一口。

他的吃相历来斯文，细嚼慢咽的，末了，才由衷地道："公主殿下，我真是有生之年……都没有吃过这么难吃的食物。"

华榕："……"

"江云深，我要生气了。"

江云深一只手扣着她的人，用筷子拨了拨面条，又拨了拨上面的荷包蛋。

面条寡白成团，已经差不多成了半面疙瘩不说，汤的颜色和味道都寡淡得像是没有放盐一样。

这个蛋……

他低头看着怀里的女人，似笑非笑道："我知道有些人煎蛋会煎不熟，还有一些人会把蛋煎煳，但是我不知道，你是怎么做到……一半煳的一半生的？"

华榕被他说得眼睛都红了，觉得这男人此刻真是讨厌透了："你第一次煮面可以煮得很好吗？你第一次煎蛋可以煎得很完美吗？你不吃就算了，干吗一直说我？"

江云深看她一副委屈得快要哭的样子，揽着她的腰将她带到自己怀里，又夹起一筷子面，从容道："好，我不说了，我吃。"

"不想吃就不要吃了！江云深，你把手给我放开，我再也不会做任何东西给你吃了！"

"我没说不想吃。"

"你都把我的面批评得一塌糊涂了！"

"它确实一塌糊涂。"

华榕气结，真的是再也不想理他了。

江云深看着她气鼓鼓的模样，忍不住笑出了声，又低头过去亲她的脸颊。

她别过脸，不让他亲。

江云深笑着低道："公主殿下，你的这个手艺，我实在没办法昧着良心称赞。不过，公主殿下愿意为我洗手做羹汤，不管你做出来的是什么东西，就算永远没有长进，我也吃，嗯？"

"哼，没有下次了。"

"嗯，那也是一种幸运。"

他说完，就低头慢条斯理地吃面。

华榕气得牙痒痒，凑上去咬住男人的耳朵。

江云深动作顿住，轻叹一声："公主殿下，就算你现在急不可待，但是可以等我吃完这碗面吗？虽然你这面的味道，实在是……”

“你嘴巴怎么那么讨厌，就不能说点好听的吗？”

“我不能对不起自己的良心。”

华榕偏头往他头上撞了一下，道：“真的那么难吃吗？”她转过身要去拿他手里的筷子：“我尝尝。”

江云深握筷子的手避开：“你虐我一个人就够了。”

“好歹煮熟了呀。”

“嗯，只是熟过头，煮烂了。”

“我第一次煮嘛。”

“第一次一般是很惨痛。”

华榕：“谁让你自己到了餐点也不吃饭。”

“如果这是公主殿下的教训，那我的确是不敢了。”

“你就一句好听的话都没有吗？”

“别在我耳边说话，不然真的吃不完了。”

他越是这么说，她就越想唱反调，故意往他耳朵里使劲地吹气，最后泄气地趴在他的肩膀上，沮丧地道：“算了，难吃就不要吃了，我以为最多就味道说不上好呢。”

江云深不紧不慢地吃，慢慢悠悠地道：“就着公主殿下的爱意，怎么都要吃完它。”

“我谢谢你啊。”

“口头上的谢谢太没有诚意了。”

“别的别想了。”

“真遗憾。”

华榕洗完澡打开浴室的门时，江云深正倚在床头翻她的书。

见她出来，男人放下书朝她招手：“过来。”

“今晚休息！”

江云深淡淡地道：“不要满脑子总想着那些龌龊的事情。”

华榕已经有了深刻认知，跟这男人打嘴仗她就没怼赢过。

她头一撇，道：“不来。”

“你不来我就走了。”

华榕秒怒：“你敢走就别再来找我。”

江云深认输地下了床，走到她的跟前，执起她的手。

华榕跟他置气，故意撇着头看其他地方。

直到手腕上一凉。

她下意识地低头，果然看到那只翡翠手镯重新出现在了她的腕上。

“我有同意戴上吗？”

“你要摘下它，我就真的走了。”

她抬着下巴哼道：“那我就让其他的男人来陪我。”

话是这么说，但她到底是没有摘下来。

因为那天半夜的哭声，华榕很长一段时间都不敢一个人睡，连白天都不太敢一个人待着，不是去墨念家，就是让夏泉过来陪她。

所以江云深有一段时间连续在十月红过夜，两人都快成了半同居的状态，但自那以后，连着好几天，她都没有再听到或者遇到什么诡异的事情了。

渐渐地，她都快要怀疑那晚真的只是错觉，或者是她混淆了梦境和现实。

周六晚上，她照例回华家吃饭。

车才开到华家的停车坪上，她就看见了一辆陌生但又有点眼熟的车。

一入大厅，她就看见沙发上她爹在跟另一个年轻俊美的男人喝茶、聊天，一副相谈甚欢的样子。

江驰。

她爹真是上了年纪，如此热衷给她相亲。

“爸……”她踩着高跟鞋走过去，一一打招呼：“江先生。”

江驰抬头看她，一眼便洞悉她眼底那微弱抹不悦和不耐，嘴角上扬。他半真半假地笑道：“华小姐好像很不欢迎我。”

华东森瞪了华榕一眼，道：“她就是这样，自小被宠坏了，脾气显得不太好。”

“爸，不是我说你，你总这么急急忙忙地给我相各种各样的亲，是年纪上来了做媒有瘾，还是觉得你才二十岁、如花似玉的女儿嫁不出去了？你再这样，我以后不回来吃饭了。”

华东森斥道：“你怎么说话的？”

“实话呀，我在我爹面前都不能说实话了？”

江驰在一旁笑着：“华叔，是我的错。本来上回华小姐已经跟我说清楚了，再看见我在她家，她自然是不高兴的。”

“说清楚什么了？”

江驰微笑着道：“华小姐已经有了心上人，对我没有兴趣。”

华东森皱起眉，视线落回华榕的身上，目光暗含了几许锐利：“你有男朋友了？”

“没有啊。”

华东森冷笑道：“喜欢上一个男人保持风平浪静，可不是你的风格。”

华榕舔了一下唇，又看了一眼江驰：“哦，我没有男朋友，也没有喜欢的人。这不过是我用来委婉拒绝江先生的借口，我总不能明着说，江先生不是我的菜吧？”

华东森盯着她看了十秒钟。

华榕不自然地别过脸。

末了，华东森淡淡地道：“江少对你的印象很好，也很喜欢你，你要是没有男朋友，就跟人家多处处，感情不是看出来，是处出来的。”

华榕狠狠地瞪了江驰一眼。

江驰略显无奈地摊手：“就算你有喜欢的人，只要是单身，我也有追求你的权利，何况……你也并没有喜欢的人。”

“我有了。”

华东森怒道：“你胡闹什么？”

华榕轻描淡写：“我喜欢徐觐欢。”

华东森大怒：“你胡闹！”

“我怎么胡闹了，感情是心之所向，是控制不了的。”

华东森气得站了起来：“前段时间，你跟徐觐欢的谣言闹得满城风雨，我问你的经纪人，她说那是徐觐欢单方面闹出来的，我信了。华榕，徐三是韩竺的未婚夫，横插一杠别人的感情，像什么样子？”

“我哪有横插，我暗恋、单恋，不行吗？”

“你……”

“华叔，您别生气。”江驰跟着起身，语气和煦，笑着道，“榕公主特立独行惯了，您越是管得严，她就越容易叛逆，就算她真的喜欢徐三公子，也不会做什么出格的事，没什么好需要指责的。”

华东森的怒气这才消散了一点，重新坐下，道：“如果真是这样，那你就更需要试着跟别人交往，转移注意力。”

华榕漫不经心地回道：“我这人历来是一心一意，喜欢一个人的时候眼睛里是装不下另一个人的。”

华东森熄灭一半的怒气又有蓬勃的架势。

江驰适时地道：“华叔，我跟榕公主聊聊吧。”他笑着说：“不然，她待会儿一怒，就直接走人了，为这点事来影响你们父女的感情太不值当了。”

华东森看着华榕，又看了一眼江驰，最后还是点了点头，然后冷哼一声，离开了前厅。

江驰从容对上华榕几分质问的眼神，含笑道：“能去花园走走吗？”

华榕看了他一会儿，没反对。

傍晚时分，天边落下橘色的光线，像是电影的柔光。

“你上次跟我说，让我和我爸表示看不上你。”江驰单身插在裤兜里，面上是淡笑，但整个人有种说不出的沉闷和忧郁。

“抱歉，榕公主，我是没有权利这么说的。”

华榕偏头看他：“什么意思？”

江驰的语调舒缓淡然，像是在叙述一件跟他完全无关的事情：“十多年前，我的父亲被他前妻下了一种慢性药，失去了生育功能，他辗转许多家孤儿院，筛选出一个他认为最优秀的孩子领养了。”

华榕愣住。

“他是一个很严格、标准也极其高的人，但是很遗憾，我越长大越无法让他满意。尤其这几年，星澜被华时赶超，属于星澜的巅峰时代不复存在，他对我就更加失望了。”

江驰低头看她，唇上交织着嘲弄和疲倦的淡然：“现在，他希望我能娶到有帝都公主之称的华时集团大小姐。”

华榕脱口道：“但我不可能嫁给你的。”

江驰笑了笑：“追不到你，是我没本事，但如果我追都不追，就是一点努力也不肯付出，对我父亲而言，是罪大恶极，不可原谅。”

华榕怔住了：“你不是……江董的亲儿子？”

难怪她觉得江驰这个名门贵公子，跟她以往见过的贵公子都不一样。论翩翩君子，当属夏淮和韩放的发小温亦臻，但他和他们相比，他的温和谦和中还会流露出些许克制和阴郁。

夏淮待人温和，可骨子里淡漠得很。

温亦臻人如其名，温润如玉，但韩放每次打架，他都会掺和一脚。

江驰不甚在意地道：“我父亲对每个人都很严苛，是不是他亲生的，没有很大的区别，他亲生女儿的待遇也不比我好。”

华榕了然地道：“所以，你希望我能配合你，装作被你追求的样子？”

“等过段时间，你跟你喜欢的人在一起了，我自然就能找个理由功成身退。”江驰眯起眼睛，牵唇笑道，“不过……榕公主是不是已经有男朋友了？”

他突然来这么一句，华榕猝不及防，条件反射般否认道：“没有。”

江驰眼底聚着微弱的光，不动声色：“那晚我送你回去，你一路上时不时地看手机，而且越看越生气的样子，就像是等男朋友的消息，但男朋友就是什么都没发给你。”

是她表现得太明显，还是这男人的眼睛太厉害了。

江驰似饶有兴趣地问：“是什么样的男朋友，不能让华董知道？”

“没有。”华榕镇定地道，“那天晚上，我好像是和我闺密吵架了。去山庄前，我给她发了微信但她一直没回我，所以我烦。”

江驰笑笑：“是吗？”

华榕晚上回十月红后，发现江云深竟然不在。

墨念坐在沙发上看书，听到动静后，偏头道：“你回来了。”

“念念？”

“江总打电话给我，要我今晚过来陪你。”

“哦……出什么事了吗，还是他没空？”

“江总让你回家后给他打个电话。”

华榕不解，但也没多想，依言从包里拿了手机出来，拨通电话后往阳台走。

电话很快被接通，男人的嗓音低沉温柔：“公主殿下。”

“你今晚有什么事吗？怎么不提前给我说呀。”

江云深静了片刻：“今晚江驰也在华家别墅，对吗？”

“你怎么知道的？”

男人淡淡地道：“江跃想要江驰娶了你，让星澜和华时联姻，所以江家的人最近在调查你的人际关系，我这几天不能去陪你了。”

“调查我？”

“嗯，可能还会被跟踪。”

“跟踪我？！”

“如果是简单的调查和跟踪，你就装作不知道，我会让人盯着，需要解决的时候我会跟你说。”

“哦。”华榕自是厌烦这种行为的，跟着又跟男人大致说了今晚江驰和她说的那些话。

几秒后，男人轻嗤一声，道：“他没有说谎，江驰的确是江跃从孤儿院带回去的，江跃也的确如他所说冷血严苛。但所谓让你允许他的追求，不过是他以退为进，用来接近你的借口而已。”

“真的吗，你怎么知道？”

男人漫不经心地带过：“两年前，华时和星澜谈过合作，我对他们父子有一点了解。”

“哦，可是江驰好像……怀疑我有男朋友了。”

“他想娶你，不会轻易放弃，所以他迟早会知道。”

“那怎么办？”

耳边静了大约十秒钟，华榕甚至走神地看了一眼江边的风景，忽然听到男人淡淡地笑着：“只要公主殿下愿意跟我在一起，其他的事情我都负责解决。”

在那天之后，华榕连着两天时间都没有再跟江云深见面。

第三天下午，墨念打了一个电话给她。

“榕榕，我晚上有点私人事情要解决，你打个电话给夏夏，让她过去陪你？”

“啊！夏夏下午两点的飞机，她出去旅游了。”

“不然你今天先回华家别墅过夜？”

“没事，其实我也不怎么害怕了，这段时间都没什么异常，可能那天晚上真的是打雷吓到了我，或者是我自己做的噩梦。你去解决自己的事情，今晚要是仍然正常，我以后都不需要人陪夜了。”

“好，如果有什么事，电话联系我。”

其实墨念也是认为没什么问题，毕竟江云深陪了她一段时间，自己陪了几天，都没有任何异常的事情发生。

“嗯嗯。”

华榕挂了墨念的电话后，就直接打给了钟点工，让她晚上过来给自己做晚饭。

晚上九点左右，她做了四十五分钟的瑜伽后，躺在垫子上休息了五分钟，然后爬起来随手取了一条睡裙，准备洗澡。

手握着门把，像往常一样推开，她一只脚还没有跨入，便僵在了半空中。

她低头看着地板，麻痹感层层漫过她的头皮。

那干干净净、本打扫得一尘不染的地板上，全是刺目凌乱、一滴一滴且毫无章法的血。

蓦地，她眨了眨眼睛，正想确定眼前的这一幕究竟是幻觉还是真实。

如泣如诉的哭声，幽幽地飘进了她的耳朵里。

十月红的停车坪。

江云深动作干脆利落地从车上下来，反手关上车门，然而才跨出两步，前方一抹颀长的身影就从倚着的车身上站直了，漫步走来。

擦肩而过时，对方轻笑道：“你知道我派人盯着你，竟然还敢来？”

江云深嗤笑道：“知道这些，却不知道我该来？”

“不然，我替你安抚公主，也替你暂时保守秘密？”

江云深勾着嘴角，眼底冷寂晦暗：“迟早要大白于天下的秘密，并不值公主的心。”

话落下，他已经走出半米远。

密码门一开，正听他的话缩在沙发里、强迫自己看大银幕电视里喧哗、热闹综艺的华榕立即扔了怀里的枕头，起身扑到了男人怀里。

“好了好了。”江云深眸子微缩，目光幽远，嗓音却格外温柔，“就只是一些低级吓唬人的把戏，没什么值得害怕的。”

华榕在他怀里哭道：“你还说，都是你不来陪我！我要去你家，你也不同意，我一个在家怎么会不害怕！”

江云深吻着她的发：“好，是我的错。”

她的抽噎声在独属于男人的气息里渐渐停止。

等她差不多平静了下来，江云深才低声问道：“是我自己进去看看，你在这儿等着，还是和我一起去？”

她立即又往他怀里钻了钻，哽咽道："我和你一起。"

柔软得好似无骨的身子毫无缝隙地贴着他。

江云深将她抱起，眸子深处闪出细微的失神。

她如此信任依赖他，仿若已经交付了全身心。

华榕圈着男人的脖子："像上次那样抱我。"

她的脚都不愿意沾地。

江云深低笑了一声，依言将她抱了起来，挂在身上。

卧室里安安静静的，并没有什么声响或者动静。

"浴室里有血是吗？"

她的脸往男人脸上贴："嗯。"

男人从容地往里面走："公主殿下，你好歹也拍了几年的电影，看到血就害怕，没想过这可能是假的吗？"

"就算这是假的，但莫名其妙地出现在我家浴室里，难道就不恐怖了吗？"

他笑了一下："倒也是。"

华榕仓皇地跑开，浴室的门并没有关上。

江云深把她放下，她紧紧地抱着他的手臂。

浴室地板是浅色的，很干净，鲜血滴在上面，乍一看，的确触目惊心。

他蹲下身，指尖擦上一点红，然后略一摩擦，又送到鼻尖嗅了嗅。

华榕望着他："是什么血，鸡血，还是做出来的血浆？"

"人血。"

她吓得低叫了一声。

江云深单手将她揽入怀里："人血也不过是比鸡血高级一点的道具而已。"

她埋首入男人的肩膀，哽咽道："都是哪里来的，你不是说要替我解决吗？"

男人搂着她起身："哭声是在卧室？"

她点头。

江云深牵着她在偌大的卧室里四处走动，巡视，翻找。

"找什么？"

"你的钟点工是什么时候走的？"

“我吃完晚饭，她打扫完之后。”

“她走之后，到你刚才进浴室准备洗澡的时间里，有进过主浴吗？”

“没有。”她道，听明白了他的意思。

她在客厅或者书房的时候，即便要用到洗手间，也是选距离更近的客浴。

男人翻开床褥：“我之前以为你听到的是幻觉，有些精神类的药物可以导致幻听，但人血可以提前预备。你这公寓里，总不可能夸张到藏了个人。”

说话间，他掀起了床垫。

果然在很边缘的地方，发现了一个黑色的、华榕叫不出具体的名字的、应该是经过改良的电子设备。

江云深手指把玩着，按了个什么东西，里面立即传来令人毛骨悚然的哭声。

“这是什么？”

“一种经过改造、可能有类似于电话接听或者电脑端控制的播音设备。”江云深顿了下，低头看着她道，“可能……还有窃听功能。”

她满脸呆滞：“什么？！”

华榕稍一回想，这间卧室里发生过的可能被人窃听的声音和动静。

她跟江云深的关系暴不暴露都是其次，问题是……

前段时间，他每晚都睡在她的床上，他们干过什么不言而喻。

女人的脸蛋瞬间红了。

她咬牙切齿地看着眼前依然从容淡定的男人，焦急又委屈，犹带着哭腔道：“如果录音被传到网上去了……”

那她不是要变成艳听门女主了。

江云深看着她要哭不哭的样子，忍不住笑了。

华榕眼见他非但不安慰自己，还在笑，当即就怒了：“你还笑，你还笑得出来？！”

“公主殿下。”

“怎么？”

“第一，你在你自己的卧室里跟你的男朋友做点爱人之间的事情，再正当不过，被人窃听你也是纯粹的受害者；第二，既然之前没被传，之后也不会；第三，以我个人的判断，你在床上的声音和在大荧幕里相比……即便真的发生了你担心的事情，也完全可以赖掉，说有人刻意诬陷你。”

“你再看看，有没有那种微型摄像头。”

“我待会儿让林临带个检测器过来。”

她点点头，又问：“我家平常没什么人来了，更没有什么人能接近我的卧室跟浴室，你说是我请的钟点工有问题，可是……她为什么？”

江云深正要开口，门铃响了。

华榕一怔：“谁来了？”

这么晚，快十点了，谁还会来她家。

江云深瞳孔微缩，目光一下就深了。他低眸看着女人偏头看门外的白净侧脸，喉结滚动了一下，说：“可能是你爸。”

华榕还没能从被窃听的惊吓中缓和过来，立即就受到了新的惊吓：“什么？”

他低声陈述：“之前为什么会有人吓你我还不清楚，但今天这一局，是为了让我来，方便你爸捉个现场。”

她茫然地看着他，怔怔地问：“你明知道我爸会来，为什么还要来？”

她也可以叫别人的。

江云深嘴角微翘：“遇到意外和受到惊吓时，脑子里条件反射出来的第一个人是会形成习惯的，我并不希望你改掉这个习惯。身为你男朋友，我也不能不出现，那太糟糕了。”

门铃还在响，并且更急促了。

华榕有点慌：“那现在怎么办……对了，你躲起来吧，躲在浴室里，或者衣帽间，藏在柜子里衣服的后面，我爸要找，我就发脾气。”

“你爸肯定是收到了消息才来的……公主殿下，躲柜子里被捉到，我没法想象那个滑稽的画面。”

除了躲起来，华榕也想不出别的办法了，急道：“那要怎么办啊？”

江云深牵着她的手就往外走：“去开门吧，不然你爸会以为我们在干什么不可描述的事情。”

华榕还没完全反应过来，只亦步亦趋地跟着他，茫然地问：“你不是说要隐瞒恋情，不能让爸知道吗？”

“瞒不下去了就面对，藏着掖着再让人生生拆开，姿势太难看。”

“哦。”

他这么一说，她便也跟着豁出去了，甚至觉得并不是多大的事情，本来她就不爱搞地下情，现在跟她爸摊牌了更好。

之前不过是因为她爸的的确确表示了强烈反对，而她又觉得江云深这么聪明的人，他的考虑总有他的道理，而她又确实喜欢他。

江云深的手伸向门把要落下去的那一刹那，纤细白净的手先他一步握了上去，他甚至被突然闪上前的女人猝不及防地推了一把。

“我皮比较厚，而且从小到大我爸也没少说我骂我，待会儿我就说是我追的你，硬要你当我男朋友，你不要说话。”

江云深极其少见地怔愣了片刻。

正伸手去拉她时，敏锐地察觉到门被从外面的人强制性开锁，在门板被人从外一脚踹开时，他眼明手快地将女人拉到怀里带着往后退，堪堪避过猛然撞到墙上的门板。

华榕又被吓了一跳。

门外站着几个人。

站在中间的是华东森，一旁是金秘书，还有两个穿黑色西装的保镖。

门一开，映入眼帘的就是华榕倒在男人怀里，并且条件反射地攥着男人的衬衫，而她整个腰肢都被江云深圈住了。

更有视觉冲击力的是，因为华榕本来就是做完瑜伽准备洗澡的，身上穿的就是白色小背心，腰腹都是暴露着的。

这对年轻人来说其实没什么，但对上了年纪的亲爹来说，极有视觉冲击力。

华东森已然怒急，却只重重地眯起眼，森然冷沉地问道：“你们在干什么？”

华榕稳住身体站直了，先发制人地道：“爸，你有没有搞错，就算这公寓这个小区都是华时的，你也不能这么闯进来吧？让别人知道这么贵的房子买下来连基本的安全隐私都保障不了，以后华时的房子都会卖不出去了。”

江云深颔首，低沉而谦然地道：“华叔。”

华东森凌厉的目光从他们身上掠过，沉着脸、带着一身低气压走了进去。

客厅里，华东森端坐，华榕和江云深立在茶几前。

华榕本以为她爹会勃然大怒，但出乎意料的是，他只是看着他们，淡淡地问："云深，这么晚了，你怎么在榕榕的公寓里，是有什么事吗？"

华榕不懂，但江云深再清楚不过。

这句话看似是一个台阶，或者说，它的确是一个递到了跟前的台阶，说她的屋子里闹鬼，他来看看也好，甚至随便扯一个像话不像话的理由也罢。

只要当下否认了他们的关系，以后再想承认，就没什么机会了。

他可以跟华榕说：看看，这就是你喜欢的男人，他连在你父亲面前承认跟你恋爱都不敢。

他可以借机把他调出帝都，离开或者异地一年半载，他相信以他闺女的情史和习惯，很快会忘记这段感情。

如此，他既不会失去一个培养多年的得力手下，也不必跟自己女儿闹翻。

华榕正要开口回答，手腕却被人拉住了。

然后她听身边男人从容地答道："榕榕从家政公司请的钟点工好像出了点问题，这段时间，她时不时地做噩梦或者听到一些奇怪的声音，今晚浴室里还出现了血，所以我过来陪她。"

华榕偏头，微愕地看着他。

不是说让他不要说话吗？

然而这话一出，直接定死了他跟她的"私情"，她本来还想"垂死挣扎"蒙混一下的。

华东森的目光顷刻间变得锐利。

过了一会儿，他转而又淡声问道："你们什么时候这么熟了？"

华榕开口要回答，握着她手腕的手指又紧了紧。

江云深微垂首，整个人清隽而沉稳："华叔，我跟榕榕在一起有一段时间了。"

气压骤然起了变化。

"爸！"

茶几上的杯子被抄起，径直砸往男人的头。

"啪"一声，杯子碎在了地上。

江云深没有任何的闪避，左额明显擦破了皮。

华东森的脸色已不似刚才那般，他眯着眼睛，一字一句地怒道："你读书，我资助你；你工作，我培养你、提拔你……江云深，你就是这么回报我的？背着我勾搭我的女儿，欺骗她的感情？"

华榕再也忍不住了："爸，你什么都不知道，凭什么乱打人？！"

她直接将自己的手从男人的掌心抽了出来，一步拦在男人面前，居高临下、字字清晰地道："要说勾搭也是我勾搭的他！是我喜欢他，是我追的他，是我趁着他跟华芷君分手之际，找了各种各样的理由逼他跟我在一起的！"

"我们两个男未婚女未嫁，一对优秀的青年谈个恋爱怎么了？你还动手打人，爸，你是暴君吗？"

她很生气，气得耳朵都红了。

江云深站在她的身后，低头就能看见。

"你的主意？"华东森蓦地冷笑道，"我还不知道你那点心思、那点脾气？你谈过那么多场恋爱，什么时候藏着掖着了，难道不是他教你的吗？"

华榕语塞了三秒。

的确是他，并且开始的时候她还很不情愿。

"那还不是因为你之前莫名其妙地不准我跟他在一起，明知道你会反对，难道我还会傻到主动告诉你吗？"

华东森看着江云深，冷冷地道："你自己说，究竟是她喜欢你追的你，还是你想方设法接近的她？"

江云深再度拉住了华榕，动作轻柔却不容反抗地将她拉到了自己的身边："是我，主动的是我，追求的是我，纠缠的也是我。您知道，她一贯护短，所以才会把责任拉到自己的身上。"

华东森眼底的冷意更甚："所以，也是你教她瞒着我？"

"是。"一个字不轻不重地落下。

江云深承认得越是干脆，华东森的怒意越是蓬勃，茶几上已经没有杯子了，他顺手拿起的是一个不大的烟灰缸。

华榕闭上眼，想也不想地就要拦在他的面前。

江云深本就拉着她的手臂，第一时间察觉到她的想法。因为角度不好施力不够，没能拦住她一步抢到他的身前，便直接将她的头按在自己的怀里，手护着她的后脑。

温热的鲜血一滴滴砸到她的手臂上。

她从男人的怀里挣脱出来，抬头，愣愣地看着男人英俊干净的脸上染上了血。

她的瞳孔剧烈收缩，连着心脏一起。

华榕不顾江云深试图阻止她的动作，她转过身，胸口起伏明显，呼吸急促，但话很清晰，掷地有声："爸，这是我家，是我用自己赚的钱买来的房子，如果你再在这里动手打人，我请你出去！"

以华榕的脾气，她真是忍了又忍才说了一句"请你出去"，要是换了其他任何一个人，在她的地方当着她的面拿烟灰缸砸她的男朋友，一个"滚"字早就脱口而出。

但对华东森来说，华榕的话再"客气"，那也改变不了本质。

为了一个男人，她竟然要赶自己的亲爹走。

华东森的怒意本来都是冲着江云深，她这话一出，他气得抬手指着她："华榕，你现在为了一个男人，要跟你老子翻脸？"

华榕微仰起头，语气和神色都没有丝毫退让和闪避："就算你是我祖宗，也不能莫名其妙地打我男朋友，他干什么了？"

华东森被她的这副态度气到了极致："我早就跟你说过了，不要跟他牵扯到一起，马上分手！"

华榕冷冷扔下三个字："我不分。"

"你……"

"华董……"一直在沙发后的金秘书突然出声，面上有一点笑，提醒般低声道，"您和大小姐现在都太激动了，针锋相对的样子不适合谈事情，只会破坏感情。"

他顿了一下，又看一眼华榕，委婉地道："大小姐的性子您也清楚，吃软不吃硬，您突然让她和她男朋友分手，她肯定是不高兴的，不如等大家都冷静下来，你们再好好聊聊。"

一触即发的怒意，在金秘书说了这番话后，稍微有了松弛的迹象。

华东森看着自己的女儿，五官艳美，肤色白净，年轻执拗，正是天真得肆意妄为、一往无前、无所畏惧的年纪。

他闭了闭眼，竭力将胸腔的那股情绪压下去。

等呼吸逐渐恢复平稳后，他才睁开眼，沉声一字一句地道："明天上午九点给我准时回家，我跟你好好谈谈！”

华榕没说话，但也没有拒绝。

华东森转而又看向江云深，冷声道：“你，现在也给我离开！”

不等男人开口，华榕已经抢先道：“我要给他处理伤口。”

她这种时时刻刻都维护着这男人的行为，华东森越看越是气不打一处来，强压着怒气道：“流这么一点血不会怎么样，你给他处理伤口？你会处理什么伤口，真有什么事，他不会自己去医院吗？”

“爸，你不就怕他现在不走，晚上可能留下来会跟我怎么样吗？这没什么意义，我跟他该发生的不该发生的早就发生过了。”

金秘书：“……”

江云深：“……”

两保镖：“……”

客厅里有短暂的死寂。

她这一副面无表情、理所当然、不知廉耻的样子，华东森差点就一个巴掌扇过去了。

“你当初给我的禁令是成年以前，我成年都过去两年了，他是我正正经经的男朋友，这有什么奇怪的吗？”

江云深伸手把她拉得后退了两步，低声道：“你不要再说了。”

末了，他才又朝华东森条理分明地道：“华叔，她浴室里还有血没有处理干净，我刚才答应她替她检测一遍公寓，十一点前我会离开，您不放心的话，可以派人盯着。”

华东森生冷锐利的眼神盯着江云深。

后者既没有回视，也没有回避，目光温和内敛得看不出任何的卑亢。

华东森冷笑着哼了一声，离开了。

公寓里只剩下两个人，一下便安静了许多。

华榕拉着江云深，把他推到沙发里坐下，转身从茶几上抽了几张纸巾出来，单膝跪在他身边的沙发上，小心而轻柔地擦拭他脸上的血。

她在做完瑜伽，因为准备洗头发，在进浴室前就拆掉了绑的丸子头。

此时她略弯了腰，卷曲的长发垂落而下，若有若无的发香萦绕鼻尖，发梢落在他的腿上，偶尔也会擦过他的手臂。

华榕只敢擦伤口以外的血。

耳边忽地听男人低笑着道："公主殿下，你还真是什么都敢说。"

"我爸拿杯子砸你就算了，他拿烟灰缸砸你，你还不躲，你以为你挨这么一下，他就会改变态度吗？"

江云深注视着女人专心致志的脸，淡笑着道："我明知道他不允许，却还是暗中勾搭了他的女儿，他会生气是人之常情，我挨一下并不冤。"

华榕把他伤口周围的血都擦了个差不多，轻蹙着眉，目光不忍地看着他额角血肉模糊的一小块，喃喃地道："我真的不会处理伤口，不然我们去医……唔。"

她的后脑勺突然被大掌扣住，膝盖没有防备地软了，整个人都跌入了男人的身上，被他吻住。

他吻得很深。

等这长长的吻结束，她几乎是大脑昏沉的软靠在他的怀里。

半晌后，她抬头问："我让你去医院，你吻我干什么？"

江云深低啄着她的唇瓣，淡淡哑笑："只是擦破了皮，没到需要去医院的地步，你帮我把医药箱拿过来，我自己处理。"

华榕看了他一会儿，起身去了。

江云深拿手机给林临发了一条短信。

华榕很快拿着医药箱返回。

江云深打开，熟练地从里面捡了几样东西出来。

她拧着眉在一旁看着。

十分钟后，华榕见他处理得差不多了，才说："我没想到我爸会那么生气。"

她知道他会反对，但万万没想到他竟然会动手。

江云深有条不紊地把东西往回放，最后合上医药箱。

他起身，道："我去帮你把浴室里的血弄干净，不然怕你晚上会睡不着。"

华榕怔然地看着他兀自离去的身影。

他始终从容不迫，除了刚才吻她时，太急太重，像是不受控制了一样。

也除了现在。

她忽然看不懂，也看不透。

他进门后就脱掉了西装，身上只有一件质地上乘的白色衬衫。

此时看去，冷清淡漠，又孤独落寞。

华榕心念一动，甚至不知道自己想的是什么，抬脚就朝他快步走去，从后面抱住他的腰。

江云深停住脚步。

他转身回抱住她，脸上露出浅笑："怎么了？"

她仰着头："你怎么不说话？"

"还有事要做，时间不多了。"

"你会跟我分手吗？"

"不会。"

他没有犹豫，语气甚至平淡，甚至说的是再自然不过的事情。

"如果我爸逼你跟我分手呢？"她抿着唇，皱起鼻子道，"我觉得他也不能把我怎么样，但我咬死不肯的话，他说不定会从你这边下手的。"

江云深波澜不惊地道："嗯，你可能不知道，你的历届男朋友，虽然大部分是因为各种各样的理由分手的，但也有那么几个，是在他的干预下才分掉的。"

华榕一下瞪大了眼睛："什么？"

他微笑着道："我只是隐约知道一点，具体的不清楚。"

她好一会儿才道："那如果他……"男人修长的手指轻轻地抚上她的脸庞，低眸与她的对视，沉静缓然地笑了，道："我早就说过了，如果你父亲不同意我们在一起，强制性干预，第一个妥协放弃的只会是你。"

她先是愣了一下，随即气恼道："你凭什么这么说我，难道我的感情在你心里这么没重量吗？你对得起我刚才为了你跟我爸那么吵架吗？"

江云深低头，鼻尖几乎碰触到她："你是公主，拥有优先选择权。我不会分，无论发生什么。"

第二天，华家别墅。

华榕准点到达。

客厅里等候的只有苏净。

苏净一见她便迎了上去，笑容依然温柔："榕榕。"

华榕神色淡然："我爸呢？"

"他在书房，我带你去。"

她没什么表情地点了点头。

书房的门只是虚掩，她敲了两声就推门而入。

她今天穿的是酒红色的流苏斗篷披肩，长靴过膝，明艳动人，自带气场。

华东森眉眼疲倦，像是没有休息好。

"你坐。"

华榕依言坐下。

华东森直直看着她，单刀直入："你跟他在一起多久了？"

"没多久。"

他捏着眉心："榕榕，你能听爸爸的话吗？"

"我只能选择性听听。"

华东森头疼地看着她："你要怎么样才肯跟他分手？"

"爸，你说分手就分，一个理由都没有，别人家的乖乖女都没这么听话的，何况我不是。"

华东森语重心长："他真的不适合你。"

"爸，今天能坐在这里跟你心平气和地聊，我认为自己已经够懂事了。因为我实在不懂你为什么要这么反对，我这个男朋友要是什么不上档次的地痞流氓就算了，但他不是，他是你自己盖棺定论的青年才俊，好女婿。"

华榕道："华芷君跟他在一起的时候，你那么欣赏他，为什么我就不行？"

"你以为他是真心喜欢你的吗？"

"我当然以为。"

华东森冷笑道："你当然以为？天真！你了解他？他跟芷君在一起我当然赞同。因为当初，就是我让他跟芷君在一起的。"

YUN SHEN JI XU

第二章

我没想过要嫁给他

华榕微微怔住了。

她实在没想到，也是实在不解："为什么？"

"我是很欣赏他，他是我这几十年来见过的最聪明、综合素质最好的年轻人，包括能力、心性、手腕跟野心，但这是男人对男人的欣赏，我认可他绝非池中之物，但也绝对不认为他是你的良配。"

华东森手指敲打着桌面："他的心思、他的感情甚至他的身家背景都比你以为的、想象的复杂无数倍，他根本就不是你能驾驭得了的男人，我也压根不相信他是真的喜欢你！"

华榕想也不想，反问道："为什么他不能真的喜欢我？"

华东森冷哼一声："两年前，他跟依斐走得很近，已经开始有了要在一起的意思，我暗示他芷君是更好的选择，两个月后他就和芷君在一起了。你觉得他喜欢你，你可以去问问芷君，是不是也觉得江云深当初喜欢她。"

华榕张口想反驳，可一下就哑口无言了。

华东森接着又道："芷君跟尹焕在一起后，还觉得对不起他，他们俩的事情到你生日那晚才突然曝出来，我就不信他没有提前察觉。"

"我开始以为他如果察觉了却默许，还眼睁睁地看着事情发展到无可挽回的地步，是因为他确实不喜欢芷君，想借着尹焕彻底搅黄这段关系，然后让自己没有任何过错，全身而退。可他在这之后背着我勾搭上了你。我现在都怀疑，尹焕跟芷君的事情是不是他在推波助澜，不然为什么偏偏是尹焕？”

华榕的脑子终于乱了，因为她想起了云依斐上次说的那些话。

“这不可能，一个人再怎么聪明、再怎么有手段，他也不是神，他没办法控制两个人的感情。而且，爸，如果你觉得他不可靠，为什么当初要让他跟华芷君在一起？”

华东森看着她，淡淡地道：“你是我唯一亲生的女儿，你觉得他娶了你，和娶了芷君会是一样的吗？”

“有什么……不一样吗？”

她知道她爹不怎么喜欢华芷君，作为继父，他已经算是称职而慷慨的了，但真的要论关系亲疏，旁人一看就能看穿。

将感情除外，这其中会有什么实质性的巨大差异，她没有深想过。

“他娶芷君，他属于华时；他娶你，华时是他的。”

华榕一下睁大了眼睛，看着书桌后的华东森。

过了半晌她才道：“可我没想过要嫁给他啊。”

“你没想过，他呢？”

她又是一震。

很快，她又摇起头来：“不对，我跟他认识十多年了，他之前从来没有向我献过殷勤，甚至没有试图过接近我、认识我。”

在她二十岁生日那天晚上之前，江云深对她就一直是温淡谦和，疏离客气，没有半丝半缕接近和讨好的倾向。

华东森语气开始强硬：“既然你不准备嫁给他，就听我的话，现在就分了！”

“我不分。”

“为什么？”

“我喜欢他，不要分。”

“你……你看看你现在的样子，处处维护他，跟他在一起的时间越长只会陷得越深。你现在是闹着不肯分，迟早有一天会闹着非要嫁！”

华榕从椅子里站了起来：“爸，你今天说的这些听上去都很有道理，但也都只是听上去而已，你没有任何的具体事件能证明你所说的是对的。而且，你不能因为你觉得他过于聪明，还听你的话，在他可能并不喜欢华芷君的情况下，选择跟华芷君在一起，就怀疑他甚至否定他，这样的理由很莫名其妙，也站不住脚，他什么都没做过，华芷君跟他在一起也没有受到任何伤害。”

她用手拿起放在椅子旁边的包，道：“我现在就是很喜欢他，我不可能为了这些虚无缥缈的理由和谁都不知道的未来就跟我男朋友分手，就这样。”

华东森没想到说了这么多，她的态度还是没有丝毫的动摇，脸色顿时沉了下去。

“我跟你好说歹说，你就是什么都听不进去？”

“我听你说，不代表我非要听你的。”

她说完，转身就要走。

华东森看着她毫不犹豫的背影，冷厉地道：“华榕，你别忘了我上次跟你说过什么话，不准跟江云深搅和在一起，还是今天你要为了这么一个男人，连自己的事业都要放弃？”

华榕顿住脚步，转过身：“你以前用这件事逼我妥协的那些，比如我不喜欢念书，但必须在学校待着，十八岁之前不能跟男人发生关系，都是我认为正确且我不怎么在乎的事情，它不是你拿来控制我的筹码。”

说罢，她不再管华东森的脸色，也不准备听他再说什么，径直离开了书房。

华榕从书房出来后，直接回到了车上。

她双手握着方向盘，眼神失焦地望着前方，手指越发用力，最后关节甚至泛出了白。

她当着她爹的面斩钉截铁，但那些话对她来说，并不是一点冲击和影响都没有。

她深吸一口气，发动了引擎，直接倒车离开了华家别墅。

华时集团，总经理办公室。

林临叩响了门：“江总，大小姐来了。”

江云深从笔记本的屏幕前抬起头。

华榕带上门，走了进去。

江云深合上笔记本，起身朝她走去。

他在她面前停下，低头审视她的脸，嘴角扯出淡笑：“你这个表情，像是来跟我分手的。”

华榕抬头看他，沉默了一会儿后问道：“如果我真的打算要分呢。”

男人脸上也没什么意外的表情。

他静静看了她一会儿：“那我自动申请调往海外，等忘了你再回来。”

华榕眼皮猛然一跳，拿起手上的包就往男人身上重重砸去。

连着砸了好一会儿，她才红着眼睛哽咽骂道：“江云深，你就是一个薄情寡义的浑蛋！”

江云深任由她砸了好几下，才抬手把她往怀里抱。

他一只手抚着她后脑的发，另一只手托起她的下巴低头亲吻她的脸：“那你想让我怎么，嗯？被你甩了，然后再看着你跟其他男人谈恋爱，谈到满世界都是新闻？”

“你就是浑蛋，你根本就不是真的喜欢我！你明知道我爸今天会让我跟你分手，你昨晚什么都不说，你根本就不在乎我会不会跟你分手！”

江云深捏着她的下巴：“你想让我说什么，教你怎么对付你父亲？”

华榕眼睛一眨不眨地看着他的眸。

隔得这么近，近到他们的呼吸都仿佛在彼此交缠。

他只是回视它，深黑沉静，没有涟漪，也没有其他。

她仍旧看不透他，却好像在这一刻看透了自己。

“我问你。”

“嗯？”

“两年前，你是不是真的本来打算跟云依斐在一起？”

他眼眸未动：“是。”

“你改变主意，是不是因为我爸？”

“是。”

他的回答仍旧利落没有任何犹豫，像是早已经料到。

或许，他的确是料到。

“为什么？你不喜欢华芷君却要跟她在一起，我爸跟你做了什么交易吗？”

他微笑着答：“很难理解吗？”

她眼睛又睁大了点。

“公主殿下，我从来没有说过我是什么正人君子，否则我不会在你生日那晚带你回家，跟你发生关系。”

江云深的目光始终不曾回避或是浮动，语调也清晰沉稳：“她们两个我都不喜欢，当时我的事业跟生活都稳定下来了，恰好准备找一个女朋友，我只是选了你父亲希望我选的那一个。”

“还可以这样吗？”

他淡淡地道：“为什么不行。”

她直直地看着他：“那我呢？”

“你爸是不是跟你说，我跟你在一起是为了娶你，好顺理成章地得到华时。”

“原来你知道他顾虑的是这个。”

“我知道，这是他的顾虑之一。”

“那你怎么说？”

“公主殿下。”

“嗯？”

江云深笑了笑：“你知道，那天晚上，我本来以为是受伤男女的互慰，如果你不是第一次，如果不是我误会了你的意思，我们之间早就 over 了。”

“那你为什么追我，因为占了我的第一次？”

“可能？”

她脸上又立即盈起了怒意。

他又淡淡地道：“你问我当初为什么打算接受你表姐，我说得出理由；你问我为什么没法爱上芷君，我也说得出为什么。但你要我为什么喜欢你，我不知道。”

华榕看着他英俊清隽的脸，听到自己的声音：“你喜欢我吗？”

“喜欢。”

她又问：“真的吗？”

江云深低头看着她。

他的手臂揽过她的腰肢，将她的身子往后带，直到抵上那张很大的深色办公桌。

男人薄唇擦过她的耳畔：“如果你需要证明，或者如果这么做可以打消你父亲的疑虑。我可以离开华时。”

华榕彻底怔住了。

江云深轻扣着她的下巴吻了下来。

华榕出了华时的写字楼，刚回到自己的车上，包里的手机就振动了起来。

她拿出来看了一眼来电显示，是个她没存的号码。

她蹙了下眉，还是点了接听。

“榕公主。”

是江驰的声音。

她本能地皱起了眉，但开口后也只是道：“有事吗？”

她既不掩饰，江驰自然听得出来她话里的冷淡和敷衍。

他轻笑了一下，道：“我才知道，原来跟榕公主您谈恋爱的是江总经理。”

“那又怎么样？”

“能见个面吗？”

“不见。”

江驰也不介意她的语气，只含笑道：“如果我说，我跟江总关系匪浅呢？”

“匪浅？有多深？”

“他姓江，不够深吗？”

华榕抬起眼。

她之前也不是没有联想过，但江云深没提过，她爹和江驰也没说过，这个姓也不算什么罕见的姓，她就没往深了想。

“行啊，我就在华时集团，就在周围找个咖啡厅好了，你过来。”

“好，你定好地方就把地址发给我。”

华榕挂了电话，抬头又看了眼高耸的写字楼。过了一会儿，她打开通讯录翻出江云深的名字，指尖犹豫了十秒钟，最终还是没有点下去，直接把手机扔到了副驾驶座上。

四十分钟后，咖啡厅环境幽雅、封闭的包厢里。

江驰很放松，坐在软座上，身子微微后仰，十指相扣，脸上挂着笑：“其实怀疑你有男朋友的时候我就觉得很莫名，我听闻过榕公主的做派，没有道理要藏着掖着，除非是做了什么不光彩的角色。但榕公主也是出了名的坦荡、骄傲，第三者之类的，也没什么可能。”

华榕往咖啡里加了颗方糖：“我说话向来直来直往，也不擅长get别人的暗示，江少你还是明说吧。”

江驰点点头，笑道：“好。”

“你说你们都姓江，所以关系匪浅，你们是？”

“江总知道我跟你相亲吗？”

“嗯。”

“他没有告诉你这层关系？”

“没有。”

江驰浅笑道：“看来你们的恋爱关系还不够密切。”

华榕抬眼：“你不用挑拨离间，有话直说。”

“江总的生父，跟我的父亲是亲兄弟。”

华榕睫毛微微一动，道：“那江董未免太无情了，让自己的亲侄子这么流落在外。”

江驰微笑着继续道：“这么说的话，可能有更无情的了。因为我的母亲，也就是星澜的现任总裁，是江总的生母。”

华榕搅拌咖啡的动作顿住，脸上的愕然压根掩饰不住。

“就是你听到的那样，江总的生母在他生父过世后改嫁给了他的伯父。显然，江总不太能接受这样一段关系，所以在葬礼过后一刀切断了所有关系，跟着司机静悄悄地离开了。”

“是改嫁还婚内出轨？”

江驰摊摊手：“这个我就不清楚了，也不方便妄议。”

华榕松了勺子，收回了自己的手：“你跟我说这些的目的是什么？我知道你想娶我。”

江驰端起咖啡，浅尝了一口，道：“既然江总是你的男朋友，我也从华董那里听说了，榕公主现在宁愿跟家人闹掰也不肯跟他分手，想必很信任他，所以……”

“我如果编造什么谎言，江总肯定会拆穿，而你也会信他，所以我明着跟榕公主你说，就当我居心叵测，但每一句都是实话。”

华榕道：“你说的话，我回头都会告诉他的。”

“行，如果他能圆或者能够哄骗得了你，是他的本事，我认。”

华榕不说话了。

“首先，江家是肯定不希望江总能娶到公主你的，因为显然他对自己生母和伯父之间的关系非常介怀甚至憎恶，所以才会放着锦衣玉食的生活不过，甘当一个司机的养子。”

华榕挑眉：“你这话里话外的意思，是江云深介怀跟憎恶你爹妈，还是你爹妈忌讳他？”

江驰坦然地笑答：“都有。”

“你们江家的事情，跟我有什么关系？”

江驰笑意不减：“榕公主，你真的不怀疑他利用你的感情吗？”

华榕这才重新端起咖啡，低头喝了差不多有半分钟。

末了，她将杯子放下。

“江少，我没猜错的话，你说这些就是为了挑拨离间。虽然你光明正大，说的也可能都是实话，不过，你有没有想过……”

她微垂下眼，嗓音懒懒的：“有些女人爱上谁的时候，会甘愿付出一切，不管他想做什么，甚至不管他对不对。你就不怕偷鸡不成反蚀把米吗？何况我怎么听，你那爹妈都像是做了亏心事的样子。”

江驰点点头，含笑风轻云淡地道：“如果榕公主真的死心塌地到这个地步，那我以后也不必在你身上枉费心思。”

华榕离开咖啡厅后，直接回了十月红。

等回了家在沙发上躺时，她才发觉自己回来一路上想了太多的东西。整个脑袋都在隐隐作痛，索性脱了外套，将抱枕抱在怀里，倒头就只想睡一觉。

睡了不知道多久，直到迷迷糊糊间，她听到门铃在响。

她坐起来按了按自己的脑袋，又拿手机看了一眼时间才起身去开门。

监控视频上显示的是一个穿黑色西装的中年男人，跟一个三十多岁的女人，前者她不认识，后者就是她之前请的那个钟点工。

昨晚被她爹突袭，今天一天又接收了太多来不及消化的信息，她都差点忘了这回事。

她开了门。

穿西装的中年男人立即弯腰赔笑，脸上的尴尬也掩饰不住：“华小姐，我是绿佳家政公司的负责人，昨晚您父亲派人来调查您在我们公司请的钟点工，说她在您家装神弄鬼，不仅要送她去警察局，还要问责我们公司，给您一个说法。”

华榕眯眼冷笑道：“说法就不必了，该坐牢坐牢，该破产破产。”

说完，她就半点耐心都没有，准备转身关门。

“华小姐，华小姐……”那钟点工可能是见她连话都懒得说，顿时就急了，“我也不想这么做，我是被逼的，有人出钱让我这么做，否则我就要失业。”

华榕的手搭在门框上，面无表情地冷眼看着。

那钟点工又立即从包里翻了个东西出来，双手递给她：“这是窃听的录音资料，原件，没有备份，您父亲派来的人不知道这个，我给您送过来了，保证没有其他的，您相信我。”

华榕伸手接过了那东西，转身扔下两个字：“进来。”

她坐在沙发里，细长的腿交叠，手指梳理着自己的发，淡淡地道：“说吧，是谁指使你、威胁你的。”

那西装男人在一旁没说话。

钟点工先是看着华榕，但眼睛跟她对视后很快就低下了头：“是，但我不知道那个人叫什么。他长得很好，也很有钱的样子，是他的助理找的我，他的助理叫他江总。”

江总？

江云深？江驰？

华榕想了想，拿起手机打开相册翻了翻，找了一张她无聊时拍的照片，翻转手机面向那钟点工：“这个？”

钟点工凑近看了看，然后忙不迭地点头：“对的，就是他。”

她的手机里自然是只有江云深的照片。

华榕手指紧了紧，将手机收回。

末了，才语气很淡地问道：“他怎么说的？”

“他什么都没跟我说，只交代了我要怎么做。最开始是在您晚餐的汤里放了一点药物，会短暂地影响人的情绪，吃了的人会觉得心烦意乱、多梦难眠。然后，他让我在打扫的时候放了那个播放器在床垫下。第二天晚上天气不好，雷声特别大，他猜测您可能会醒来，就让我放了三段哭声。”

钟点工越看华榕越觉得紧张，有些干枯的手绞在一起，甚至忍不住颤抖。

华榕这人与人初见时，多少会被人觉得她盛气凌人、不好相处，即便美也美得过于张扬艳色，不是温柔邻家妹妹或仙气飘飘的那一种。

但相处久了，你会觉得她的脾气比看上去跟想象中好很多，从不无故为难或者斥责人，一个人待着的时候基本就是看看书、电影，跳舞、做瑜伽或是健身，有朋友在她就嘻嘻哈哈，跟这个年纪的其他女孩子没什么区别。

但她一言不发、冷眼盯着人时，气场迫人，让人大气都不敢喘。

“那昨晚呢？”

“他要我提前在浴室洒很多的血，我也不想做的，但他说是最后一次，做完了会给我一大笔钱。我想着，只是吓唬吓唬人，也不会造成实质性的伤害，一时鬼迷心窍，便答应了。”

华榕的脸色始终没有很大的变化：“你确定，指使你的是我刚才给你看的那个人吗？”

钟点工低着脑袋，用力地、胡乱地点着头：“是他，就是他，我不会记错的。”

她偏头看向另一处，手指把玩着手机，目光深远，好半晌没说话。

差不多过了三四分钟，西装男才小心翼翼地道：“华小姐，这个小李纯属是个人的行为，跟我们公司没什么关系，您能不能跟令尊说说。”

华榕不耐地摆手，淡淡道：“行了，走吧。”

她态度如此，西装男自然默认她允许了，忙道：“好好好，华小姐，我们不打扰了。”

说罢，他推了一下那钟点工：“还不走。”

两人很快离开了，偌大而安静的公寓里只剩下了她自己。

江云深，江云深。

她再度打开手机，屏幕锁一解，跳入眼里的就是男人英俊的脸。

这张照片，是他有一次切菜，而她闲得无聊，便凑在他旁边帮他打打下手、和他聊天，拿手机拍他。

除去她捣乱时影响了他做菜，他会面露无奈之外，其他时候，不管她怎么闹，他基本都是嘴角噙着几分笑的纵容。

一张一张的。

她其实不怎么会拍照，即便自拍也是一塌糊涂，有时候还能给拍糊。

但人长得好看，怎么拍都这么好看。

这个男人，她越了解越喜欢。

可是越去了解，她越发现自己看不懂他。

下午六点多，江云深到十月红的时候，按门铃没有人开门，便直接按了密码进去。

女人斜靠在沙发里，手里抱着抱枕，长发掩住了面容。

他走过去，俯身，长指轻撩起她的发，露出女人明艳安静的睡颜。

修长又略有薄茧的手指擦过她的脸颊，他望着这张脸，低头吻上她的眉心，然后才伸手打算将她打横抱起。

华榕嘟囔了一声，迷迷糊糊地睁开了眼睛。

江云深又将她吻住了，在她唇上辗转了好一会儿。

末了，才抚着她的脸低哑地道："怎么在沙发上睡了？"

她睁着眼睛，看他近在咫尺的脸。

"江云深。"

"嗯？"

她喃喃地问："你会骗我吗？"

男人深静的黑眸微微一动："发生什么事了？"

为什么不回答呢，很难回答吗？

可再继续追问，好像也没什么意思了。

华榕垂下眼："江驰今天找我。"

"嗯，说什么了？"

"你猜不到吗？"

他语气一下淡了下来："如果你说的是江家的事，那就不用再提了。"

华榕抬起脸，望着他的眼睛。

她的眼睛里有不解，也有委屈。

过了好一会儿，她问道："你是不想提，还是什么都不想跟我说？你是觉得我们的关系不够，还是觉得我这个娇生惯养的公主殿下什么都不懂？"

男人俊脸清冷淡然："我不想提，以前没有提过，以后也不想跟任何人提起，跟你是我的谁，是个什么样的人，都没有关系。"

她一下噤声了，手指无意识地蜷缩起来。

她闭上眼，五秒后睁开，视线从他脸上错开，落在了落地窗的玻璃上，夕阳的余晖正美，像是幻觉。

“你什么都不说，那我就不知道我该怎么想了。”

“华榕……”

“你跟我说，我爸不同意我们在一起，是因为你父亲有过孤独症，你害怕会遗传，还有其他无关紧要却并不致命的原因。我爸跟我说，他不同意我和你在一起，是因为他觉得你对我不是真心的。”华榕看着他的眼睛，“你们说的都是实话，但你们也都在骗我。”

他们跟她说的，都一致地绕过了最重要的原因，只拣了无关紧要、似是而非的理由来说。

江云深看着她白皙的脸和泛红的眼睛。

他淡淡地道：“江家于我，是早就没有任何关系的过去，我不跟人提起，甚至懒得跟我自己提。”

“你想我怎么告诉你？其实你爸反对你跟我在一起，是因为江跃夫妻对我心存忌惮，他们觉得我哪天有那个本事了，会把他们踩进泥土里，而如果你爸允许我娶你，就等于站到了星澜的对立面。你爸并不畏惧星澜，所以他可以把他的继女嫁给我，但他也不想跟星澜为敌，所以不愿意让我娶你。”

华榕看着他平静得没有任何波澜的脸：“你恨他们吗？”

“厌恶而已。”

“你昨晚说，我爸会突袭是因为有人设局想要抓我跟你的现场，那人是谁？”

“江驰。”

“那之前那次，我第一天晚上睡不着，第二天晚上被雷声吵醒后听到了哭声，是谁要吓我？”

江云深皱了一下眉：“幕后的那个人，我还在查。”

“很难查吗？”

不该难的，以他的手腕和势力，一查肯定是分分钟能出结果的。

江云深是多敏锐的人，他的眼一眯：“你怀疑我？”

“不是我想怀疑你。”华榕低头，单手捂住了自己的半边脸，“只是我想不出其他的答案了。”

她深吸一口气，才再次看向他："那段时间江驰还没来帝都，虽然远程遥控也不是不可能，但我想不出他这么做的意义。至于我爸，他那会儿不知道我们在一起，而且他也没有这么做的理由。"

江云深低头盯着她。

两人对视了半分钟。

男人突然笑开，嘴角勾出玩味的弧度："这么说来，的确是我才有那么做的理由，毕竟你失眠的那个晚上只有我在。第二天晚上你被吓到，更是为我制造了机会，我们可以因此和好，你是这么想的？"

"那个钟点工今天指认的就是你，我不这么想我该怎么想？你不肯跟我说你的事情，也给不了我答案，你要我拿什么相信你？！"

华榕的声音初始还无力，越到后面情绪起伏越大，音调也跟着升了上去。

江云深伸手扣住她的下巴，清晰冷静地道："很简单，既然江驰昨晚能设这个局引我来，再让你爸正好撞见，就代表他比我先知道你的钟点工有问题。他能收买一次，难道不能收买她诬告我第二次吗？"

"我想不明白的是，即便昨晚是他设的局，今天也是他诬告你，那么之前我们闹分手的时候，我被吓到那件事，究竟是谁做的？又是为了什么吓我？！"

她望着他俊美的脸："你能回答我这个问题，我就相信你。"

江云深站直了身体，居高临下地看着她："你爸的话和江驰的话加在一起，已经动摇了你的想法，所以这个问题再摆在你的面前，你就无法自控地怀疑我。"

华榕一下就站了起来，脸逼到了他的面前："因为在这之前我就觉得你喜欢我没有看上去的那么多，在这之前我就觉得我喜欢你比你喜欢我多。只是因为我已经太喜欢你，所以不去斤斤计较是你的感情是多一点还是少一点，是比我多还是比我少！"

她并不是那么不细腻，年幼丧母，又和继母一家人在一起，怎么可能真的是个大大咧咧的性子。

只是她觉得计较这些没意思。

两个人在一起开心甜蜜就好了，少一点也不影响什么。

但她忽略了，这个少一点在开心的时候没什么，可当压力真的压下来时，它就显得很重要。

她眼睛更红了，红唇却扬了起来："江驰暗示我，你想利用我报复江家，我甚至跟江驰说，如果我爱你，说不定愿意为你做所有的事情。"

江云深瞳孔收缩了一瞬，眼底倒映着女人明艳又楚楚的眉眼，无畏又委屈。

男人垂落在身侧的手指无意识地动了动。

她对她以往那众多的男朋友，也是这样吗？

还是……只有对自己。

"你要答案，我会把答案给你。"过了一分钟，江云深才开口，但话语里的那股冷静已经消失了。

他捞过她的腰肢将她带进沙发里，手撑在她的身侧，居高临下地盯着她的眼睛："不过，公主殿下，你真的认为我需要那么做吗？"

"如果我料到你受了惊吓一定会打电话给我，说明你的心里就是有我，那么，有没有这些事情，你都会跟我和好，不过是多哄几天的事情而已，我哄你哄的次数还少吗？需要玩这些低级的把戏？"

她抬眼看他，渐渐抿起唇。

"那你觉得到底是谁要吓我？"

"我不知道。"

因为他最初怀疑是药物影响，所以他没有把怀疑对象局限在进入十月红的人。虽然钟点工也在他的怀疑范围之内，但这件事本身没有多大的恶意，也造不成多重的伤害。

他没有急着要把人揪出来，再加上后来这件事没再发生了，就更无从查起，他甚至有想过是不是华榕的错觉。

而且他也不认为那个钟点工是江驰揪出来的，无非就是江驰察觉到华榕有男朋友，想查出来是谁。从墨念、夏泉甚至何言那边下手都不现实，钟点工无疑是最合适的人选。

江驰无意间发现了这件事，正好截胡拿来作妖。

她道："能从你嘴里听到不知道，可真稀罕。"

江云深将女人抱入怀里，说道："我不是神，怎么会什么都知道。"

比如，他现在就不知道，云依斐说喜欢他，他无动于衷，没有任何的感觉，可为什么怀里的这个女人说喜欢他，他却……

他低头，吻着女人的发。

第二天上午，十月红。

华榕穿了一件酒红色的一字肩上衣，衬得皮肤雪白，慵懒又娇媚。

江云深坐在一旁的单人沙发里。

钟点工站在茶几前，满脸紧张地看着华榕。

另一旁站着五个一字排开、穿黑色西装的年轻男人，其中林临站在最边上，其他四个：一个是江云深的另一个秘书，华榕工作室公关部的职员之一以及从华时随意抽出来的两个职员。

都是颇为俊秀斯文的青年。

华榕直直地盯着钟点工，用手指着江云深："你昨天说，是他的助理去找的你，对吧？"

钟点工唯唯诺诺地点了点头。

"那他们五个里，谁是他的助理？"

钟点工看了一眼："我……我记不清了。"

华榕冷笑道："你记得他，却不记得他的助理？"

钟点工："这位先生……长相比较出色。"

华榕："……"

其他五人："……"

华榕的脸顷刻冷了下来："你是不是觉得我平时好说话，就可以瞎糊弄？找不出来？你还有个儿子在读初中吧。"

"我找，我找……"那钟点工一下就着急了，转过身看了他们一眼，指向了最中间的位置——那是她工作室公关部的人。

华榕表情淡淡的："你确定？"

"我……我……"

一个杯子蓦地摔碎在钟点工的脚边。

那钟点工吓了一大跳，惶恐地看着华榕。

江云深如同一个旁观者坐在一侧，手里把玩着什么东西，始终一言不发，微垂着眼，像是在沉思什么。

华榕道："林临，把其他人带出去。"

林临出列，做了个手势，其他四人便安静自觉地跟着他出去了。

钟点工低着脑袋不敢看华榕，整个人抖得像筛子。

华榕用手扶着自己的额头，连脾气都懒得发了："我给你五分钟，五分钟之内，把所有的事情给我讲清楚，否则……"她的语气骤然降温：

“你以后再怎么想、再怎么抓心挠肝地想说，也不会有机会了。”

“我说，我是说……是您父亲，是华董事长让我来找您，让我这么说的。”

“我爸？”

江云深略掀了掀眼皮，手上把玩的动作也顿住了。

他淡淡地开腔：“那你之前在她的汤里下药，接着又吓她，到底是为什么？”

钟点工又低下了头：“是……是有人花钱让我这么做的。我之前的一个雇主也是娱乐圈的人，好像跟您有私怨，就想恶作剧报复您。”

“本来就只是那两晚，但前天有位先生来找我，不知道怎么被他知道了这件事，是他逼我又弄了一次。然后昨天上午，您父亲就派人把我带过去，吩咐我跟您说是这位江先生做的。”

江云深淡漠却又无形凛然的眼神看着她：“我再给你最后一次机会，如果这段话里有一句是假的，你跟你身边的每一个人都要付出代价。”

钟点工抖了抖：“都……真的都是真的了。”

“那个女明星是谁。”

“俞依。”

男人波澜不惊地道：“没有打算修正的了吗。”

钟点工的脑袋几乎低到了胸口：“没……没。”

“林临，带出去，看着处理。”

林临在送完那四个人之后就进来了，闻言便道：“我明白，江总。”

客厅里只剩下华榕和江云深。

男人起身走到她的身边，坐下。

他揽住她的腰，将她的长发拨到另一侧：“公主殿下，答应我一件事，嗯？”

她还没从怔然中回过神，侧首看他。

“你现在相信我了吗？”

她抿唇道：“暂时相信了。”

他的手指扶住她的脸，看着她的眼睛道：“不要去找你爸质问跟对峙这件事。”

“为什么不？他都算计到自己女儿身上来了。”

江云深薄唇贴上女人的脸颊，低沉温柔地道：“听我的话，嗯？”

她不说话，算是答应了。

江云深不让她去找她爹理论，她想了想，即便自己去了，估计除了吵一架也确实没什么用，于是她也就不去了。

但她到底气不过，于是本周末没回家吃饭。

到周一上午，电影开机仪式的前几天，她接到任川的电话。

“任导。”

任川在那边显然心情差到极致：“华榕，你是跟我八字不合吗？为什么每次合作都要闹得鸡飞狗跳的？我见过得罪金主被封杀的女明星，被自己亲爹临开机前要求换掉的，你还真是头一个！”

“什么？”

“你还不知道？”

她冷笑着从沙发里站了起来：“我爸让你换掉我？”

“他的首席秘书亲自给我打的电话。”任川叹了一口气，已经懒得再多说什么了，“你们父女俩的事情我不想多问，你自己尽快解决吧。”

华榕没多说什么，直接挂了电话。

华时集团。

林临敲门进了总经理办公室：“江总，大小姐来公司了。”

江云深抬头：“在哪儿？”

“好像是往董事长办公室去了。”

他眼眸微沉，直接抬手合上了笔记本电脑。

董事长办公室。

华榕一出现，金秘书就看见了，忙起身去迎：“大小姐，董事长在跟客户谈事情。”

华榕看都不看他，直接绕过去。

金秘书既不能叫保镖，也不能上前拉住她，根本拦不住。

华榕连门都不敲就直接推门走了进去。

“大小姐……”

华东森抬头就看见她一脸冷漠却又吃了火药的模样，皱眉冷训道：“你真是越来越没规矩了，连门都不会敲。”

“你凭什么让任川换掉我？”

华东森冷笑："凭出钱的人是我，凭我想换就能换，你既然要为了个男人不认我这个爹，就不要再想沾我女儿才能沾的光。"

华榕把手里的包随手一扔，空出的双手撑在桌面上，俯首道："我早就不需要靠你女儿这个光环了，这部电影就算投资的不是华时，就算我不是你女儿，任川照样会找我，他也只会找我！"

"你要不是我女儿，你能走到今天？"

"你养我到今天，不代表你能左右我的人生！"

华东森拿起手边的一摞文件就朝她的脸上砸去，震怒道："我不左右你的人生，我还左右不了一部电影的女主角？你这么有本事，就别来拍我出钱投的电影！区区一个女明星，还没资格在我的办公室质问我！出去！"

华榕落在桌面的双手攥成了拳，呼吸急促。

金秘书在一旁，温和而委婉地道："大小姐，这事的确是您做得不妥，董事长不同意您跟江总谈恋爱也是为了您好，您怎么能一声招呼不打，就连饭都不回家吃了呢？为了几个月不到的爱情这么伤自己爸爸的心，难怪董事长生气。"

不提这个还好，一提这个，华榕更生气了："我不回家吃饭，我为什么不回家吃饭？爸，你心里没数吗？你之前说得那么冠冕堂皇，不让我跟江云深在一起是为了我好。其实也不过是不想得罪江家而已，这是为我好吗？还有，你竟然买通我的钟点工诬陷江云深，跟自己女儿玩这种手段，你下作不下作！"

听到最后一句话，金秘书的冷汗都要掉下来了："大小姐，您在说什么……"

"哐当！"办公桌上的电话已经被扫到了地上。

"江云深，江云深，我还诬陷江云深？"华东森气得从办公椅里站起来，手指着她，一脸恨铁不成钢的表情，"那男人说什么你就信什么，你是不是被他洗脑了？！"

"难道不是你收买我的钟点工，让她跟我说那些事情都是江云深指使的吗？"

"你在说什么乱七八糟的？！"

华榕跟华东森隔着一张书桌对峙，一个老辣沉稳，一个张扬且锋芒毕露。

华榕突然动摇了。

她实在没法觉得她爹这一刻的气急败坏是演出来的。

丝丝缕缕的茫然渗入她的脑子里，她转头看向金秘书："金秘书，你有没有派人找过我的钟点工？"

金秘书忙摇头："那晚我虽然听到了，但我以为墨念会替您解决，所以没有擅自处理。"

其实应该是他跟董事长可能都在潜意识里都默认了江总会解决了。

华榕逼视他："金秘书，你以后要是让我发现你骗我，别怪我秋后算账。"

金秘书诚恳而无奈地道："我真的毫不知情。"

办公室里突然安静了。

华榕再次看向华东森，想从他的脸上分辨出什么。

"爸，你好歹是首屈一指的大人物，不会做了不承认吧？"

华东森像是怒都懒得怒了，坐了回去："江云深说我诬陷你？"

"他没说，是钟点工指认你。"

"哼！"华东森冷道，"就凭你现在十句话里恨不得替他说上十一句，我就不会让你和他在一起！我要拆散你们，用得着这么低级的离间方式？"

华榕没说话。

他点了一根烟，看着她："用你的脑子想一想，到底是我离间你们，还是你那个男朋友放倒钩扮演受害者，离间我们的。"

华榕："……"

"爸，你要真的不知道的话，那就是江驰。"

"江驰？"华东森眯了一下眼睛，冷笑，烟头往她的方向点了点，"你是投了个好胎，还长了个天姿国色的脸，可这也掩饰不了你无可救药的恋爱脑，你真以为人家非你不可？"

他将烟灰弹入烟灰缸里，淡淡地道："他已经跟我说了，你对江云深死心塌地，扬言不管他是什么人、什么居心，你都跟定他，所以人家已经不想在你身上浪费时间了。"

"爸，我不相信你说的话。"

"你跟江云深在一起后，什么时候还听过我的话？"

她撇嘴道："你先把我的女主角还给我。"

“这是你自己挑的男朋友惹出来的事，你甩了他再来问我要角色。”

“咚咚。”敲门声打断了华东森的话。

门被推开。

一身黑色正装的江云深从容走了进来。

他依然是温淡谦逊、彬彬有礼：“董事长。”

华东森看着他，哂笑一声：“你的消息可真快。”

江云深淡淡地道：“我听说榕榕即将开拍的电影女主角被您换掉了。”

“怎么，您是想成全她的事业，主动来分手的？”

华榕望着他的侧脸。

男人有条不紊地低声道：“华董，榕榕是您的女儿，我相信您也清楚她有多喜欢演戏，如果因为这件事，您非要拿一个人先开刀的话，我可以辞职离开华时，这样或许多少能打消您对我的怀疑跟顾虑。”

YUN SHEN JI XU

第三章

陷入困境

华东森看着他，抽了一会儿烟。

过了半分钟，他转头问华榕："你自己说，如果让你选，是让他辞职，还是你放弃这部戏，退出剧组？"

华榕愣住了，她看着自己爹，又偏头去看江云深。

江云深望着她，眼眸极深，不避讳地、小幅度地摇了摇头。

她咬唇，又犹豫了一会儿，这才气恼地朝华东森道："不就是一部电影吗？我不拍就是了！你开他干什么，要不然你干脆棒打鸳鸯到底，把他赶出帝都，再封杀我好了！"

"哼！"华东森恨铁不成钢地冷嘲了一声，跟着又转变了语气，朝江云深意味深长地道，"真说起来，也不能完全怪她天真，遇上你这种攻心高手，也难怪她会死心塌地。"

他语气一冷，看向华榕，道："傻丫头，你的心思就跟白纸一样，你真的觉得他会不知道你宁愿委屈自己不拍戏，也不愿意他辞职？你真的觉得他会不知道如果我开了他，你又会跟我大吵大闹？他最擅揣测人心，他还知道不到万不得已，我根本舍不得让他离开华时。他什么都知道，现在将这些说给你听，做给你看，不是离间我们父女是什么？"

华榕怔住，一时又不解了，下意识地看向站在她身旁不远处的男人。

江云深闭了闭眼，嘴角微微勾起的弧度却是浅浅的无奈。

她咬住唇，心里逐渐乱成了一团。

华东森将烟摁灭在烟灰缸里，不耐烦地道：“行了，懒得跟你们扯，烦人！电影你想拍就继续拍，我也麻烦你动动你那快要生锈的脑子，我说的话你句句不信，他说的话你深信不疑，信男人不信亲爹，你不是恋爱脑你是什么？我话说完了，两个都给我出去。”

华榕头也不回地要进电梯前却被男人从后面拉住。

江云深扣住她的手腕：“跟我去办公室谈。”

她试图将自己的手抽回：“我现在不想谈。”

他手上的力气更重：“你已经被你爸误导了。”

她回头抬脸看着他：“那你之前不让我跟我爸对峙，是为什么？怕他拆穿吗？”

“因为我那天就怀疑那个钟点工在说谎，而且你爸早已经摆明了反对你跟我在一起的态度，就算你找他质问，除了大吵一架不欢而散，不会有其他的结果。”

“可是我今天得到其他结果了。”

“华榕！”

“你放开我，你们都是高手，都是大神，就我一个人傻！我要自己去静静。”

江云深眉眼阴沉了许多，手上的力气不减反增：“这里人太多，跟我去办公室。”

“我不去，你放开我。”

江云深压根儿不再给她拒绝的机会，手上的力道大得根本没有她拒绝的余地。公司职员来来往往，已经有不少人看了过来，只是碍着他们两人的身份不敢明着议论什么。

华榕再怎么骄纵，也不可能在这种场合弄出太大的动静，踉踉跄跄地被男人拉进了办公室里。

两人一进去，门就被男人反手关上了。

华榕甩开他的手往前走，但还没走出几步就被男人拉了回去，整个人都被他抵在了门板上。

她试图挣扎，但半分都撼不动。

江云深鲜少有这么不顾她意愿的强势。

她甚至是无措地抬着头，声色俱厉地叫他："江云深！"

江云深眼底铺着一层厉色："如果你怀疑我，或者有其他想法，就直接跟我说，你自己想，只会朝着你爸指的方向越想越歪。"

"那我怎么知道我不会朝着你指的方向越想越歪？！"

男人面色阴沉如水："你现在是话都不肯听我说了？"

"不听不听，我现在不要听你们任何人说任何话！听你说完，我又要开始相信你了！"

江云深低头看她，绷紧了下颌，但语气既不愤怒，也不生气，只冷淡地叙述道："所以我当初说，如果我跟你哪天要分手，说要分的那个只会是你。"

"如果你跟我在一起是有利可图，当然不会轻易跟我分手！"

他眉心跳了跳，没说话了。

气氛一下安静了下来。

江云深收回了自己的手，往后退了两步。

他看了她一会儿，抬手随意地解开衬衫最上面的两颗扣子，语气淡如薄霜："如果你是这样认为的，那我们现在就可以分手了。"

华榕一下睁大了双眼："我还没说分手，你凭什么说？！"

"公主殿下……"他淡淡地看着她，淡淡地道，"我的纠缠和坚持在你看来是有利可图，我说分手是以退为进，或者爱得不深、轻言放弃，现在我要解释，你都不想听我说，那劳烦你告诉我，这个恋爱，我要怎么谈才是正确的。"

"我只是说我要自己想清楚。"

他嗤笑一声："你能想出什么，我会不知道吗？"

"你……"

华榕被这男人的态度气得脸都红了。

江云深淡声道："好，我什么都不说，你出去找个地方自己想想。"

说完他就收回视线转了身，往办公桌的方向走去。

"江云深！"

他停住脚步，转身看她，神色淡淡。

她莫名就生气了，比刚才被他强行拉进办公室里，甚至捏疼了她的手还要愤怒，她伸手就把一旁用来挂衣服的衣架重重推倒在地上。

江云深看了一眼，道："你还真是你爸的女儿，这么喜欢摔东西。"

他的语气不温不火，华榕气得手指都忍不住颤抖。

但江云深没再看她，走到办公桌前，按下内线，淡漠地吩咐："进来把办公室收拾了。"

说罢，也不等对方回复，就将话筒放了回去，绕过书桌坐在了椅子上。

"砰"的一声，震响了总经理办公室、整间秘书室，甚至是半层楼。

林临正准备敲门，迎面就撞上了从里面出来的女人："大小姐……"

华榕踩着高跟鞋，人已经走远了。

林临呆愣地看着她的身影，再联想了下刚才一眼掠过的冷色的怒容，进门后，又看到了倒在地上的衣架和办公桌后淡漠地翻着文件的男人。

"江……江总，您跟大小姐吵架了？"

男人头也不抬："我是让你来收拾东西，还是八卦上司的私事？"

林临噤声，屁都不敢放了，老老实实、安安静静地收拾东西。

华榕回到十月红。

开车从华时回家的缓冲时间非但没让她的情绪缓和下来，反而是越想越生气。密码门一开，就直接被她大力撞上了墙壁。她用力地把鞋子从脚上脱甩下来，又把包狠狠地往沙发上砸。

夏泉从洗手间里出来时，看到的就是华榕拿着抱枕拼命地往沙发上抡。

夏泉："宝贝儿，你这是受了多大的刺激？"

华榕抬头看她，吸了吸鼻子："夏泉，你从犄角旮旯里回来了。"

"我昨天就给你发了微信说我回来了。"

"哦，事情太多忘记了。"

华榕几步走了过去，一把熊抱住她："我要被气死了。"

"谁敢气你啊，江云深吗？"

"我要甩了他，我再也不要理他了。"

夏泉凉凉地道："人在嘴上越是强调的事情，越是他办不到的。"

"他太拽了，比我这个公主还拽！我还没说分手，他竟然敢说，我为了他跟我爸吵成那样，他竟然敢说“分手”两个字！我真的要气死了，心肝都疼。”

说到最后，她真的捂住了胸口。

夏泉把她拉到沙发里坐下，又去厨房沏了两杯热茶放在茶几上。

“我就不在这几天，发生什么事了？”

华榕正又气恼又憋屈，开口就恨不得把所有的委屈一股脑吐出来。

十分钟后。

夏泉手里端着茶，黑色短发下的脸标致秀美，托腮凝眉：“然后，你就大发脾气地摔门走了？”

“他一句话都不说，难道我要硬留着吗？”

夏泉斜眼睨她：“不是你自己说不想听他说任何话吗？现在又怪人家不留你，女人。”

“你……夏泉，你真是跟他一样讨厌。”

“啧啧，都跟我一样了，能是真的讨厌吗？”

华榕气鼓鼓地瞪着她：“夏泉，你到底是来我家躲你母亲的还是来怼我的？”

“好了好了，不拆穿你了。”夏泉忍不住笑了，喝了一口茶，“不过我觉得你是不应该走掉的，你可以不信他的话，但你好歹也要听一听他怎么说。”

“那是你不知道他多会说话。”

“你爸和他，一个是纵横商界几十年的老江湖，你的亲爹；一个是年纪轻轻就身居高位的真大神，你的亲亲男朋友，要说是谁在糊弄你，一般人还真不好说。”

华榕拿过抱枕，把脸闷了进去：“我让他放开我，他还把我拉进办公室了，那我让他别解释的时候他怎么不强行解释？难不成我还能把耳朵闭上吗？我烦死他了，我烦死江云深了！”

“你想让他解释，就等着他上门解释好了。”

她的脸从抱枕里露出一半：“那万一他不来呢？”

“段位比你高又不够爱你的男人，不然，你试着真的分掉算了？还是说，你打定主意非他不可了？”

“我才没有。”

“那你就等他来找你，我觉得他会来的。”

华榕幽幽地道："你确定吗？"

夏泉："不确定，也概不对此负责。"

华榕幽怨地看着她。

"不过我觉得，彼此冷静两天是没什么错的。"

"好吧。"她低下头，"旁观者清，我就听你的。"

夏泉中午在十月红做的午餐，两人一起吃了。

饭后，华榕接到华东森的电话。

"爸，你又想跟我说什么？"

华东森轻描淡写："韩放昨天回京，今晚或者明天中午，一起吃个饭见个面儿。"

华榕："你觉得我会见吗？"

"你不是跟江云深闹翻了？"

"你怎么知道？"

华东森慢悠悠地道："你摔门摔得全公司都知道了，我能不知道吗？"

"爸，你的得意真是溢于言表，毫不掩饰啊。"

"我本来就光明正大，需要掩饰什么。"

"谁说我跟他吵架了，就要跑去相亲？"

"你知道韩放一年回京几次，一次只待多久？你知道多少女人排着队想见他？"

"不知道，也不想知道。"

"行，那我明着跟你说吧，放在古代，公主还得被流放去和亲，我不逼你跟谁结婚，是我给你的自由，跟世家子弟见面吃饭相亲，是你应尽的义务，你不能只享受却不尽责。我现在没用雷霆手段逼你们分手，是我不想让事情闹得太难看，你跟江云深，最好是能自然而然地分掉。"

华东森顿了一下："这个面你要不见，这部电影你还就真演不了。正好，我还没让金秘书通知任川。"

话说完，他就直接挂掉了电话。

夏泉坐在地毯上看书，抬头看着她气得把手机摔到沙发上，了然地问："你爸让你去相亲？"

"我爸真是见缝插针。"

“对象是？”

“还不就是那个韩放，我小时候就认识他了，从来没有对盘过，不知道有什么好见的。”

“你有这么不喜欢他吗？”

“我说一句公道话，我也不是看不上他，但是你知道我这人脾气不好，跟尹焕几句话能吵起来。他脾气比尹焕还要差，就是个性霸道的暴脾气，我们怎么可能处得来？”

“嗯……你会不会有偏见？”

“偏见？”

夏泉点点头：“可是我觉得还好的样子。”

“还好？你认识他？”

“昨天在飞机上，我从西南回来，跟他刚好一趟班机，是邻座，算是认识了一下。”

“哈？”

“他挺健谈的，而且幽默，有见识，我没觉得他脾气很差很暴躁。头等舱里除了我还有两个年轻点的姑娘，都跑过来跟他搭话，蛮绅士的。嗯，我觉得可能是跟你一样，被传说魔化了。”

“健谈？绅士？”

华榕觉得这些形容词放在韩放身上，简直惊悚。她可不是从传说中认识的那货，她是打小就真的认识他了。

“夏泉，你认识的是同名同姓的人吧？别说健谈，除了他妹妹和温亦臻的女朋友，他压根儿就不正眼看女人的好吗？而且也不绅士。”

“就算韩放同名，温亦臻难道也同名？昨天他们俩在一起，帝都四公子他们占了一半，确实都长得很不错，尤其是韩放，我估计他身高都超过一米九了。”

“哈？！”

见鬼了，难道那货真的转性了？

韩放和温亦臻出了名的好朋友，十几二十年的哥们儿，好到除了楚歌什么都能共用的那种。

夏泉又翻了一页书：“反正见谁都是见，你就去呗，如果你不怕江云深误会的话。”

“我有什么怕的，他都说分手了！”

夏泉摇了下头，冷冷地敷衍道："嗯，我知道你不怕。"

"夏夏，你最好了，你陪我去吧。"

"你知道按照戏剧的走向，你让闺密陪你去或者替你去相亲，你的相亲对象很有可能看上你的闺密吗？"

"我又不怕他看上你。"

"我怕，我有男朋友了。"

华榕蹭着她的肩膀撒娇："哎呀，你们昨天不是见面了吗？他要是能看上你，昨天就看上了。"

夏泉低头看书。

她继续撒娇："夏夏，夏夏呀。"

"好了好了，我陪你去。"

第二天中午，某西餐厅内。

最近两天的气温尤其高，华榕穿了一条及踝的印花长裙，长发扎了半个丸子头，十分明艳。夏泉的打扮则简单许多，黑色的长休闲款阔腿裤搭白色衬衫，微卷的可可茶色短发打理得很干净。

靠窗的位置坐着一个年轻俊美的男人，他很随意地坐着，骨节分明、透着一股力量感的手指灵巧地把玩着价值不菲的打火机，眉眼间是明显的不耐烦，正漫不经心地看着窗外的湖景。

他身边坐着一个优雅大方的女人。

她轻推了一下男人的手臂："来了。"

韩放懒洋洋地收回视线，连头都懒得抬一下，直到对面有人落座，他才懒洋洋地掀起眼皮看了眼——一张的确称得上是美艳绝伦的脸映入眼帘。

不过，她不是一个人来的。视线转移，落到一旁，眉梢一点点挑起。

他听到身旁的女人扑哧地低笑了一声。

他知道她在笑什么，竟然有女人跟他相亲会找个伴儿。

华榕的眉梢也挑得高高的，眼神很冷，望着韩放身边的女人，故作困惑地道："韩大公子，请问你身边的这位是？"

华榕看着那柔情似水的女人挽住韩放的手臂，弯唇冲她笑，眼神自带三分挑衅："华大小姐，真是百闻不如一见。你好，我是韩放的……"

低沉的嗓音直接打断了她："哥们儿的未婚妻。"

华榕："……"

你们演的好像不是一个走向。

韩放将自己的手臂抽了回来，像个没事人一样转头跟身边的女人很自如地道："我的对象来了，亦臻应该也快到了，你另外定个包厢或者位置等他。"

楚歌以眼神询问：说好的剧情可不是这样的。

韩放瞥了她一眼，漠然道："赶紧走，别碍事。"

楚歌看着他这副翻脸就不认人的绝情模样，眼珠转了转，又将视线落在对面的两个女人身上。

从有着如此美貌的华榕，再看到他身边低眉顺眼、眉目古典清然的夏泉，恍然地略一挑眉。

她起身，满脸心痛地叹道："看见榕公主这么美就跟我翻脸。韩大，我真没想到，你是这种无情的渣男。"

说完她就要走。

韩放叫住她："你给我站住。"

女人转身。

韩放皮笑肉不笑地道："半分钟之内给我说清楚，否则明天你就会听到满帝都的流言蜚语，说我对你无情。"

"你……"

"自己放出去的话，自己收回去。"

女人咬牙狠狠地瞪了他一眼，很快又看向华榕和夏泉，脸上的笑容一秒变得优雅得体："华小姐、夏小姐，我叫楚歌，是温亦臻的女朋友。我们两个跟韩大从小一起长大，今天我凑巧也在这儿等我男朋友，跟你们开了个小玩笑，希望不要介意。"

夏泉颔首浅笑以示礼貌回复。

华榕端起水杯喝了一口，慢悠悠地道："楚小姐，既然来了，那再去找吃的地方挺麻烦的，不如跟我们一起吧，反正吃完饭我们也就散了。我猜你应该也没约男朋友，纯粹就是友情出演来给韩大公子挡桃花的。"

楚歌："……"

她终于感到了尴尬。

华榕微笑着看对面的男人："我说韩放，你究竟是哪里来的厚脸皮，觉得我华榕能看得上你甚至可能会纠缠你，需要你特意找个女人来假扮女朋友。你不承认我的魅力就算了，竟然还侮辱我的眼光。”

韩放嘴角扯开：“你看不上我最好，你也知道，以我们两家的关系，但凡有一方看上另一方，事情就会变得很麻烦。”

咖啡厅的环境原本幽静舒适，此时却有种说不出的诡异。

因为韩放的视线自落在夏泉的身上起，无论跟谁说话就没有挪开过。

那种男人看女人的眼神，那种猎人看猎物的眼神。

含着笑意的直白，充满着赤裸裸的侵略性，浓烈得让人心惊肉跳。

生生将现在的局势变成了韩放看着夏泉，楚歌看着夏泉，华榕也看着夏泉。

夏泉垂着眼，看着自己握玻璃杯的手。

虽然她只是安静地坐着，但华榕已经感觉到她整个人都如坐针毡了。

所以，为什么夏泉会觉得韩放健谈又绅士了，他分明就是……

夏泉轻轻吸了一口气，偏头看着华榕，眼神里有明显求救的意思。

“韩放，”华榕眼角都抽了一下，“你能稍微尊重下我这个相亲对象吗？你信不信我跟我爹说我看上你了，让你爹勒令你每天跟我约会。”

韩放散漫地打断她，慵懒地笑道：“我爹可勒令不了我。”

夏泉舔了一下唇，终于正眼对上了男人的视线，跟他直白的眼神一样直白地道：“韩大公子，我有男朋友了。”

他唇上徐徐绽开和煦的浅笑，慢条斯理地道：“所以，一起吃个饭都不行？还是你闺密在场的情况下。”

楚歌听着他低沉、特意放慢的声音，再想起昨晚温亦臻书桌上那一些个人资料，背脊上蹿出了一股寒意，眼神都变得怜悯起来。

“不行。”

果断的两个字出自华榕之口。

韩放面无表情地看着她。

华榕挑高了精致的眉，毫不畏惧地看了回去：“本来嘛，你看上谁跟我没什么关系。你即便看上我闺密，我也懒得管，但是……”她停顿片刻，语气懒懒，却又有种咄咄的气势：“如果这事儿传出去，让人知道我华榕跟人相亲，男方竟然看上了我带去的陪衬，那显得我多么没有魅力，多么丢人？何况，你这么不把我放在眼里，样子都懒得做，实在太伤我自尊了。”

韩放嘴角上扬，冷嗤嘲笑道：“丢人？有尹焕当着帝都半个上流社会甩了你，向你姐求婚来的伤自尊？这种场面都经历过，还这么玻璃心的话，你的自尊是该碎成渣渣了。”

她就说她跟这家伙八字不合。

“所以我是公主，公主殿下就是这么娇贵又玻璃心。”华榕从包里拿出车钥匙，递给夏泉，淡淡地道：“夏夏，你先回去。”

夏泉接过钥匙，起身时，她忽然又凑了回来，俯首贴着华榕的耳朵，用很低的声音道：“他十天后回部队。还有，千万千万不要让我妈知道这件事，一点风声都不能到她耳朵里。”

华榕比了个 OK 的手势。

韩放笑看她们，只觉饶有兴致：“我有这么可怕吗？还是夏小姐一贯如此？”

夏泉已经站直了身体，她眉眼古典，轮廓偏柔和，给人一种十分温柔的感觉。她微笑着回望过去：“我一贯如此。”

她对上男人始终含笑又兴致盎然的眼神，莫名心生慌乱，握着钥匙的手指紧了紧，终是什么都没说，低头轻声跟华榕道：“榕榕，我先走了。”

华榕点点头。

夏泉头也不回地离开了。

华榕托着腮，漫不经心地道：“点餐呀，韩大公子。”

韩放看着她：“你今天是缠定我了？”

她懒洋洋地道：“真聪明，午餐吃到一点，下午去逛商场，晚上一起吃饭，反正我最近无聊，心情又不好，有你陪着也不错。”

韩放好笑地看她：“我说你，跟我相看两生厌，图什么？”

“无聊呀，跟你过不去还蛮有成就感的，谁让你当初放话说看不上我，害我被人群嘲一波，你不知道女人都是斤斤计较、爱记仇的秉性吗？”

韩放嗤道：“你这么有出息，怎么不去把尹焕抢回来？”

“我不跟那种没品位的男人一块儿玩，拉低我的档次。”

华榕还真的缠了韩放一下午，虽然他们彼此清楚自己心里对对方相看两生厌。

主要是她明白，夏泉最怕的并不是韩放本人，她怕的是她家那个奇葩妈。韩放这种来历显赫的男人，最对她娘的胃口。

除了些许的不耐烦之外，韩放后来整个都是慵懒散漫的，她让干吗就干吗，她说去哪里就去哪里，也不着急，也不提夏泉了。

但华榕也觉得跟他待一起没什么意思，吃完晚餐就想回去了。

“行啊。”韩放叼着烟，睨了她一眼，“我送你回去。”

华榕警惕地看着他，直觉诡异。

一天下来他想甩开她还来不及，竟然主动说要送她回去?

什么居心?

韩放挑眉：“你的车不是给夏泉开走了？”

她狐疑地看着他：“你有这么绅士？”

韩放怜悯地看着她：“你遇到过的都是些什么男人?以我们两家的交情，你的车又不在，我送你回家，需要这么受宠若惊、难以置信吗？就你这样也是公主？”

华榕：“……”

“你可别因为这个爱上我。丑话说在前头，头二十年来，你不是我的菜，以后无论还有几个二十年，你都不会是我的菜。”

华榕看着他，摇着头由衷地道：“看到你，我终于知道自恋又臭屁的性格，是多么惹人嫌了，谁给你的大脸！”

韩放不耐烦地挥挥手：“要回去就上车，好不容易度个假，竟然花了一天的时间在你身上。”

华榕鄙夷地怼了回去：“要不是你见色起意，我会浪费一天的时间跟你玩？”

最后，还是韩放开车送她回了十月红。

她也用不着他替她开车门，一边解开安全带一边道：“不管怎么样，还是谢谢你送我这一趟。”

说罢就推开车门下了车。

然而才走出几步，她就听到后面有脚步声传来，正要回头，手臂突然被拉住，整个人都被往回扯，他的手臂挡住她的去路。

从远处看，她就好似被圈在了男人的怀里。

这突如其来的暧昧姿势，华榕蒙了：“韩放，你想干什么？”

韩放低头靠近她。

已经是晚上，虽然路灯亮着，但十月红耸立着太多的枫树，树影婆娑，光线明明暗暗。

她正要一脚踹向他，却听男人在她耳边似笑非笑：“你男朋友，是江云深吧？”

华榕抬头，他已经收回了手臂，拉开了两人间的距离。

韩放懒得再用余光瞥她，直接上车，消失了。

华榕回到十月红，门一开，满室的光线扑面而来。

她一愣，立即反应过来了。

几步走过玄关，果然看到沙发上坐着个男人。

听到动静，江云深也看了过来。

他指间夹着半根烟，烟雾袅袅，却仍旧能看清楚他的面色淡沉如水，眼神冷寂，一言不发地看着她。

本来公寓里多了个人气氛应该热闹一点，可他一句话也不说，生生让这偌大的空间安静得能清楚地听到呼吸声和心跳声。

华榕走过去：“你来干什么？”

江云深轻弹着烟灰，眯眼轻笑道：“我好像也没碍着你找新欢，你需要对我抱着这么大的敌意？”

新欢？

他知道她跟韩放相亲的事情了？

“不是你自己说要分手的吗？”

“我想说的是，如果你认为我跟你在一起是有利可图，那你就跟我分手。”

他抽了一口烟，徐徐吐出，声音缓缓，语气淡淡，又带着说不出的危险：“公主殿下，你真是让我刮目相看！我历来知道你这人不长情，但我还真的没想到，前两天还为了我连电影都可以放弃，今天就能欢天喜地地跟其他男人卿卿我我，徐靳欢恐怕都自愧不如。”

华榕听了这种话怎么可能不生气，她当即就怒道：“什么欢天喜地、卿卿我我？江云深，你说话还能再难听一点吗？”

“啪”的一声，5.8 寸的手机被扔在了茶几上。

不大不小的声音吓了华榕一跳。

江云深眼神冷极了，淡淡地道：“你自己看看，究竟是没有卿卿我我，还是没有欢欢喜喜。”

华榕愣住。

男人只冷冷地看着她，也不催促。

她咬着唇，还是走上前弯腰拿起了他的手机。

江云深的手机锁屏密码她是知道的。

一张照片跳入她的眼帘。

她先是心脏下意识地跳了一下，然后迅速燃起一股怒火。

照片上，她被韩放“锁”在怀里，韩放低头靠近她的耳朵。

其实他们当时靠得并不算近，但因为角度的问题，她要不是当事人，都要觉得这两人是在接吻了。

江云深冷淡的声音又响起：“往前翻，还有很多。”

她手指往右滑。

一张一张，全是偷拍的照片，主角都是她和韩放。

她和韩放逛商场买东西，在甜品店喝果汁，在咖啡厅休息，甚至在商场的娃娃机前夹娃娃。要是只看照片，她还真的玩得挺开心。

其实，她虽然跟韩放“约会”了一个下午，但事实上韩放的参与度非常低。他摆明了就是懒得搭理她，甚至懒得抬头多看她一眼，她自己也是当这男人不存在来消遣的。

但照片既有他们的同框，又有她的轻松和自在。

看上去，确实是欢欢喜喜、卿卿我我。

华榕握着手机，望向沙发上的男人：“你派人跟踪我、偷拍我？”

也不是，这些照片摆明了借了角度煽动误导。

江云深勾唇嗤笑，冰冷又不屑：“华榕，你当我是什么？那是你的相亲对象特意让人拍下来，再特意发给我的。”

韩放那个睚眦必报的小人！

她就说他怎么“乖乖”地陪了她一个下午，还主动要送她回来。

不就是阻挠他泡夏泉吗，他竟然这么报复自己？

“这些照片是借位拍的，我没跟他亲。”

“接吻是借位，相亲也是借位，逛商场、喝咖啡、玩游戏也都是借位吗？”

“我爸让我去的！”

“你爸让你跟我分，你怎么不听他的？”

“江云深，你……”

“也不完全是你爸逼的吧。”他唇上虽然依稀还有笑弧，但嗓音是前所未有的冷，像是许多碎冰倒在她的心上，“你爸的话，你向来只听你想听的那部分，你去，是因为你怀疑我，进而考虑这段感情是不是应该结束，或者说，它能不能结束。”

“如果能喜欢其他的男人比喜欢我多就好了，那就直接分手，再也没有烦恼，是吗？”

华榕看着他。

他坐在沙发上，俊美的脸上是波澜不惊的冷意，眼睛里的嘲意淡淡，可眼神尖锐，扎得人神经战栗。

“华榕，”他似笑非笑地说了最后一句，“你当我是你骑驴找马的备胎吗？”

华榕真是被他说得气急了：“江云深，你不要借题发挥！我早就说过了，你也明明知道，我不喜欢韩放。”

江云深冷嘲道：“我只知道，这个亲你相得很开心，口口声声说讨厌他，你要是真的讨厌他，会委屈自己和他从中午待到晚上？你爸不是只要求你见面吃饭？什么时候还开始勉强你跟人约会了？”

“约得这么开心，公主殿下什么时候这么擅长隐忍了，连委屈和勉强都这么不露痕迹？”

华榕拿起还握在手里的手机就朝男人砸去。

他没避，手机砸在他的肩上，然后落了下去。

“是是是，我不讨厌韩放，我喜欢他，我跟他在一起开心得很！我就是犯傻才会放着好端端的日子不过，为了另一个男人连电影都不拍了，还跟我爸吵翻。江总，我真是谢谢你提醒我！”

江云深的瞳孔紧紧缩起。

华榕转身就往卧室里跑去。

一进去就反手大力地将门合上。

但并没有本该响起的震响，因为跟在她身后的男人在门即将合上的瞬间抵住了门。

华榕转身，手臂指着远处：“出去，江云深，你给我出去，我再也不想见到你，马上给我滚！”

江云深非但没有听她的话离开，反倒是强行推开门，面无表情地跟了进来。

她伸手去推他，却被男人顺势将她两只手腕一并扣住，反剪在了身后。光是这个姿势，她人已经被他环在怀里了。

她挣扎得更厉害了。

但是结果毋庸置疑。

“江云深，松手！你聋了吗？这是我家，我让你出去！”

他冷笑出声：“我要是不呢。”

“不？我都欢喜地去跟别人约会了，你没有什么价值……啊，唔。”

第一声，是她被男人一把按在门板上，背重重撞上去的痛呼。

第二声，是她那声痛呼还没结束，就被男人掐着下巴狠狠吻住，连同所有的音节一起吞咽了下去。

华榕的反抗毫无章法，全凭本能。

江云深开始还腾了只手出来压制她，不知从什么时候放开了她的双手，任由她又推又打的，却始终只能被他禁锢在怀里。

她被迫仰着脖子，任由他肆意亲吻。

“江云深，你敢碰我！”

他的唇贴着她的耳畔，一字一句地道：“公主殿下，跟我说敢不敢，真是最无聊的事情。”

华榕的脑子里快速闪过好几个念头。

要不要解释？

可是，这男人自己的事情都还没说清楚，却来她这里大发脾气质问她，还用这么恶劣的态度逼问她。

她心里赌着口气，怎么都咽不下去。

而且……夏泉也搅和在里面，至少要一分钟才能讲清楚，可她现在连组织一个长句子都很困难。

不说了不说了，气死这个坏蛋。

可她咬唇不肯说话的忍耐和倔强，显然让男人的猜测往更偏的方向去，刚才稍微平息了少许的怒气又犯了上来。

他的手指扳着她的脸，扣得死死的，在她唇上亲了又亲，吻了又吻，然后才怒极反笑地道：“答不出来的意思是，你确实想约，确实约得很愉快是吗？”

人，有的时候为了赌那么口气，真的是弄不清楚究竟是跟别人过去，还是在跟自己过不去。

“是，是，是！”她抬着下巴不怕死般挑衅，“有本事你弄死我。”

他扣着她下巴的手指蓦然加重了力气，眼眸冷了下去，沉沉地笑道：“好，我成全你。”

“……”

古人说鱼水之欢，华榕觉得，她这条鱼快要被淹死了。

等到醒来时，熟悉的天花板映入眼帘，半分钟后她才渐渐想起昨晚的事情。

华榕半闭上眼睛，倒吸了一口气，慢慢坐起身。不知是因为那火辣辣的酸痛，还是因为这安静、寂然的房间，让她茫然又委屈地咬牙，把另一只枕头扔往墙上。

江云深那个禽兽。

不知道什么时间了，肚子变得空荡荡的。

她起床去浴室洗漱一番，然后叫了个外卖吃，一阵凄凄然的情绪莫名笼罩着她。

走了不到两步，她的小腿猝不及防地抽筋了，全身酸痛。她曲起抽筋的那只脚时，另一只脚也不知道怎么没站稳，直接就慌乱地跌在地上。

“砰”的一声。

哪怕地上铺着厚厚的地毯，这一摔也不是可以当作没发生过。

卧室的门突然被推开，身穿白色衬衫的男人快步闪到了她的跟前。男人才一蹲下身就看见女人红得像是要哭的眼睛，他忙一把将她抱了起来，放回到了床上。

“怎么了，摔伤了？”

她别过脸不看他，一副不愿跟他说话的派头。

可能是发泄了一宿，他此时倒不见多余的怒气，只淡淡地道：“我昨晚失控，让你柔弱到连站都站不稳了？”

她还是低着脑袋不肯跟他说话。

江云深伸手要去检查她的腿：“摔哪儿了，我看看。”

她一把拍开他的手：“抽筋了。”

“还疼？”

华榕不说话，但很明显是默认了。

他伸手将她抽筋的腿放平，让她平伸着，然后握住她前脚，向外侧旋转踝关节，肌肉痉挛的剧痛在他温热有力的手掌下奇迹般消失了。

华榕摸着腿疼过的地方，这才开始秋后算账："你居然还有脸待在这里？"

"我应该待在哪里？"

"当然应该在监狱待着！"

"嗯，有道理。"他把自己的手机扔到她的身旁，"不过我这人的思想觉悟还没到愿意主动去投案自首的地步，公主殿下可以报警，说不定还有现成的证据。"

她闻言就气得拿起手机就朝他砸去。

男人偏头躲开，手机摔到了地上。

"江云深，说到底你就是仗着我喜欢你，所以敢这么为所欲为！"

男人冷道："那你是仗着什么敢跑出去跟其他男人约会？"

他淡淡看着她，又淡淡地道："还是说，在怀疑我的同时遇到了一个合眼对胃口的相亲对象，所以打算跟我分手了？"

华榕的手指无意识地攥成了拳头："一直在说分手的只有你，到底是你想分还是我想分？"

"提防我到连话都不愿意听我解释的是你，吵架后跑去相亲约会的是你，跟其他男人处得不亦乐乎的也是你，现在你还倒打一耙，来指责我想分手？"

"你少胡说八道，相亲是我让夏泉陪着去的，约会是因为韩放那个痞子摆明了盯上了夏泉，我怕他跑去纠缠夏泉才拖住他的。"

男人不咸不淡："公主殿下为闺密牺牲，也牺牲得挺愉快的。"

"那我是应该愁云惨淡？"

凄凄惨惨的怨妇脸本来就不是她擅长的，再说，她要真能被韩放影响了心情才有鬼了。他不理她，她也就当他不存在。

她轻不轻松、愉不愉快，跟那男人没半点关系。

虽然真说起来，逛街时偶尔跟他斗嘴互怼，确实转移了她因为跟江云深吵架而产生的郁结，她就当是出门散心了。

"你跟每个男人都能相处得这么融洽愉悦？"

"你什么意思？"

“你之前不是口口声声说，你不喜欢韩放，跟他不对盘？”

华榕后知后觉，原来这人是在吃醋。

主要是江云深之前已经给她打下不爱吃醋的标签印象了，徐靳欢扬言追她，送她回家，他无动于衷，没什么反应；她跟江驰相亲，他好像不太高兴，但那种不高兴又不是吃醋的感觉。

如今想来，他更多的可能是为她跟江家的人接触而感到不悦。

可这次，他好像也确实是很介意她跟韩放“约会”。

因为在他看来，她跟韩放待在一起，她很“愉悦”。

华榕眼睛转了转，语气里的火药味一下没了：“哦，其实还好，毕竟我之前跟他接触的时候不是太小就是青春期，大家都很冲动，现在都成熟了。”

江云深淡淡地看着她。

他神色不温不火，波澜不惊。

华榕被他看得越来越不自在，最后更是不自觉地躲开了他的视线，按捺不住地要下床。

腿还酸得很，又不能表现出来，只能咬牙忍着。

还没从他身边走过，就听男人凉漠的嗓音徐徐响起：“行，如果公主殿下既不准备追究昨晚的事，又这么明确地表示了的话，那华董应该欣慰了。”

她脚步顿住，难以置信地看着他：“你什么意思？”

江云深低头瞥了一眼她细白的腿：“还需要我做什么？不需要的话，我就走了。”

她瞪大了眼睛。

他真的在她的视线里转了身，先是走去捡起之前被她扔到地上的手机，然后就头也不回地要出门。

华榕觉得她的肺都要在胸腔中炸裂来了：“江云深！”

门已经拉开，但他还是闻声转过了身：“还有事？”

“你今天敢走出我家的门，我不告到你坐牢我不姓华！”

她简直气得声音发抖语无伦次了。

男人的手还搭在门把上，淡笑道：“公主殿下，首先，虽然就实际而言，我的确是有责，但真的上了法庭，除非我放弃辩驳，以现在的社会认知来说，你的胜诉不会太高；再来，这个事真的传开了，对你的名声也并不好。”

“你真想跟我过不去教训我的话，不如去你爸跟前编排我一顿。”

江云深的话没说完，因为女人的眼泪已经从眼眶里掉了出来。他眼神微变，一下消了音。

他还是折回到了她的身前，轻轻叹息，低头，手指要刮去她的眼泪。

她胡乱地就要挥开他的手：“走开。”

他索性抱住了她，又低头去吻她的泪。

“你还敢亲我，你不是要分手要走吗？走啊！”

江云深一只手抱着她不让她挣脱，另一只手拨去她被泪水打湿贴在面颊上的发丝：“我是想走，可是有人又是威胁又是掉眼泪的。”

“走走走，给我走！一天到晚就知道欺负我，我就没谈过你这么浑蛋的男朋友，不知道我喜欢你什么。”

她越说就越委屈，眼泪也掉得更汹涌了。

江云深搂着她坐到了床上，弯腰亲吻她的脸颊，低声哄慰道：“别哭了，昨晚哭了那么久，现在又哭，眼睛又要肿了。”

“还不都是你！”

“行，是我的错。”

“我说是就是。”

“好，公主殿下都是对的。”

“现在说得好听，你之前是这么说的吗？”

“我不说得好听，你又要哭了。”

她看着男人近在咫尺的俊美脸庞，忽然不再说话了，眼泪却掉得更凶了。

江云深开始还用手指擦拭着，很快发现越擦越多，便停了下来，温柔无奈地道：“你想发脾气就发，不哭了，嗯？”

她睫毛卷曲湿润，目似点漆：“你总是欺负我。”

YUN SHEN JI XU

第四章

百年校庆的约定

她的眼泪滚烫，一滴一滴砸在他的手背上。

江云深下意识低头看了一眼。

无声的哭戏，似乎总是最动人。

他重新抬头："有吗？"

她只是望着他。

"你爸说的那些，我昨天要解释，是你说不想听，不让我说，现在又来怪我没说清楚，这也是我欺负你？"

"我说不听你就不解释了？你什么时候这么听话了？我昨晚叫你滚，你怎么不滚还强迫我，你不是欺负我是什么？"

"我昨晚不是来找你解释了？结果呢？"

"是你自己不肯好好说话，上来就阴阳怪气地发脾气。"

他淡淡地道："希望以后我跟哪个女人高高兴兴地约会一天，公主殿下也能好好说话。"

"我根本没有高高兴兴。"

"好，我相信以公主殿下的赤城和坦荡，你说没有就是没有。"

"你……"

男人有些粗糙的指腹抚过她的泪痕，低声笑道："我昨晚问你，你咬着牙跟我犟，嘴硬到底，等到现在才肯说。公主殿下，你是不是真的喜欢这种路子？”

她的脸立即羞怒到绯红：“你还敢跟我提昨晚，你别以为我不送你去警察局，我就是不跟你计较。”

“好，我等着被计较。”

见她又气恼了，他才收敛了笑意，淡淡地道：“我先回答昨晚在你爸办公室里你的疑问。”

她抿起红唇。

“我为什么要跟你父亲说，愿意退出华时以显诚意。”

华榕看着他温淡清冽的眉眼：“他说错了吗？”

“我的确是知道他不会舍得让我离开华时，知道为什么吗？”

“我怎么会知道。”

他淡淡地道：“因为你父亲并不认为你会一直喜欢我，毕竟你这么花心薄情，他不过是忌讳我这个人。他是以防万一，把这种可能掐死在萌芽阶段，总比哪天真的发展成他担心的状态，再来反对好。”

她面无表情：“那你为什么跑去跟我爸说要辞职？”

“那部电影你准备了那么久，我能眼睁睁地看着你爸一怒之下把你换掉？我那么说，是给他一个台阶和理由把它还给你。无论是从你父亲的角度，还是以投资人的角度来说，他都不是要真的换掉你。”

“如果他问你是让我辞职还是你辞演的时候，你选让我辞职，他会觉得你喜欢我不及你的事业，更加不会让我离开了。”

华榕：“我怎么会知道你们有那么多弯弯绕绕的心思。”

男人骨节分明的手指慢条斯理地梳理着她的长发，淡淡地道：“公主殿下，你父亲对我有恩，我还不至于为了点感情的事要设计离间你们父女的感情。而且，你认为如果我真的那么做了，你父亲能容得下一个恩将仇报的人吗？”

“那到底是谁指使钟点工的？”

“如果不是你父亲，那就是江驰的连环计。先是诬陷我，好离间我和你，而且他也料到了失败的可能，第二步就是诬陷你父亲，但要离间的还是你和我。但凡你去找你爸质问，他必然会大发雷霆。你爸未必不知道是江驰，甚至或许他们已经通过气，不过是目标一致，所以，成功地让你跟我吵起来了。”

她望着他，过了半晌才道：“反正什么事情到了你们嘴里，都能说得通。”

江云深站直了身体，淡笑着道：“也是，毕竟就算是我真的诓骗你，你也盘不出逻辑的漏洞，想再多也没什么用。”

华榕：“……”

他叹了一口气，伸手将她打横抱了起来，往浴室里走。

华榕看着他的侧脸：“……你干什么？”

“你不是腿酸痛吗，我这个罪魁祸首将功折罪。”

她冷哼一声：“衣冠禽兽，也就事后说得好听。”

江云深把她抱到了浴室里，放到了盥洗盆前。

灯开着，干净的镜子里清晰地映着她和他。

他垂眼，视线落在她的脸上，骨节分明的手将她海藻般的长发全部撩到了后面，发箍随意而松散地绑起。

“公主殿下。”

华榕看着的是镜子里的他。

“如果哪天你顶不住你爹的压力想跟我分手，我不会怪你，又或者，如果哪天你像厌弃你之前那些男朋友一样想跟我分手，也没关系。但是我这个人，气量并不怎么样，你一天是我的女人，就只能是我一个人的——”

他的叙述平淡得几乎没有平仄，但又仿佛比任何一种语气都有力道：“我不管是为了什么样的理由，跟我在一起的期间和其他男人约会，我是绝对不允许的，下不为例。”

说完，男人低头靠近她的耳畔，温热的呼吸喷洒而下：“知道了？”

华榕望着他：“你是不是觉得，站在男人的立场上来说，觉得韩放比较优秀，所以有危机感了？”

他淡淡道：“你觉得韩放比江驰优秀吗？”

“……”

她眨眨眼：“是呀。”

江云深眼色不善地看了她一会儿。

他突然伸手扣住她的后脑，低头靠了下来。

华榕以为他要吻，没动。

男人却在隔着半指的距离时顿住了。

他嘴角浅浅地勾起：“哦，我还是等你刷完牙再亲吧。”

“……”

“你……”她有一秒的恼羞成怒，“你们这些男人真是一个比一个睚眦必报，谁要你亲，给我出……唔。”

一声低笑从男人的喉咙里滑出，紧接着，就覆上了她的红唇。

……

华榕自问并不睚眦必报的人，但她也不是个大度的人。

韩放阴她一把，她可没法当作没发生过，还害她遭了这么大一通罪。

餐桌上，她越想越气，最后气不过，拿起手机就拨了个电话过去，抬眸间无意发现男人看着自己，下意识道：“我就是要骂这个小人一顿。”

话落又郁闷，她怎么打个电话都要看这男人的脸色了。

江云深慢条斯理地舀着汤，没吭声。

电话被接通了，耳边响起韩放懒洋洋的声音：“干什么？”

“是不是你让人偷拍我，然后把照片发给江云深的？”

“是我。”

“你挑拨离间是想干什么？”

“让害我不痛快的人比我更不痛快。”

“你怎么知道我有男朋友了？”

虽然她跟江云深的事情已经不是秘密了，但她莫名觉得韩放应该不会关心这些，也不应该知道，难道是徐觏欢那个大嘴巴？

韩放嗤笑了一声：“我当然知道，你要没男朋友，我哪敢去跟你见面相亲，万一你迷上我怎么办？成天想方设法缠着我的女人够多了，再多个你这样的，不是灾难吗？”

华榕：“……”

这个臭不要脸的。

她忍住冷笑，道：“那你这回可真是弄巧成拙了，因为你自作聪明挑拨离间，他已经把我甩了。我现在单身，准备跟你杠上了。”

韩放没什么情绪：“你准备怎么跟我杠上？”

“你不就怕我缠着你吗？”

“行啊，我家还没开饭，你现在过来，我给你多报个人头。”

华榕：“你以为我不敢？”

“照片是昨晚你下车之后发给你那男朋友的，现在已经是第二天中午了。”韩放懒懒散散地嗤道，“是江云深太沉得住气，过了一个晚上才质问你，还是他觉得你无关紧要，所以没怎么吵？你突然打个电话给我，又或者是……你被教训了一顿，现在才有空？”

华榕：“……”

她顿时一个字都憋不出来，反倒是把脸憋红了。

韩放在那头肆无忌惮地嘲笑她：“我看你这人你爹也管不住，所以让你男人管管你。榕公主，跟我玩心眼，你还太嫩了。”

华榕：“……”

江云深隔着一张桌子全程观看她从主动挑衅，再到几句话被对方怼得哑口无言，最后气得戳了几下屏幕才把电话挂断。

他没忍住，直接笑了出来。

“你还笑，我被人欺负了！”

男人把冒着热气跟香气的汤搁在她的手旁，慢悠悠地道：“好，有机会我替你报复回去。”

“哼。”

几天后，华榕突然接到一个电话，来自她的高中学校，校庆策划人邀请她以知名校友的身份参加校庆。

策划人在电话里竭力游说她，说是百年校庆，意义重大，办得很盛大，希望她能参加。

百年校庆？

这四个字似乎从回忆里脱出了什么东西，轻轻地碰触到了她的神经，她无意间恍惚了下。

“什么时候？”

“就是这周六，您不需要特意准备什么，能捧场就好了，有时间吗？”

周六，就是三天后。

华榕想了想，很干脆地答应了：“好，我过来。”

挂了电话，华榕握着手机出了会儿神，很快又打起精神来，给夏泉打了个电话。她们俩高中就是同学，这种活动当然该一起参加。

夏泉听她说完后，安静了一会儿才道：“榕榕，你去吧，我不去了。”

“为什么？我自己去有什么意思呀？”

“你让江总陪你去吧，他跟我们同一个学校，虽然不是一届的。”

“他每天要上班，未必有空啊。校庆是周六，你没时间吗？”

“嗯，有点事。”她的声音轻柔而低虚，还有些哑意，有种强打精神的疲惫。

华榕皱了皱眉：“你声音不太对，不舒服吗？”

“榕榕……”她似乎想说什么，却又戛然而止。

华榕等了等，才听她再开口，但语调已经变了些，声音也更哑了：“没什么，你玩得开心，我爸让我周末去乡下看我奶奶。”

“啊？”

“我昨晚没睡，困，挂了。”

“夏夏”两个字卡在喉咙里，对方就掐断了通话。

华榕对着手机屏幕，莫名得厉害。

去乡下看奶奶？

夏泉的确有个奶奶，老伴儿过世后便不顾其他家人的反对去了乡下养老，是个见过世面、经历过风雨的老太太。

谈不上多么重男轻女，但因极其不喜夏泉的妈妈，连带着也喜欢不起来夏泉，虽不苛责，但疏离、客气有余，亲近不起来。

事实上，夏泉的奶奶、爸爸、哥哥，都对夏泉很淡漠，吃穿用度还算说得过去，但论起亲情，便寡淡得很，冷冰冰的。

而她那个妈，更是灾难一般的存在。

她正犹豫要不要再打个电话过去时，门铃突然响了。

这个时间必然是江云深下班了，她断了念头，扔了手机便起身跑去开门。

江云深迎面接住扑到他怀里的女人：“什么事开心成这样？”

“刚才接到高中学校的电话，周六的校庆，邀请我过去参加，我答应了。你陪我一起去吧，我毕业后都没回去看过了。”

“周六？”

江云深松开她一边脱西装一边想，道：“那天有个美国的合作方会过来，我一整天都得跟他们开会谈合作的事情，可能没有时间。”

华榕一下垮了脸：“你们怎么都没空啊？夏泉要去乡下，你也要忙工作，早知道我也不去了。”

男人低头亲了亲她的脸蛋：“如果你提前跟我说，我还能排开时间，就这两天的事情，来不及了。”

她闷着脸看他。

“不然你也别去了。”他挽起衬衫的袖口，冷冷道，“免得遇到一堆前男友。”

华榕：“……”

她哼了一声：“我就要去。”

她都已经答应了，好歹也是个知名人物，总不能说话不算话。

华榕是公众人物，一个校庆跟她平常参加的某些活动虽然比不得，但同样是人多眼杂，夏泉和江云深都不能陪她，连墨念都对这种“年轻人”热闹场面敬谢不敏，她便只好带了展格和何言。

她是贵宾，自然被安排了贵宾休息室。

她正坐在沙发上百无聊赖地听接待的负责人跟她东拉西扯，忽然听到一道温润的男声叫她：“榕公主。”

她端着热茶，略一偏头，就看见一个年轻俊美、温润如玉的男人快步朝她走来。

华榕看着他，眼珠流转，视线落在跟在他身后的那个女人身上，跟着，精致明艳的眉就高高地挑了起来。

她弯起红唇，眯眼懒笑道：“班长。”

华榕念的是贵族学校，聚集的都是帝都最有钱有势和学习成绩最好的学子。

她是个骨灰级学渣，她爹花了一大笔钱把她塞进了最好的班级，希望学霸们能好好地“熏陶”她一番。

高一时，裴星泽是班长，夏泉是学委，两个标准的学霸。

自他们在一起，就是标准的模范恋人，学校都恨不得把他们俩当正面教材。

有多模范呢？但凡考试必霸占成绩榜前两位，高二后一文一理，两年来，第一名的位置就从来没有出现过其他人的名字。

后来，夏泉拿到了耶鲁大学的 offer（通知），裴星泽更是被常春藤几所高校同时录取。

结果，夏泉她妈说什么都不让她出国念书，最后裴星泽陪她留在了国内。

只有华榕私下跟夏泉吐槽，这种恋情未免完美到无趣。

门当户对，温润如玉的绅士和内敛聪慧的淑女，太对称，太匹配，太完美。

所以无趣。

当然，其实也并不完美。

只有华榕清楚，夏泉远不是看上去那样温柔无害、与世无争，裴星泽这样的男人无疑会引来各种形形色色的“苍蝇”，来过多少，她就暗中处理过多少。

裴星泽几步走到华榕跟前，眼里都是关切：“夏夏没有跟你一起来吗？”

茶香氤氲。

华榕撩起红唇，似笑非笑：“我还想问问你，你不带自己女朋友，带她干什么？”

裴星泽身后的那个女人，华榕也认识。

叫纪玥，一个刁蛮任性的大小姐，是裴星泽的勉强能称之为青梅吧，单方面明恋了裴星泽十多年。

夏泉的情敌，虽然夏泉从没把她放在眼里。

华榕此时也懒得正眼看她。

裴星泽没回答，只是拧着眉头沉声道：“夏夏跟我吵架，我已经几天联系不上她了。”

“你几天都联系不上自己的女朋友，还有闲情逸致带别的女人来参加校庆？你是不是脑子不清楚？”

“是我闹着让裴哥哥带我来的。”纪玥上前挡在裴星泽面前，咬着唇，轻声道，“听负责人说邀请到了榕公主，我们以为她也会来，所以裴哥哥特意找了过来。”

华榕匪夷所思地看着她。

这个热衷于无理取闹、叽叽喳喳的烦人精什么时候走这种白莲花套路了？

而且她注意到，纪玥的脸色看上去有些出乎寻常的苍白，人也瘦得厉害。

裴星泽注意到她的视线，淡淡地低道：“她的病情恶化，大概两个月后会进行换心手术。”

纪玥患有先天性心脏病，华榕听夏泉提过，也正因为如此，纪家的人格外溺爱她，连裴星泽，虽然也烦她，但既是故交，更难做到疾言厉色。

纪玥低头苦笑道："我知道我任性自私，可是医生说我的手术成功率不到百分之五十，请你转告她，裴哥哥心里只有她。我们也不会做任何逾矩的事情，我只是在上手术台之前，就这么死了之前让他多陪陪我，只是陪陪而已。"

华榕对这种国产剧都不演了的韩式剧情,实在不知道做出什么评价。

要不是她早知道纪玥确实病了，而且是打娘胎里带来的，这会儿估计已经嘲讽上了。

她看向裴星泽："你跟她为了这件事，吵架了？"

裴星泽的声音很低沉："上次纪玥病发，她给我打电话，一定要我去学校找她，我跟她吵了几句，然后她就再也不接我的电话了。我去学校找她，她室友说她请假了。"

华榕摇头："夏泉不是会为这种事吵架的人。"

"她应该是有要紧的事情找我。"裴星泽显然懊恼，"中间她还差点哭了，我当时不应该跟她发脾气的。"

华榕皱起了脸："哭了？我从没见她哭过。"

华榕也不是没见夏泉哭过，但她只见夏泉在看书、看电影的时候哭过，生活里却从来没有，包括当年没去成耶鲁，她也只是找了个地方一个人待了一下午，然后再也没提。

裴星泽温声低语道:"华榕,你是她最好的朋友,能去看看她吗？"

华榕淡淡地道："她去乡下了。"

裴星泽怔了一下，还想说话，门突然被推开，一个挂着工作牌的年轻姑娘将头探了进来："华小姐，请您上台了。"

"哦，马上来。"她下意识应了一声，跟着起了身，看了一眼裴星泽跟纪玥："你还是先想清楚，怎么样正确地处理女朋友和病重青梅之间的事情吧，夏泉这些年为了维持你和她妈之间的平衡也费尽了心血。"

"而且爱情本身，就意味着对其他人残忍。"

华榕跟着那个工作人员往礼堂走去。

因为是贵族高中，礼堂自然比一般的学校更大更漂亮，足以容纳全校师生。

这个活动的环节是让她这个知名校友上去说几句话，时间长短随她发挥，她自然是不会怯场，这种场合她历来游刃有余。

她刚一上场，主持人笑容甜美："榕公主，今天是我们学校一百周年的校庆，我受人之托，有一样礼物要送给你。"

华榕还真的意外了："礼物？"

一幅被白布盖上的画框被两个学生抬到了她的面前。

她正发着愣，主持人甜美带笑的声音响彻整个礼堂："听闻榕公主在学生时代跟人有约，百年校庆的时候，你们会重返故地，到时候他会把当初说不出口的、你想听的话，都告诉你。"

"你喜欢我吗？为什么从来都不说呀。"

"陆林、陆大画家、小林子，你说句喜欢我会死吗？"

"你都不画人物的吗？我是你女朋友，你给我画一幅吧，好不好？"

"我这么青春貌美，天生就是艺术品，能给你画是你的荣幸，画嘛画嘛。"

她低垂着眉眼，伸手扯掉了那块白布。

色彩鲜艳，调度明艳的画作跃然于她的眼底。

鲜花和少女，本该很俗，这幅画却彻底脱了俗。

雏菊花田中的少女。

她低头良久，直到跟前的脚步声更近了。

陆林年轻俊美，甚至是偏日本少女漫画中美少年那种类似的英俊。

高中时，裴星泽是十项全能的完美男神，陆林是孤僻冷傲独来独往的天才，下颌尖削，穿着白衬衫，仿佛遗世独立。

华榕少女时，很迷恋这种仿佛不在红尘中的气质。

如今他还是那副模样，唯有轮廓跟五官变得更成熟了，除去比少年时更沉稳，再看不出什么其他的变化，仿佛时间跟阅历没有在他身上留下任何痕迹。

春末夏初，阳光正好。

红色的塑胶跑道里，是大片草地。

华榕的裙裾飘扬，连着长发一起被风吹起。她面朝他，倒着往后退，一如五年前："去哪里了？"

他注视着她，眸色漆黑，嗓音清哑："佛罗伦萨。"

她脚步渐停，手指撩起被吹到脸上的发丝，怔怔然地问：“你去念书了？”

陆林点点头。

“那你为什么不告诉我？一声不吭就走了？”

意大利佛罗伦萨美院，他当年被录取时没告诉她，是她无意中发现了录取书，还很高兴很骄傲地说，留学的费用不用担心，她会全部负责。

他直说不去。

后来因为这件事他们吵架，又刚好遇上他病重的母亲去世。母亲丧事后，他就失踪了，怎么都找不到。

她让她爹帮她找，她爹倒也找了，但只说人家过得很好，并不想见你，任她怎么吵闹发脾气都不肯告诉她。

“我答应过你父亲，就这么走。”

华榕愕然：“我爸？”

陆林静静看着她，嘴角勾出很浅的弧度：“他说，如果我毕业回国，你还像当初那么喜欢我，就允许你嫁给我。”

她彻底不动了，静怔在风里。

她忽然想起江云深说过的话：你可能不知道，你历届的男朋友，虽然大部分是因为各种各样的理由分手的，但也有那么几个，是在他的干预下才分掉的。

她一下就顿悟过来了，喃喃地问：“你不是因为……才跟我分的手，是我爸逼你走的？”

陆林的声音清哑平和：“是我接受了他的资助，跟他定下了约定。”

华榕看着他，脑子像是遭到了不轻不重的轰炸，顷刻间就乱了。

她比任何人清楚陆林清傲孤冷的性子，他是绝不可能轻易接受她爸的资助，她甚至不知道她爸找过他。

她爹从来没有跟她说起过她的男朋友，除了反对江云深，就只有尹焕是父亲赞赏支持的，其他的，即便聊到也是漫不经心不在意的样子。

真的不在意吗？还是……只是她不知道？

她想起她曾经跟夏泉抱怨，她这么热情似火，可陆林却总是冷冷淡淡的。

夏泉说：“以你们之间的差距，以陆林那种孤冷骄傲的性子，能忍受你天生的居高临下，忍受好事者在背后叨叨他高攀白富美吃软饭，忍受你给他买各种各样昂贵的东西，还愿意拿出来用，已经是将自尊放在脚下了。”

“除非是真心想吃你的软饭，否则一般的男人根本受不了。你知道背后多少人在阴阳怪气地说他吗？”

华榕怔怔然地看着他，心湖被翻得汹涌。

陆林低头注视着她，眉眼仍旧孤冷。他眸中的温度冷而不寒，像是接近零度的水，冰冰凉凉，却不会结冰。

而这样的眼神却在看着她时，只因专注就无端让人感到温柔。

她甚至有种堪堪承受不住的错觉，仿佛自己是个罪人。

“陆林……”

“我知道。”他看着无措茫然的女孩，知道她要说什么，“你父亲是料准了我会输，才会跟我赌。我不辞而别，那你就有可能喜欢上别人，这是我要付出的代价。”

“你应该告诉我的，我以为你不喜欢我，我以为你讨厌我。”

两人在一起的时候，陆林从来没有说过喜欢她，他走了以后，她自然就以为他从来没有喜欢过她，甚至厌恶她了。

“那幅画是我们在一起后开始画的，在你问我要之前，一直没有机会给你。现在，物归原主。”

陆林静静地注视着她，目光如深渊如旋涡，深不可测，藏着时光的积淀。

他哑声笑道：“华榕，你以前总问我喜不喜欢你。喜欢这个词，太轻了，你是我遇到过的所有的最好的代名词，可是，你也是我供养不起的奢侈品。我看着你，即便透支所有的自尊和自信，我不知道该怎么喜欢，也不知道怎么样去拥有。”

傍晚，六点。

江云深回到十月红，按门铃没人应，他便直接按密码进去了。

屋子的灯都没开，天色将暗。

他皱起眉，这么晚了她还没回？校庆有这么晚吗？

他没换鞋进去，拿手机拨女人的手机号码。

耳边响起的是甜美而公式化的女声：“您好，您所拨打的电话已经关机。”

江云深眉心跳了跳，转身就往外走，又出了门。

关机，这个年头除了手机没电自动关机，谁还会把手机关掉？而且，这么晚了，这女人没回家也不给他打通电话或者发条短信。

长腿跨入电梯，何言已经接了电话："江总。"

何言一向为人温和脾气好，这两个字却透着一股心虚和不自在。江云深多敏锐的人，眼睛一眯，淡漠地问："华榕呢？"

"榕公主没跟我们在一起。"

"她不是带你和展格去参加的校庆吗？"

"呃……是的，但是……"

江云深蓦地眯得更长："但是什么？"

"榕公主在学校遇到了老同学，两人叙旧，没让我们跟着。后来，她发短信给我说要跟老同学聚餐，还要一起吃晚饭，让我和展格先走，所以……"

所以什么，不言而喻。

江云深冷笑："老同学？"

她有什么老同学，读书时跟夏泉关系最好，别说夏泉今天没去，就她们三天两头地串门联系，压根儿不存在什么聚餐。

至于其他关系不错的，也都是帝都的二代们，平常偶尔也会联系。

何言从男人的冷笑跟淡漠的语调里听出了浓浓的危险感，顶不住压力老实交代，小心翼翼地道："是……是一个叫陆林的，江总你知道吗？"

陆林？

他嗤了一声："他不是在国外吗，什么时候回来的？"

"这个我也不清楚。"

江云深淡漠道："把他的电话号码给我。"

何言小声回答："江总，我没有。"

何言更多的是负责华榕的生活方面，只是一个小小的助理，确实没什么人脉和本事。

念及此，他直接挂了电话，转而拨给了林临。

华榕迷迷糊糊地醒来，一翻身就直接从什么地方滚跌下去，突兀失重的感觉吓得她立即惊醒，跟着惊叫了一声。

意料之中的摔痛并没有来袭，反而是落进了一个宽厚温暖的怀里。

没有灯，大概是晚上六七点，还留有些许的光线。

但屋子里很昏暗，只够看清楚大致轮廓。

“醒了？”

华榕愣了愣，手忙脚乱地要从男人的怀里起身。可能是过于慌忙动作幅度大了点，不知道撞到了他什么位置，暗沉的寂静中，听他极轻地“嘶”了一声。

“怎么回事？这是哪里？你怎么了？”

陆林下意识按着肩膀：“小心点，这里堆着些乱七八糟的东西，别碰到。”

“这是哪里？”

“大概，是学校废弃的体育器材室。”

“我们怎么会在这里？”她说着就要去找手机，这才后知后觉地发现她的包并不在身边。

“没有手机，门也被反锁了。而且，现在多半没什么人了。”

华榕愕然，半晌没说话。

这种情况，任谁都能猜到大概发生了什么。

她摸着脑袋回忆，她跟陆林重游校园时遇到了他班上的几个女生，几个人看到她又惊又喜的，非要拉着他说话。

她等了一会儿后便跟陆林说，她先去看看当初对她不错、现在还在任教的老师，又跟撞上的几个同学约了晚上一起吃饭。

两人约好谁先完事就先去接待室等。

她到接待室的时候没见到他，又因为当时都没来得及交换联系方式，只能干等。

哦，想起来了，当时有个校庆负责人见她独自等待，便给她端了热茶，送了些吃的，然后，她很快就开始犯困。

见鬼了，回学校怀个旧还有人给她下药。

“我在接待室等了很久。”陆林的语气简略到只有叙述，“一直到五点多，开始天黑了，人都几乎走光了，一个穿学校保安服的来清场，说知道你在哪里。然后，他趁我没注意拿警棍敲了我后颈，我比你先醒来十分钟。”

天越来越黑，两人相顾无言。

陆林从来不是话多的人，说完了该说的，便沉默了。

华榕问："你什么时候回国的？"

"一个礼拜前。"

"那……我爸知道你回来了吗？"

"一年半前，我把钱还给他后就再没联系过了。"

她唯一能想到的可能，就是她爹当年暗中逼走了陆林，今天又想用陆林来破坏她跟江云深的感情。不然，谁会用这么蹩脚的方式为她跟陆林制造这种孤男寡女的幽闭环境。

这个季节，昼夜温差很大。

尤其她睡了一觉醒来，风不知道从哪里吹来，让她整个人都哆嗦了一下。

她穿的是一件长袖的长裙，晚上就不够了。

陆林捡起她从垫子上差点摔下来时滑掉到地上的外套，披上她的肩膀："穿上。"

华榕哪是坐以待毙的人，起身走到门前，上脚就用力地踹了几大脚，一边大力拍着一边叫："有人吗？有人吗，来人啊！"

除了门被踹得乒乓响，就只有她自己的叫声了。

陆林跟在她的后边："今天校庆，也是周六，明天不上课，全校师生都放假了。而且，如果我没记错的话，这个器材室在操场的边角处，一般不会有人来。"

"啊？"华榕一下就沮丧了，"这地方没灯，又冷，连个坐的地方都没有，我们难道要待一夜吗？不对，明天周日，天哪！要是没人找来，我们不是要待到周一？"

"你不见了，应该会有人找。"

"对的，江云深联系不到我肯定会找我的，他那么聪……"扬起的语调突然间戛然而止，华榕看着他，却已经看不清他的表情。

陆林静静淡淡地道："去那边坐下吧，一时半会儿估计不会有人来。"

她噤声跟着他。

男人在前面，细心地替她踢开了障碍物，可能碰到的也挪开了。

华榕突然发现，她一直以为只是孤冷骄傲的男人其实很体贴。

从前就很体贴，只是太无声无息，她几乎没有发现。

两人在她之前睡着的垫子上坐下。

空气里满是灰尘的破旧味道。

安安静静的，有瞬间的错觉，仿佛他们是被时光遗忘在此。

他们之间相处，一向是华榕负责热场，因此她一不说话，就显得格外沉默了。

陆林伸手拿过她手里的外套，搭在她的肩上又重复一遍："温度比白天低，穿上。"

她顺从地穿上了。

"榕榕。"

"嗯？"

"你很喜欢你现在这个男朋友吗？"

"我……"

天基本黑透了，她看不清他的脸，连声音都沉静得收起了端倪，可她还是能清晰地感觉到他的视线，透过黑暗落在她的脸上。

一道光打了进来，跟着响起的脚步声，还有熟悉的声音："榕公主，你在吗？这儿有人吗？"

是林临。

华榕一下就兴奋得站了起来："我在我在……林临，你别走掉了，我在这里……"

"砰"的一声，门被一脚狠狠地踹开了。

有手电筒的光照进来，华榕一眼就看到了那个挺拔高大的人影，几步就冲他跑过去。

她正为可能要在这倒霉地方待上一夜甚至是一天两夜而愁，男人的出现无疑是及时得令人激动，惊喜之余，她几乎是习惯性地要往他怀里扑。

然而在隔男人一步距离时，她突然想到了什么，硬生生地收了势头，止住了动作，只让自己站在了原地。

江云深要接她的手已经伸出去了，就这么僵在了半空中。

他的视线越过她，落在她身后跟着起身走过来的另一个男人身上。

如此昏暗，视线短暂碰到了一起。

江云深收回的视线重新落回到女人的脸上，很快又下滑，落在她身上穿着的，明显属于男人的外套上。

男人的眉眼阴沉了片刻，但稍纵即逝。

他的手没有收回，顺势将女人揽到了怀里，另一只手理了理她的发，淡淡地问："回来参加个校庆，怎么还给人关起来了。"

华榕被他抱着，到底也没有挣脱开。

"好像被人喂了安眠药之类的，睡过去了，醒来就在这儿。"她觑着他，小声回答，"我也不知道是谁。"

他"嗯"了一声，又抬了抬下巴，指向她的身后："这位是？"

华榕看着他，又半转过身看着陆林。

他静静冷冷地站在那里，望着他们。

"他是我的……是我的……"她转而看着江云深，一下就撞进他似笑非笑的目光里，硬着头皮道，"是我一个朋友，叫陆林。"

"哦，朋友。"他淡淡地笑，将她身上的外套脱了下来，似漫不经心地道，"怎么从来没有听你提起过。"

男人低眸看着她，要笑不笑地道："你只介绍你的朋友，不介绍我？"

华榕没办法，只觉头皮更硬了："陆林，他是江云深，是我……是我的……"

江云深眼底似笑非笑的意味更浓了，浅浅地笑道："我也是朋友？"

她既没看江云深，也不敢跟陆林对视："他是我男朋友。"

陆林距离他们半米："江先生。"

江云深将从女人身上脱下的外套递给了陆林，淡淡微笑："晚上冷，陆先生的衣服。"

陆林扯了扯嘴角，接了过来。

江云深跟着将自己身上的西装脱下，裹在女人的身上："穿上。"

"哦。"

"关了多久？"

"应该是几个小时，不过我刚醒来没多久。你是怎么找到我们的？"

这破器材室都没灯，林临举着手电筒在后面笑嘻嘻地道："您手机关机了，何言还说收到您的短信。江总说您平常既不会关机，有事一般会打电话，也很少发短信，而且连陆先生的手机都关机了，所以怀疑您出事了。"

所以，他根本就知道陆林是谁。

江云深牵着她的手往外走："先出去。"

一如陆林所说，器材室外就是操场，视野宽阔，不远处有高高的灯立着。风吹过来，像是在低低的呼啸。

到了外面他也没松手："吃晚餐了吗？"

"没有。"

江云深停下步子，看了一眼跟在他们身后的陆林，摸了摸女人的头，语气自然："快八点了，榕榕，我们请陆先生吃晚餐？"

华榕看着男人一派和煦的俊脸："啊？"

他温和微笑："不是高中时候的朋友，很久没见了，不一起吃个饭？"

并不想，这不会是一顿很愉快的晚餐。

江云深转而问陆林："陆先生，有时间吗？"

男人总是更了解男人，何况这个男人并没有收敛或者掩饰的意思，陆林怎么会看不出来？他看似不温不火，却处处在彰显主权。

其实不应该去，他知道会面对什么。

可不应该三个字，远远抵不过来自她的诱惑。

他也想看看，她有多喜欢这个男朋友，哪怕，这会是一场自虐。

一个字从唇间溢出："好。"

上了车，林临负责开车。

"江总，去哪家餐厅？"

男人半阖着眼养神，淡淡地道："这个时间餐厅多半都关门了，去十月红吧。"

陆林开车跟在黑色宾利后面。

华榕坐在江云深的身旁，闻言便转过头："才八点，怎么可能都关门了？"

男人把玩着她白皙的手指："我亲自下厨招呼你跟你的前男友，还怠慢了他不成？"

"不行，林临，随便找家餐厅。"

林临从后视镜里看男人的脸色，缩了缩脖子，没接茬。

林临是江云深的秘书，当然是只听他的话。

华榕急了："江云深，说了去餐厅，你别以为我不知道你在打什么主意。"

他睁开眼，眼神凉飕飕的，似笑非笑地问："是吗，那你觉得我在打什么主意？”

“你……”

“怎么，怕你的前男友知道我和你的关系已经密切到了哪一步了吗？”

“江云深！”

他蓦地冷笑道：“当着他的面连抱我都不敢，你这个前男友，可真是来头不小……还是说，你们余情未了还想旧情复燃？那是不是要怪我来得太早，耽误了你们互诉衷肠？”

林临：“……”

为什么人的眼睛可以闭上，嘴巴可以闭上，就是耳朵没法堵上呢？愁人。

“你少把话说得这么难听！”

“我说得难听？我找了你一圈，找到的是你和你青春年少时念念不忘的前任男友窝在小房间里，你身上还穿着他的衣服，当年谈恋爱谈得全校师生都知道，现在演得好一出重逢的戏码，又闹得全校都知道，我已经够给你脸了，华榕！”

“我跟他又没怎么……你叫他去我们家分明是想侮辱他！”

男人冷嗤一声：“你跟他没怎么，我是恶人，打扰了你们重逢？”

“你根本就是颠倒黑白、胡搅蛮缠，我没这么说。”

江云深看着她：“你是嫌我颠倒黑白，还是怪我伤害了你心目中的白月光，破坏了你们记忆里神圣的爱情？你要是存了想跟他和好的念头，我可以成全你。”

“不过，他在国外念书奋斗就是为了有天能站在你的身边，而你换了这么多男朋友，也实在是对不起他这份深情。我给你支个招，虽然你男朋友很多，但一直都为他守身如玉，这样你就能毫无芥蒂、欢欢喜喜地和好了。”

华榕要被他气得肺都炸了。

他瞟了她一眼，漠然地道：“我把话放在这里，要么，你就回去跟他重烧爱火；要么，就让他清清楚楚地看着，你现在是谁的女人。没有第三种选择，也没有余地。”

YUN SHEN JI XU

第五章

哄人的本事

她简直要被这男人的态度气到心律不齐，恨不得脱下脚上的高跟鞋狠狠地砸破他这副强硬、冷酷、蛮不讲理、油盐不进的样子。

这个浑蛋的脾气比她还大，当华芷君男朋友的时候怎么可能会被叫成温柔体贴的完美男友，华芷君真是瞎了眼！

江云深似是完全无视她的怒火，淡淡提醒道：“前面可以下车，错过这个机会，你再想改变主意又得绕一圈，想下的话可以提前说一声。”

“江云深，你别以为我真的不敢！”

林临听他们吵得冷汗都下来了，还不自觉地暗暗为江总捏了把冷汗。

江总这么逼榕公主，还真的不怕她话赶话地撂句分手吗？就算不是真心的，但一怒之下这么闹翻了，很容易给人乘虚而入的机会呀。

前任正虎视眈眈呢。

他眼皮都没抬一下：“你再不下，就过了。”

“江云深，你欺人太甚！”

“过了。”

“停车，停车，我要下车！”

林临："公主，不能停了。"

"那就在下一个能停的地方……唔。"

她的后脑被男人扣住，他的唇压下来，堵住了她的唇。

最后，车开到十月红才停下。

华榕都没等男人或者林临给她拉开车门，自己解开安全带下了车，末了，故意将车门摔得震天响。

江云深下了车，面不改色地道："领着你的好朋友，别走丢了。"

那边，陆林已经推开驾驶座的车门下了车。

林临道："那江总，没事的话我先回去了。"

"嗯。"

"你站着！"华榕叫住他，"一起上去吃饭。"

林临："……"

他悄咪咪地看了一眼江云深的脸色，嘻嘻地道："榕公主，我吃过晚饭了。"

华榕冷睨着他："你跟你们家江总找我半天，还有时间吃晚饭？"

江云深淡淡地道："家里的食材本来就不多，多一个人还勉强，四个人就不够了。"

"我不管，是你非要叫人来家里吃饭，你自己想办法。"

江云深望着她，表情看不出喜怒。

她绷着下巴回看，毫不示弱。

陆林走过来，发觉他们之间的对峙，不动声色地问了一句："你们怎么了？"

江云深微转过头，朝林临道："去附近商场的超市买点食材回来。"

林临忙点头："好的，江总。"

江云深交代完，林临便回到车上倒车离开，他们三人进了大楼。

陆林在，华榕没法像以往一样无所顾忌地跟江云深说笑。

江云深在，华榕也没法很自如地跟陆林聊天。

电梯里，她站在这两人中间，既不知道说什么合适，连态度都不知道该怎么拿捏才好。何况，对着江云深，她还憋着一肚子的气。

她不自在，江云深却是游刃有余，浅笑着跟陆林有一搭没一搭地聊些天南地北的话题。

好似陆林真的是他女朋友的一个普通朋友，两人融洽得很。

一直到门外。

华榕伸手要去按密码。

男人的手先她一步伸了过去，骨节分明的手指一个一个数字摁着。

陆林看着他熟稔且理所当然的动作，目光黯了一瞬。

进门，玄关处。

华榕在鞋柜找了一双新的男士拖鞋出来，递给陆林。

陆林接过，道了声谢。

江云深极淡的目光从他们身上扫过，淡定自如地道："时间不早了，我去厨房，你去给客人沏杯茶。"

她愣愣地应道："哦。"

她脑子里想的是：这人真的"放心"她跟陆林待在客厅里？她还以为他会找借口拉她去厨房跟他一块儿做饭呢。

江云深的身影消失在餐厅。

陆林跟着她进了客厅，在沙发里坐下。

华榕很快端了两杯清香四溢的茶过来，放在茶几上。

陆林看着氤氲的热气，问道："江总亲自下厨，没有请家政吗？"

"哦，他喜欢切菜、炒菜。前段时间请的钟点工闹出了点事情，我准备找个长期的，还没定。"

他定定地看她，嗓音喑哑："你们同居了？"

鞋柜里有几双男人的鞋子，衣架上有男人的西装，茶几上装着点点灰烬的烟灰缸，储物盒里明显属于男人审美的打火机。

虽然有些东西看不出来是不是男人用的，但一个单身女人的住所和一个有男人进出的公寓，连气息和色调都会截然不同。

而这里处处都是男人的痕迹。

江云深是个兵不血刃的高手，从他出现开始，除了在废旧器材室抱了一下华榕，再牵着她出去，就没刻意在陆林面前表现亲密了。

可事实上，他时时刻刻都在透露。

从穿在她身上的衣服到带他来他们的"家"，再到他比华榕先一步按密码开门，甚至是那句"客人"以及这套公寓。

这个男人看似温淡和煦，却句句都是刀。

同居？

华榕端着茶杯："没有。"抿了抿唇，她又低声道："不过也差不多了。”

江云深没有完全搬到她这里来，只能算是时不时跟她一起吃饭过夜。但这个频率实在太高，他的东西也越来越多，所以算是半同居状态。

“你还没有回答我的问题？”

“嗯？”

他眼珠漆黑，深不见底，仿佛要将与之对视的人吸进去：“你喜欢他吗？”

热度透过杯壁传到她的肌肤上，华榕看了一会儿水里飘着的茶叶，最终还是抬起头：“喜欢。”

他又看了她好一会儿，哑声问：“有多喜欢？”

多喜欢？

这实在不是一个好回答的问题。

“喜欢到确定他是你人生中的最后一个吗？”

华榕怔住，眼神轻微涣散开。

晚餐很丰盛，用餐甚至可以说得上愉快。

江云深私底下其实偏安静，话不多，平常是华榕黏他，他才会陪她说笑。但混迹商场的人，只要他想，他也可以是个交际高手。

从头到尾，他都没对陆林露出半点异色。

饭后，陆林深深看着华榕，开口告辞。

本来就孤冷静默的人一落寞起来，哪怕脸上不怎显露出来，也会使那股感觉越发浓郁。

陆林走后，林临也识相地跟着离开了。

华榕一言不发地进了浴室。

一个小时都没出来。

在第三次看表后，坐在主卧单人沙发里的男人蓦地起了身，连门都没敲，直接拧开门把，推门而入。

这晚过后，华榕彻底不理他了。

第二天早上。

江云深从浴室里出来后，发现女人翻了身，本来是被他锁在怀里面朝他的胸膛，这会儿侧身躺着，朝着落地窗的方向。

他走过去看了她一会儿，开口：“醒了就起床，我做早餐给你吃。”

她纹丝不动。

他又说："你不是等下还要去找你爸秋后算账？可以跟我一块儿去公司。"

华榕索性翻了个身，又背对着他。

江云深弯腰凑了下去，薄唇贴上她的发，哑声道："昨晚的事，我向你道歉。我知道你当年很喜欢他，晚上又把自己关在浴室里弄得神思恍惚，我看了生气。"

她仍是紧闭双眼，没有任何反应。

又过了大约半分钟，他才低道："早餐我放桌上，待会儿我走了，你就起来吃。"

女人一动不动，仿佛真的在熟睡当中。

江云深起身，带上门安静地离开了主卧。

上午九点二十分。

林临敲门进了总经理办公室："江总，大小姐又来公司了。"

江云深敲着键盘，头也不抬地道："去董事长办公室外面等着，她出来后替我拦住她。"

林临没忍住那股八卦之心，嘿嘿一笑："江总，您跟大小姐昨晚不会吵架了吧？"

男人从屏幕前抬起头，淡淡看着他。

林临一个激灵："我去等大小姐，马上出去。"

董事长办公室。

华东森吹着还在冒热气的热茶，抿了一口，又将茶杯放到书桌上。

华榕立在办公桌前，栗色的长发下戴着精致的红色流苏耳环，明艳逼人。她把手里的黑色手包重重地摔进了一旁的椅子里，眼角眉梢都是冷意，面无表情。

"你为了陆林的事情来找我，不怕江云深生气了？"

"哦，看来爸也知道我是为了什么来的。"

华东森漫不经心："在学校闹得尽人皆知，晚上江云深又到处找你，我要连这都不知道，消息未免太不灵通了。"

"所以，你要承认是你当年逼着陆林离开的？"

"是我。"

华榕被华东森这副态度气笑了："所以，你还半点不觉得自己错了，不心虚是吧？"

"我错了？我哪里错了？"华东森嗤笑，"你要是真的那么喜欢他，现在就甩了江云深嫁给他！我当年也是这么答应他的，现在还是作数，你嫁吗？"

"我……"

"你不嫁，因为你现在迷的是江云深，所以你本来就没有多喜欢他，错过了又怎么样？何况你跟他出生不同、背景不同、爱好不同、性格不同，那不过是一时的新鲜和激情而已，迟早要分的。"

"我有多喜欢他、我到底能喜欢他多长时间，和你背着我逼走他、欺瞒我，完全是两个概念，你不要试图将它们混淆在一起，你口口声声说给我自由，不管我的事，却全都是假的。"

华榕冷冷一笑："之前家政的事情，你跟江云深各执一词，我也各信一半。爸，你不怕你现在信用都破产了，我再也不信你的话了吗？"

华东森看着她："那江云深有没有告诉你，当初提议让陆林不留一句话就消失，好淡化你感情的人，就是你的好现任他自己？"

华榕愣了一下。

"怎么，你不相信？那你亲自去问问他好了。他这人虽然城府极深，但做过的事应该不屑否认。"

华榕想起早上他在她耳边说的那句：我知道你当年很喜欢他。

他是应该参与过，所以才会知道得这么清楚。

"你不要试图转移视线，推卸责任。即使是他的主意，也无非是当你的狗头军师为你出谋划策，这个帮凶不是他也会是别人，表里不一、当面一套背后一套的是你。"

"而且，你不要说什么我跟他迟早会分开，所以错过也不可惜。如果你真的觉得我会跟他自然而然地分手，又怎么会暗中介入逼走他？你分明就是觉得时间长了我和他的感情会更深，所以你觉得要先下手为强，就像现在你想拆散我跟江云深一样。"

华东森突然将再次端起的茶杯重重地放回了桌面上，茶水被泼洒了出来。

他威严冷硬地道："我是不想为了男人的事情跟你吵吵闹闹，才用了委婉点的方法，但我也不怕告诉你，像陆林那种出生的男人，我绝对不会同意你和他在一起！江云深，我也绝对不会允许。"

"我现在还好好地跟你说，你要再这么固执下去，我会让你看看，胳膊到底拧不拧得过大腿。”

华榕冷漠道：“是不是你让陆林回来，方便委婉地拆散我跟江云深？”

“陆林？”华东森冷嗤，“一个你自己都忘记了的男人，我关注他做什么？”

“是，还是不是？”

华东森道：“我没有。”

“哼！”华榕也是冷冷一声，拿起包就转身头也不回地走了。

华榕一出门，就遇上了笑嘻嘻凑上来的林临：“榕公主，江总在等着您呢。”

华榕瞥了他一眼，直接绕过就往电梯的方向走。

林临“哎”了一声，跑上前阻拦：“榕公主，江总特意交代让我等着您呢。”

她掀起眼皮：“如果我想见他，需要人来拦吗？”

他就知道会吵架。

林临满脸为难地看着她。

“让开，别挡着我的路。”

林临不敢再拦，眼睁睁地看着她走进电梯，忙拿手机打了个电话：“江总，大小姐出来了。她说不想见您，我不敢拦。”

地下停车场。

华榕伸手拉开车门，才把包扔到了副驾驶座上，还没来得及弯腰上车，一只手就拉住她的手腕，把她拉离了原来的位置，另一只手直接将车门关上了。

身后男人的胸膛几乎贴上了她的背，而这样的姿势，她差不多被他半圈在了怀里。

华榕转过身，直接撞上了男人低下来的视线。

她淡淡地问：“有事吗？”

“你是准备一句话也不跟我说了？”

“我要回去，没事的话就让开。”

江云深低声道：“既然来了，中午一起吃饭。”

“不吃。”

他低眸看着她。

华榕靠在车身上，将视线转往别处，右手无意转着左腕上的翡翠手镯，语调淡得不经心："你想耗就耗着吧，反正我今天闲得很。"

"跟你爸吵架了？"

"我本来就是来跟他吵架的。"

他盯着她的侧脸："你也生我的气，怎么不跟我吵？"

她淡漠地道："我不是吵不过江总吗，何必白费唇舌呢？"

江云深抬手将她的脸蛋扳了过来，迫使她看向他："你爸跟你说了什么吗？"

"他说了什么，你自己心里没数吗？"

男人低声叙述道："他当年觉得陆林配不上你，你又太喜欢他，便琢磨着怎么让你们分手，凑巧跟我说起，说他跟你有代沟，不知道用什么办法才能让你们分得妥善又不至于破坏你们父女的关系，我提了个建议，他后来采纳了。"

华榕听了这话，没什么反应的样子："说完了？"

男人捏着她的下巴："你要是觉得不满，就直接说出来。"

她仰着头笑了笑："你今天脾气很好啊，不提分手的事情了？"

江云深审视着她的神色，静了片刻后，有条不紊地开口："你以前的那些男朋友虽然多，但能让你爸插手的没几个。"

"陆林是个特例，刚好我也了解过，所以清楚你之前到底多喜欢他。以公主殿下的性子愿意百般迁就他，可见有多喜欢，他跟你其他男友不一样。"

"而且，你突然知道他不仅当年喜欢你，直到现在还喜欢你，冲击和动容让你满脑子围着他打转。他对我来说，危险得很。难道你想让我无动于衷，什么都不做吗？身为男人，那未免太无能了。"

华榕对这个男人，本来已经因为愤怒到极致都懒得发脾气了。

这会儿又被他激了起来，忍不住连连冷笑道："你无动于衷？你做得还少吗？陆林威胁到你了？你少放屁，从头到尾，你都在警告他，我说什么了？我要是想跟他和好，早让你打包滚蛋了，甩了你我还不用应付我爹。"

他淡淡地说："你泡在浴缸里已经一个小时，连皮都皱了，不是在想他吗？"

"所以，你觉得自己很有理了？那你早上又何必说什么道歉呢？

你不是横得很吗？那就继续横啊，你怎么不说我现在要是不跟你一起吃午饭，你就要分手？”

昨晚在车上她妥协了，让陆林去十月红吃饭。

以她的性子再不给台阶下，不管她喜不喜欢他，有多喜欢他，都会要触底反弹，直接撂话让他打包滚蛋了。

“我既然道歉，那自然承认是我的错。”

“嗬。”

“我早说过了，我这人气度小得很。你跟我发脾气也好，跟我冷战也行，至少昨晚你无暇想别人，今天从醒来开始一直在生我的气，脑子里也只有我，还是没有心情想别人。”

男人骨节分明的手抚上她的脸庞，低沉道：“我宁愿花十倍的时间哄你，也不能让你去想他的好。”

她就知道，这个男人永远能扯出一番歪理来。

华榕看着他。

男人没有回避，没有显得坚定不移，却沉静暗黑。

十秒后，她转移了视线，一把将男人的手狠狠拍掉了，冷笑道：“十倍的时间是吗？好啊，我给你好好表现的机会。”

说罢她就推开他拉开了车门，看也不看他一眼就上了车。

红色的豪车很快倒车离开。

身形挺拔的男人伫立在原地，深暗的眸静静看着车子消失在视野中。末了，他唇畔勾出意味极浅的弧度。

傍晚。

江云深在按门铃无人理会后，连摁下的密码也被提示——

“您好，您输入的密码错误。”

江云深嗤笑了一声，不用试第二次就知道是里面的女人把密码换了，他不可能连一串数字都会记错。

他拿出手机拨了她的电话。

华榕没有连电话都不接，接通了后，她直道：“密码换了，我也不在家，你回你自己的地方去吧。”

“我知道你在。”

“不在。”

“你跟我闹脾气也没什么，但新的家政你还没请，你不让我进去你晚上吃什么？”

她漫不经心地道：“我说了我在外面，当然在外面吃。”

男人静了三秒，笑道：“行，我等你回来。”

“随便你。”

公寓里面，华榕看着监控视频里站在门外的男人，面无表情，握着手机就往客厅沙发那儿走，开始思考男人提醒她的问题：她晚上吃什么。

这段日子都是他做晚饭，她都习惯到忘记这件事了。

很快，她又烦躁地想，晚点叫外卖吧，他总不能堵在门外一个晚上。

然而两个小时后，她再去看监控。

他姿势随意地半倚在墙壁上，指间夹着抽到一半的香烟，青白的淡雾缭绕，漫不经心、不急不躁，没有半点不耐烦或者要走的意思。

她捂着胃，顿时更烦躁了。

家里连速食品都没有，因为江云深从不准备没营养的东西，她自己也不怎么吃那些。她正准备洗个水果吃，监控里突然走进一个熟悉的人。

门外。

江云深看着走过来的女人，挑了挑眉梢，掐灭烟头扔进了垃圾箱里，微微淡笑：“夏小姐。”

夏泉穿了一件月白色的衬衫，袖口盖到了手背，微卷的可可茶色短发因为没有精心打理而显得有几分暗淡。她肤色很白，眉眼间的神色淡出了一两分平常收敛的漠然，只是更多的还是疲倦。

她看了一眼紧闭的门，又看着显然站了不是一时半会儿的男人：“你们吵架了？”

江云深随意地笑了笑：“嗯，她在闹脾气。”

“在家？”

“嗯。”

夏泉伸手要去按门铃，男人在一旁似笑非笑地道：“我建议你给她打电话，她可能以为是我……”

话还没说完，女人似乎因为眩晕而闭了下眼，跟着就身形不稳地往旁边踉跄了一下，条件反射般要去扶墙。

江云深伸手扶住了她的手臂：“你病了？”

夏泉还没回答，一旁的门被打开了。

江云深看了过去。

华榕面无表情地瞪了他一眼，然后伸手去扶夏泉，蹙着眉头问：“夏夏，你怎么了？”

华榕先是无意中触到了她的手，觉得温度好像高了点，再看她的脸色也不怎么好，于是伸手去探她的额头，“呀”了一声：“你发烧了？”

夏泉搭上她的手臂：“嗯……榕榕，能收留我一晚吗？”

华榕拧紧了眉头：“先进去。”

作为一个私生女，夏泉虽然是夏家的血脉，但说白了，还比不上华芷君在华家过的日子。父兄冷漠，亲妈奇葩，看人脸色长大的人最会察言观色判断局势。

哪怕是最好的朋友，华榕和江云深好上并经常出入十月红后，她渐渐就不来过夜了。

这回江云深在这里，她这么说代表什么，华榕再清楚不过。

江云深将门推到最里面，方便她们进去。

当然，也方便他自己后脚跟着进去。

华榕这会儿没心情赶他。

夏泉在沙发里坐下，华榕这才反复探了她的额头，又比对了自己的温度：“你烧得很厉害，夏夏，我送你去医院吧？”

“不用。”她摇着头，半闭着眼睛，轻软地道，“你家有药吗？拿点退烧的药给我吃。我想洗个澡，吃点药睡一晚。”

退烧药？

有吗？应该有的。

她下意识看着立在沙发旁望着她们的男人。

家里是备了医药箱的，还是江云深让她打电话给华家的私人医生特意给准备的。她只大致地看了一下，事实上她既不清楚那些药的功效，也不知道退烧药是哪个。

江云深收到她的视线，笑了下：“我去拿。”

夏泉睁眼道：“榕榕，你帮我拿下衣服好吗？我去浴室淋个澡。”

她留了一身衣服在华榕的公寓里，放在客房。

华榕点点头，去了。

夏泉就着水吃下退烧药，便抱着衣服去了浴室。

华榕凝着她静寂得有股衰败之息的背影，没问什么，只是觉得她现在没精神说，但显然感觉到她的异常。夏夏怎么了？跟家里吵架了，还是跟裴星泽吵架了？

男人低低的嗓音在她耳边响起：“饿了吗？”

华榕淡淡地看了他一眼：“谁让你浑水摸鱼跟着进来的，出去。”

“你让保安来架我出去。”

“你是耍上无赖了？”

他摊手：“不然，你还有别的建议？”

华榕看他一眼，索性什么都不说，直接去了阳台，眼不见为净。

江云深转身去厨房了。

华榕在阳台吹了一会儿风，见男人没在客厅里，又大致算了下时间，猜测夏泉应该洗完澡了，便又回到了客厅里。

因为离客浴比较近，她刚拿起 iPad 刷了会儿微博，就听里面“哐当”一声巨响，猝不及防地吓了她一跳，她一下就起身站了起来。

江云深显然也听到了，从厨房走了出来，两人在浴室门口撞到。

华榕拍了拍门：“夏夏，夏夏……”

无人回应。

江云深道：“她可能晕倒了……你先进去，需要的话给她穿上衣服。”

话说完，他已经转了身。

华榕拧开门把就进去了，一看，夏泉果然倒在热气未散的地板上。她忙几步上前要扶起她，然而刚一走近，整个人都震住了。

五分钟后，江云深进来把已经被华榕严严实实的穿上衣服的夏泉抱了出去。

华榕跟在他的身后，临走前眼角的余光忽然无意间瞥到了盥洗盆上的一只表，她怔了一下，拿起手表细细地看。

这是名牌表，因为她平常对表的兴致不大，所以谈不上很了解，可这块表她虽然不清楚具体的价格，但没记错的话，至少千万，或者几千万。

客卧。

江云深看了一眼脸色难看、意难平的华榕：“我打电话叫你们家的私人医生过来了。”顿了片刻，他意有所指地道：“他做了几十年的私人医生，遇到什么都不会说出去。”

华榕在房间里走来走去，任谁都看得出她脸上的怒意，但又顾忌着什么，所以没发作。

她最后走到他的跟前：“你知道什么？”

他淡淡地道：“什么都不知道，只是不小心看到了她手腕上的伤痕。”

“你觉得……那是什么造成的？”

“金属磨破了皮……多半是手铐。”

华榕深吸了一口气：“你觉得……她怎么了。”

“不是显而易见吗？”

“她不回家，不去学校，也不想去医院，而是来找我，代表她不想让任何人知道。”华榕喃喃自语道：“可是为什么呢？如果她是被欺负了，这么大的事情为什么要一声不吭；如果不是，她又怎么会这样？”

“大概是……是觉得忍耐的结果会优于爆发。”

夏泉是个聪明人，但这种聪明又悲凉得很，她太清楚自己的处境，所以每一个判断都会基于现实来做。

其他诸多事情，都抛掷后位。

有些女人会选择玉石俱焚，可她显然不想跟那男人一起焚了。

华榕手指紧紧攥着那块表，咬牙切齿：“我知道是谁。”

江云深瞥了一眼她手里的东西：“公主殿下，这事你管不了。”

她睁大了眼睛，难以置信道：“难道就这么算了？！”

“算了？你想算，那边未必肯，如果只是随意玩玩的女人，那么会送房、送车、买包、给钱，但没有会买表的，而且这块表，你不会以为她是忘记取掉了吧？”

“什……什么意思？”

江云深拉起她的手，露出那只绿意盎然的翡翠手镯：“信物，标记。”

金医生很快来了，看见江云深在也没说什么，微笑地打了个招呼，给夏泉测完体温后，熟练地给她吊了点滴。

华榕不知道该怎么表达夏泉身上还有其他的伤。

江云深看了一眼她的表情，三言两语地暗示了一番。医生马上领会，没露什么声色，只又多开了点涂抹的药膏。

刚好华榕家里的医药箱里有。老医生什么都没说，连一丝意外和震惊都没有，看完病，给了医嘱，就告辞离开了。

江云深送金医生出门，打点滴差不多需要一个小时，华榕看了一会儿沉睡中的夏泉，也跟着出去了。

江云深回到客厅，看到女人趴在沙发的扶手上，不知道看着什么地方发呆。

他走过去，低头亲了亲她的发。

但最终，还是什么都没说。

半个小时后，他才从厨房折回客厅，俯身弯腰："公主殿下，去吃点东西。"

她看了他一眼："我没有胃口。"

江云深看了她一会儿，起身用餐盘将冒着热气的菜端到了茶几上。他坐到她的身边，端起漂亮的瓷器碗，舀了一勺粥，轻轻吹了吹，再喂到她的嘴旁："张口。"

她抬眸看了一眼莹白的米粥，犹豫片刻还是张了口："怎么是粥？"

男人继续喂她："现在九点多了，你很快就要睡，这个点喝粥比较容易消化。"

华榕看了一眼茶几，他煮了粥，还炒了几个家常菜。

江云深一勺一勺地喂了她小半碗，才牵起嘴角的笑："你还真的准备让我喂你吃完啊？"

"我张口就是给你面子了。"

他笑得更厉害了，慢悠悠地笑："是是是，能喂公主殿下吃东西是我的荣幸。"

"哼。"

就着开胃的菜色，一碗粥很快见了底："还要吗？"

她摇摇头，抽了张纸擦嘴，瞄他一眼："你吃过了吗？"

"公主殿下要一勺一勺喂才肯给面子，我哪有时间吃？"

她拿过抱枕，又趴到了一旁："你自己去吃吧，吃完了走人。"

"好。"

他答得这么干脆，华榕反倒愣住了，狐疑地看向他。

江云深淡淡地笑：“你不是觉得夏泉不想让人知道？那明天她醒来后看到我，不会觉得尴尬和不自在吗？”

她抿了抿唇，望着他。

“怎么？”

“我发现跟你在一块，不仅可以什么都不做，还可以什么都不用想。”

他似笑非笑：“不好吗？”

华榕撇了一下嘴，懒洋洋地道：“如果你跟我爸之间的事情也不用我想，那才好。”

江云深也喝了碗粥，又仔细教她到时候怎么拔掉夏泉手上的针头：“有什么问题再给我打电话。”

“嗯。”

夏泉这次病得很严重，到第二天傍晚，她的高烧才算是勉强退了下来，但人还是虚弱得很。

像是平常没什么小伤小病的人，一次性大病了一场。

四月已经回暖，两人在阳台上吹风看夕阳。

隔着一张精致的木桌，夏泉看着华榕，扯开嘴角：“你是不是都憋坏了？”

“我没有那么八婆。”

她嗓子哑了，音色却是清冷的，淡淡道：“只是好奇，而且想不通，是吗？”

“我不懂，就算夏家的人不替你撑腰，可这件事闹大了，他背后就是有再大的权势也不可能不被殃及。”

江云深说她没有受过委屈，所以咽不下去，但很多事情，别人是习惯了，或者不得不咽。

夏泉望着木桌上轻薄的雾气：“夏家的水比我想象得还要脏，溅到了我的身上。可如果离了这艘船，我一辈子都只能被养在鱼缸里。”

她闭上眼，夕阳的余晖洒在她的脸上，她的声音更轻了：“我跟他打了个赌，输掉了，所以任他处置。”

夏泉说了多少华榕就听了多少，没再追问多的，虽然她越想越觉得气不过。

但别人的隐私她不方便多问，别人的选择她也不方便干涉，何况有些事情本身就让人难以启齿。

夏泉本来晚上要回学校，但她的病还没好，华榕哪肯让她走，她便又多留了一晚，第二天上午打车去了学校。

每次吵架，华榕和江云深的半同居状态就会演变成同居状态。这个男人强硬的时候不留丝毫余地，殷勤起来又慢条斯理极有耐心。

那次之后，她觉得把江云深关在门外实在是损人又不利己的事情，于是把密码换了回来。他每天下班后给她做饭，她也乐得吃现成的。

不过——

“我懒得让保安架你出去，你要睡我家你就睡，睡沙发。”

“你想让我睡多久的沙发？”

华榕漫不经心地道：“类似于上次的事情发生一次，你就睡三个月的沙发吧。”

江云深沉默了一会儿：“嗯，那我还是回兰溪岸睡三个月好了。”

“你……”

“你想让我禁欲，我不碰你就是了。沙发那么窄，你非要从方方面面来惩罚我？”

“对呀。”

“我有点儿好奇。”

“什么？”

他勾起嘴角：“你应该已经习惯了被满足，三个月是随口扯出来的，还是你深思熟虑后预估的极限呢？”

“江云深，你就睡一辈子的沙发吧！”

就这么过了一段时间。

天气舒适，风不冷不热地吹着。

华榕洗完澡后，站在阳台上一边舒展着身体，一边吹风看夜景。

脚步声在身后响起，她也没回头，跟着就被人从后面抱住了。温热的吻密密地落在她的耳朵上，带着瘙痒皮肤的鼻息。

她刚洗了澡，头发也是洗了被吹得半干，很干净，很清香：“榕榕。”

她任由他轻薄，懒懒地应了声：“干什么？”

“过两天陪我去海城，嗯？”

她愣了一下："海城？"

"去吗？"

"去干什么？"

他静了一会儿，淡淡地道："忌日。"

她的长发还飘在栏杆之外，以繁华都市的璀璨灯火为背景，显得分外美丽。

华榕怔住了，在他怀里转了身。

他神色淡极了，只低眸等着她的答案。

过了半晌，男人问："答案？"

"哦，"华榕回过神，"那去吧。"

他嘴角上扬，扣着她的脸就吻住了。

江云深工作忙，他订的是周五晚上的机票，然后周日晚上回帝都。

周五中午，华东森打电话给她，叫她回家吃中饭。

自陆林的事情以来，她既不肯回华家聚餐，连一个电话都没给华东森打过，本来也还是不想回去，但考虑到周末要去海城，再加上怕她拒绝了她爹的"主动示好"，他一个电话打到剧组，她的电影又黄了，便答应了。

中午吃了顿不怎么愉快、没什么交流的饭，饭后在客厅里象征性地喝了一杯茶，她就以下午有约为由准备走人。

华东森看了她一眼，朝走进来的保镖淡声吩咐："把她的手机给我拿过来，人关到卧室去。"

那保镖早有准备，两步上前就快速地将她放在一旁的包拿走了，轻易地从里面拿出了手机，再把包还给了她。

华榕惊愕："爸，你干什么？"

"我让你跟江云深分手，你不仅当作耳边风，还准备跟他一起去祭拜他父亲？华榕，你真当我治不了你？"

"你怎么知道？"

"我怎么知道，航空信息一查就知道。你知不知道祭拜对方父母代表什么？还是说，你已经打算跟他谈婚论嫁了？"

"什么谈婚论嫁，我还去尹家见过尹焕的父母，该黄的还不是一样黄掉了，这能代表什么？"

"不管能不能代表什么，总之，你不能去。"

华榕不可思议地道："所以你就软禁我？"

华东森一副懒得跟她多说的态度，挥挥手："带她回卧室，我懒得跟她争。"

华榕看着父亲把手机直接解锁了。她想上前把手机夺回来，却被两个保镖拉住了："你拿我手机干什么？你怎么知道我的密码？"

华东森淡淡道："我给你那个男朋友发条短信，免得他以为你出了什么事，遗憾地错过了自己生父的忌日。"

"爸，你真无聊，简直无聊透了！你以为扣着我不准我去，就能改变什么吗？你能关我一天两天，难不成能关我一辈子？"

华东森不耐烦地道："带走。"

傍晚六点。

两人早上说好下午快下班的时候华榕到公司跟江云深会合，然后一起去机场。

江云深刚合上电脑，简单地收拾了办公桌上的文件，拿起手机准备打电话给女人问她到了没有，屏幕跳出了一条微信。

他点开。

"我想了想，陪你去海城拜祭你父亲这件事还是太严肃，我们现在的情况不大适合，我就不去了，你到海城的酒店再给我回话吧，别耽误了行程。"

他眯起眼睛，直接拨了个电话过去。

出乎意料的是，不到五秒钟电话就被接通了。

"榕榕？"

她的声音异乎寻常低："嗯。"

江云深皱起眉："微信是你发的？"

根据华榕的性子，既然答应了这件事就不太会反悔，而且她压根儿不会去想去祭拜能代表什么，就算知道代表了什么，她也未必多么在意。

"我今天不能陪你去了，这边有点事要处理。"她的声音异乎寻常的低，仔细听的话还带着些紧绷，"你去机场吧，别耽误了飞机。"

江云深眉头皱得更厉害，沉声道："出什么事了？"

"我跟我爸之间的一点事。"她顿了一下，"我自己能解决，等你回来我再跟你解释。"

“你爸不让你去？”

“嗯，你不用担心，他是我爸，再说他也不能把我怎么样，你去吧。”

消毒药水的味道很重，手术室前亮着红灯。

墨念倚在墙壁上，隔着走廊看着她，眉心不自觉地蹙起，看着她挂断电话后才道：“榕榕，你现在不告诉他，不怕他误会吗？”

华榕面无表情：“他回来之前我会彻底解决。”

YUN SHEN JI XU

第六章

受伤的公主

墨念："你能告诉我，你准备怎么解决吗？"

依她看，这件事真的不好解决，华董明显开始动真格的了，不如告诉江云深，以他的能力跟段位总会比华榕处理得更妥善。

而且，以华榕平常的性子，她现在隐而不发的状态太异常了，明明已经气疯了，却又冷静得根本不像她。

华榕握着手机，红唇紧紧抿起，没有回答墨念的话，只转头看着红色的"手术中"三个字。

中午她爹让人把她关在卧室里，并且派人看守。

她虽然生气，但也觉得等联系上江云深后解释一番就好了，总不可能一直联系不上或者被软禁。那男人虽然在其他男人的事情上强权到恶劣，可这种事说清楚就没什么了。

没想到下午三点左右，她爹忽然拿了张画展的门票给她，让她去看画展。

她觉得莫名其妙，当然不肯去。

显然，她肯不肯不在华东森的考虑范围内，直接就被半绑着去了。

等到了地方她才知道，这是陆林的个人画展。

陆林早在大二下学期就获得过美术界最有分量的奖项，在业内大有名气，也举办过画展，但都是在国外，国内办展是第一次。

负责画展的公司规模很大，陆林又是他们的重点对象，特意邀请了不少媒体。

华榕一露面就被蜂拥而至的媒体围追堵截，闪光灯闪得她的眼睛都差点睁不开。

她想走，但身边跟着她老爹跟四个保镖，她再怎么不甘不愿也不可能当着这么多镜头逃跑，而且她也跑不了。

陆林是听到媒体闹出动静，才过来。

看到她时，陆林明显怔住了。

疏散媒体后，他才走了过来，淡淡地道："考虑了很久要不要给你一份邀请函，但我猜你那个男朋友不会让你来，想来想去还是算了，没想到你会来。"

她看着他，不知道怎么开口解释自己是被她爹"绑"来的。

陆林的气质仍然孤冷，眼神沉静。

重逢之后，他没再出现在她跟前，连联系也不曾有。

可这种淡漠和"不打扰"却让她在见到他时，控制不住地生出心虚和愧疚之情，总觉得自己很对不起他，哪怕他什么都没说，甚至没表示。

不过，虽然她没说，但陆林还是很快看出来了。

略一思索后，他才不经意地带着她走远了两米，问她："以江总的年纪跟他今时今日的地位，你爸难道对他不满意吗？"

她抿着唇，点头承认了。

"制造你我的绯闻？"

"大概是这个意思。"

她没忍住，把她本来跟江云深去海城以及下午发生的事情简单地跟他说了。他带着她走过了几幅画，才道："你想走的话，先认真看画，再找个机会溜。"

她问："你要帮我吗？"

陆林瞥了她一眼："身在曹营心在汉，侮辱我的画。"

华榕收回了看向手术室门口的视线，闭上眼睛道："念念，以防万一，你先帮我去联系这方面顶尖的专家。"

墨念看着她，沉默了一瞬，点头道："好，我去办。"

说罢她站直了身走到华榕的面前："榕榕，有什么事先跟我商量，或者跟江总商量也行。别冲动，知道吗？"

华榕长发垂落而下，遮掩住半边的脸："我心里有数。"

墨念拧眉，有一丝不安，却又说不出能发生什么糟糕的事情。

"有事给我打电话。"

"嗯。"

墨念离开了，手术室外顿时变得更加冷清。

两个小时后，门被打开。

始终靠墙站着，甚至没怎么动过的华榕一下站直快步迎了上去，白皙冷艳的脸绷着："他怎么样了？"

"其他多是皮外伤，不严重，就是手伤到了筋骨，可能会留下后遗症，比如关节不灵活，或者不能提重物之类的，要看后续的恢复。"

关节不灵活。

她咬住下唇："那会影响画画吗？"

医生想了想："如果恢复不好可能会有影响，不过他伤的是左手。"

左手，华榕稍松了口气，陆林不是左撇子。

她点着头，语气淡淡说出来的话却无比决断："我请的国内一流的骨科专家，不想听到什么可能，就算是左手，关节不灵活或者不能提重物这种后遗症我也不要看到，我要他的手像从来没有受过伤一样。"

"华小姐……"

"就这样，病房在哪里，带我去。"

那医生轻叹了一口气，幸好那病人完全治愈的可能性并不低，于是不再解释什么，做了个邀请的姿势，带她往病房走去。

陆林手术治疗以及住院的事由华榕全权负责，病房也自然就是顶级的 VIP，空间大且设备齐全。

医生和护士走后，她一言不发地坐在沙发里出神。

直到病房的门被打开，何言提着好几个纸袋子进来。

"榕公主，你吩咐我去陆先生家里拿来的衣服和日常用品我都带过来了。"

"好。"华榕看了一眼，道，"你再去找个护工，要经验丰富、手脚麻利、口碑好的。"

"我这就去，"何言转身准备离开病房，像是想到了什么，又说，

“榕公主，您还没晚饭吧，要不我去附近给您买份餐饭回来，您随便吃点儿？”

“不用了，我吃不下。”

“哎……那我先去了。”他这么应着，但还是打算买点来。

何言走后不久，墨念就进来了。

“榕榕，”墨念走到茶几前，想了想还是道，“跟我交好的媒体人刚才给了我个消息。你下午在画展上和陆林的照片上了热搜，他的身份被人扒出来了。现在网上都在说他是你的初恋，你们被迫分开多年，现在旧情复燃了。”

这些都是这几个小时内发生的事情，大量的通稿像雪片儿似的，再加上舆论引导以及陆林本身的容貌气质，网上一边倒地夸他们郎才女貌。

“还有呢。”

“那个媒体朋友跟我说，陆林受伤做手术，你刚才一直在手术室外，他们接到上面的任务，很快就会有新闻通稿跟公众号的软文出来，给这个画面编各种各样的故事猜测，力求炒成最火的绯闻，文章已经在赶，陆陆续续会发。”

“随便吧，反正以我爸的势力，他要发也没什么人能左右，而且我的绯闻多的是，再多一个少一个没什么。”

墨念看着她漠然得好似事不关己的态度，眉头拧得更厉害了。

“念念，你替我去查一下陆林的交际圈，联系跟他关系比较好的人，通知他们过来。”

“好。”

一个小时后，陆林高中时期的哥们儿跟他所签公司负责画展的一个年轻小女孩一前一后赶到了医院。

墨念跟他们大概说了一下陆林受伤的事情。当然，隐去了他受伤的真正原因。

那小女孩不了解情况，懵懵懂懂，没表示什么。

倒是陆林的哥们儿，显然并不相信墨念的那套说辞，几步冲到沉默不言的华榕面前，咬牙切齿地道：“华大小姐，尊贵的公主，你到底是有多金贵、高不可攀？当年倒追的人是你，惹得你爹几次三番派人羞辱他，说尽了难听的话；今天，你有了新欢，他也没纠缠你吧？

那他为什么又受伤了？”

华榕从沙发里起了身：“是你来了，那最好不过了。他住院跟请护工的事情我都处理好了，衣服跟日常品我也让人接了过来，这段日子，可能要麻烦你照顾他。”

“你这话的意思，他为了你受了伤，你出了钱就两清了？”

“医院这边有事可以给我打电话。念念，你帮我看看还有什么事情没安排妥，把你跟我的电话留给谢丞。”

说完她就拿起包走出茶几：“何言，替我开车。”

墨念看着她的神色，不由得问道：“榕榕，你准备去哪里？”

“去找我爸谈谈。”

何言看着华榕的身影，又看了一眼墨念，只能跟上去。

两人带上门消失在病房外。

墨念看着被带上的门，那股找不到落脚的猜测扩大到了极致，最终还是拿出手机拨了个号码出去：“江总？我是墨念。”

华家别墅。

春季天气多变，轰隆隆的电闪雷鸣后，就是倾盆暴雨，噼里啪啦地敲打在玻璃上。

书房的色调暗沉肃穆。

华东森看着神色冰冷的华榕，淡淡地道：“怎么，陆林没有大碍了，你还有心情来跟我吵架？”

“你是不是觉得陆林被我牵连受了重伤，连手都可能废了，我就会心怀愧疚、于心不忍，会一直守在医院里？到时候就算我能跟江云深解释清楚满天的新闻，也改变不了我对陆林的关心，甚至一时间都没法和他断掉联系，届时，就很容易跟江云深吵起来？”

“我这是给你一个警告。华榕，你不要以为我是跟你说着玩玩的。”

华榕扬起绯红的唇，手按在了书桌的桌面上：“哦，警告？”

华东森神色只是淡漠，却淡得冷酷：“一个无关紧要的人的一只手而已，这不过是个开……”

他的声音忽然戛然而止，瞳孔无限放大。

书房都跟着瞬间死寂了下来。

一把锋利的美工刀，几乎贯穿了那只白皙如玉的手，鲜红的血触目惊心，然后从刀尖涌出。

“爸，那我也给你一个警告吧。”

华东森猛地从椅子里站了起来，气急败坏地喊道：“华榕，你是不是疯了？”

“别人的手残了还是废了，对你来说无关紧要，那我的呢？”

她娇生惯养，何尝经历过这么尖锐钻心的痛，此时气息虚弱，几乎要说不出话来：“陆林的手如果废了，我就还一只给他，这种事如果还有下一例，我也这么赔。”

“你这是威胁我？”

疼痛让她的脸色开始泛白，但明眸如星泽，语气虚弱，又字字清晰：“我学你而已，爸。”

“你……”华东森气急，可她的血还在流着，且惊且怒，却又只能拿起电话叫救护车。

华榕将刀拔了出来，随手一扔：“不用叫救护车了，我叫了助理给我开车，我会让他送我去医院的。”

华家别墅的停车坪笼罩在幽暗光线之中。

男人的身影被这光拉得格外的长。

江云深倚在车身上，点了根烟，眯眼淡声问一旁的何言：“她进去多长时间了？”

何言低头看了眼手表：“不到十分钟。”

江云深拉开车门，把放在车上的手机拿了出来，熟练地拨通了她的电话。

何言见状，忙道：“榕公主没带包进去，手机也应该在包里。”

江云深看他一眼，掐了烟。

“江总，你准备进去找……哎，榕公主出来了。”

江云深顺着何言指的方向看去，果然看见了女人的身影。只不过她略低了头，距离跟光线让她的脸像是隐在了长发下，看不清楚她此时的神色。

她步子还很慢，身形还有种说不出的僵硬。

还有穿黑色西装的保镖追了上去，不知说了什么，被她抬手甩开了。

他皱起眉，迈开长腿朝她走去。可才走了几步，就滞住了。

华榕挥的是另一只手，可即便如此还是拉扯到了伤处，顿时疼得她连连抽气，只觉得随时都要昏过去了。

一旁的保镖没再跟上来，眼前的光线却被阴影代替了。

她正准备抬头。

熟悉而凌厉的嗓音已经在她头顶炸开："华榕，你的手怎么了？"

她怔怔地看着眼前俊美阴沉的脸，一时怀疑自己出现了幻觉。

这人不是在海城吗?

他打飞的也不该这么快啊。

还是说她流血过多或者是神经太痛，以至于产生了幻觉?

江云深看着她鲜血淋漓的手，瞳孔瞬间骤然紧缩，连呼吸都紊乱了，甚至感到了几分罕见而陌生的难以置信。

他了解华东森的为人，需要的时候绝对狠辣不留情。但华榕是那个人的亲生女儿，他再勃然大怒，也不可能真的让她见血。

因为这样，所以他刚才没有在第一时间进去。

他们父女吵架，早已经是常事。

兴许是看到他，即便她觉得这不是真实的；兴许是血流多了，她的意志力薄弱了下去，她的神经绷紧了几分，身子摇摇欲坠。

江云深眼明手快地抱住了她，跟着就直接将她打横抱了起来，大步往停车的地方走，脸色阴沉。

何言还在奇怪就这几步路的距离怎么还要抱，等他们走近了才看清楚华榕手上的血，惊得叫出了声。

江云深语调像是夹杂了碎冰一样冷："车门，马上去医院。"

何言虽受了惊吓，所幸还是很快反应了过来，忙上前帮腾不出手的江云深拉开了车门，然后快速绕过车身回到了驾驶座上。

车很快发动。

华榕靠在男人的怀里，实实在在碰触到了他，还有鼻尖嗅到了熟悉气息，让她终于确信了这并不是幻觉。

她仰着脸，用因为疼痛发虚得接近气音的声音问："你怎么在这里。"

江云深低头看着怀里女人的脸，她颜色鲜妍艳丽的脸此时寡白了一层，他太阳穴两侧跳动得厉害，声音也紧绷得发寒："华榕，你不要告诉我，你的手是自己刺伤的。"

鲜血顺着五指淋漓地流着，掌心那处更是血肉模糊触目惊心，一看就知道是尖刀造成的。

她没说话。

男人的怒意登时更盛了，冷道：“出了这样的事情，你在电话里让我去海城，跟墨念说自己会解决，你自己的解决方式，就是自己在手心扎一刀？”

她很疼，疼得只想昏睡过去。

华榕闭着眼睛，虚弱而委屈地道：“我流了这么多血，你还骂我。”

“流了这么多血，你还想让我表扬你？”

江云深看着女人手上还在滴滴答答流着的血，瞳孔始终紧缩：“我真是小看你了，还敢往自己身上扎窟窿。你下刀之前有没有想过，这一刀下去整只手都可能会废了？”

“好疼。”

男人恶道：“疼死你。”

“你再说，更疼了。”

那一手的血跟苍白的脸色让她看起来本来就足够可怜，这一低声说话，顿时就更显得脆弱可怜。

江云深眸底暗色沉浮，菲薄的唇几乎抿成了一条锋利的直线，低头看着她，却是没再开口说什么了。

医院。

华榕的手做了缝合手术，病房恰巧跟陆林的毗邻。

何言在收拾，墨念站在病床边，又好气又无奈：“还真是虎父无犬女，认识你这么多年，我自认为算是了解你了，拍戏的时候稍微受点伤、受点罪，你都要哼哼唧唧半天，竟然有勇气拿刀刺自己，而且几乎整个刺穿。你知不知道，一不小心你的手就落下伤残？”

好在医生说没有伤到神经，及时治疗加上调养，不会有什么后遗症。

麻醉药效还没有完全过去，但隐隐约约已经开始疼了。

华榕躺在病床上，看着墨念，视线又落往立在窗前的男人身上。

江云深自跟她的主治医生交流过情况后，就再没开口说过一句话，此时一言不发地站在窗前，背对着他们。

华榕低声道：“念念，你替我把他叫过来。”

墨念抬头看着窗前的男人，道：“江总，时间不早了，榕榕留给你照顾，我跟何言先回去了。”

男人没回话。

墨念给了何言一个眼色，淡道：“走吧。”

两人带上门出去了，病房一下安静了下来。

华榕看着他的背影，忍了又忍，最终还是没能忍住恼道：“你给我过来！”

江云深总算是有了点反应，转过身看着她，脸色淡漠，却又有层说不出的晦暗。

她看着他，眼神越来越委屈。

他便还是走了过去。

“你为什么都不跟我说话？”

他低眸看着她：“骂你也不是，不骂你也不是。”

“那就不要骂了，现在麻醉药效过了，好疼。”

江云深看着她娇糯委屈的眉眼，终是没忍住，弯腰将她抱在了怀里，绵密的吻落在她的浓密柔顺的发上：“为什么这么做？”

“吓唬我爸。”

“不怕疼？”

华榕闷声道：“疼死了，早知道这么疼，我撂几句话就好了。”她想了想，又道：“可是，不见血又没有威慑力。”

他淡淡地问：“你跟陆林是怎么回事？”

她瞄他一眼：“你看新闻了？”

“嗯，看了。”

“都是我爸弄的。他骗我中午回去吃饭，然后让保镖抢了我的手机把我关在卧室里。下午的时候，不知道他从哪里知道今天是陆林的画展，硬是绑着我过去，被一群记者拍制造绯闻。”

“然后呢？”

“陆林帮我溜走，我爸发现我这么忤逆他，他就很生气，迁怒陆林并打伤了他，还差点废了他的手。”

其实陆林也只是帮了她一个小忙，不过是开始两人装作探讨画作沉浸其中的样子，跟着故意让两米外的保镖听到她跟他说要去趟洗手间。

他提前告诉了她举办画展大楼的方位跟怎么从楼梯门走后门出

去。

又因为她的包不在身上借了点钱给她打车。

她很容易就溜走了。

事情本身跟陆林有什么关系呢?

就算是“帮凶”，也只能算是搭了把手，所以他出那事，完全是无妄之灾。

她爹派的人很快地逮到了她，并且带话说如果她不回去，陆林下半辈子都别想再拿画笔。

她当然不敢拿陆林的手做赌注，但没想到的是，她爹为了警告、震慑她，在她回去之前，就叫人把陆林打成了重伤，尤其是手，手骨都碎掉了。

她这辈子都没这么愤怒过。

江云深似笑非笑：“他不是还很喜欢你吗？怎么主动帮你溜走？”

华榕皱了皱眉头：“他并不想当我爸的棋子，而且我被迫看他的画展，无论对他的画还是感情，都是一种侮辱。”

他又淡问道：“你爸打伤了他，你是不是很生气？”

“我当然生气。”她察觉到了几抹别的情绪，“你什么意思？”

“我知道你出险招是为了抵制你爹的血色镇压，所以以暴制暴，防止他以后再这么肆无忌惮、随随便便伤你身边的人。”

他语气始终平淡，手指托起她的下巴将她的脸抬起：“但我还想知道，促使你这么做的，到底是理智上为了反抗，还是感情。陆大画家的手差点被废这件事，让你的情绪彻彻底底失了控，所以能不惜对着自己下狠手？”

华榕睁眸看着他：“你到底想说什么？”

江云深看着她漆黑明澈的眼，喉结上下滚动了一下，又问：“出了这么大的事情为什么不跟我说？”

她抿了抿嘴，小声道：“我要告诉你了，还怎么在我爸面前动刀？”

“你想得可真周到。”

“而且明天不是你爸的忌日吗？我打算等你回来再告诉你呀。”

他语气冷了几分：“我要是等回来听你说才知道，就不用在帝都混下去了。”

华榕抬起没受伤的手圈住男人的脖子，脸也抬起蹭了蹭他的脸庞，半委屈半撒娇地道：“你到底在生什么气？一直硬邦邦的，我都受伤做手术了，你净给我摆脸色看，有你这么当男朋友的吗？”

江云深捏着她下巴的力道重了几分：“我到底为什么生气？半天时间不联系，你就在自己手心扎了个洞，我该高兴？”

她抿唇，已经被男人接连的态度跟冷硬的语调惹得不太高兴了。

女人受伤生病的时候需要的都是哄慰，而不是指责。

江云深自是察觉到了她的情绪，缓了缓口气：“你答应我两件事，这次我就暂且不跟你计较了。”

还计较，她倒是想知道，他想怎么计较。

“什么？”

“第一，以后所有类似的事情，第一时间告诉我，不准瞒着，不准私下决定。”

“尽量。”

男人盯着她。

她辩解道：“这次的事情，我觉得这就是最好的解决方法，再来一次我也会这么做的。”

“如果你的手就此落下伤残，或者废了，你还觉得这会是最好的方法吗？”

“那我该怎么做，你教我个更好的办法！”

“放话就可以了，你爸顾忌你不会再轻易动这种手……事实上，他本来就忌讳你的性子，怕事情无可挽回，所以才没对陆林下死手留了一线，否则今天陆林就已经废了。你是被气昏了头，所以才连自己的手都不准备要了。”

“我……”

她顿时语塞了。

他俊脸绷着，语气有些冷：“答应还是不答应？”

“我答应就是了。”

“第二，不准再自残，任何理由。”

“哦。”

两人都静默了半晌没说话。

华榕看着他，心慌地恼道：“我都答应了，不准再板着脸了！”

江云深低眸注视了她好一会儿，低头亲上她的眉心，语气舒软了下来："躺下睡一晚，明天早上我带你十月红。"

他搂着她躺了回去，抱在怀里，下巴抵着女人的头顶："还疼吗？"

她语气埋怨："疼啊。"

男人叹了一口气，低头在她唇上烙下缠绵的一吻。

亲了一会儿后，华榕贴着他的脸，眼睫毛刷过他的皮肤，轻轻痒痒的："江云深，你什么时候这么爱吃醋了？"

男人闭上的眼又睁开了，他轻嗤一声，淡淡道："你这一刀，三分之一为我，三分之一为愧疚跟害怕，还有至少三分之一，是因为伤的是陆林，是陆林的手，是他宝贵的用来画画的手，你当我不知道吗？"

"你怎么可能跟他的分量一样，各占三分之一呢？"

江云深不咸不淡地道："那我占一半好了。"

华榕没伤的手撑起了脑袋，低头去看他："我发现你这个人，真的越来越斤斤计较了。还是藏得比较深，我之前没有发现？"

他眯起眼，神色不善地看着她。

华榕却是颇为快活地笑出了声，低头在他薄唇上亲了亲，笑眯眯、软绵绵地道："江总，我饿了，你去给我弄点吃的呗。"

"这么晚了，喝粥比较容易消化，再加几个开胃的小菜，不要吃医院的。"

"现在快一点了，你认真的？"

"我从被我爸绑到现在，不是身体紧绷就是精神紧绷，而且身心双重受创，胃里早就空荡荡的了，当然是认真的。"

江云深认命地起了身："你可真能折腾人。"

"我想吃你做的。"

江云深："……"

"公主殿下，我几乎每天都伺候你，现在硬件设施欠缺了点儿。我去买点吃的，你将就一晚好吗，嗯？"

她鼓着白净的脸蛋，巴巴地望着他："我手疼，就是想吃你做的。"

"行，谁让我供了个祖宗。"

华榕凑上去，在他唇上又亲了亲："爱你。"

江云深起身准备下床的动作僵滞了片刻，眼神瞬间就发生了微妙变化，炽热而无声地望向她："你说什么？"

华榕这才反应过来自己刚才脱口而出了什么，脸热了起来，扭捏道："哎呀，我不是那个意思，我就是……"

"不是那个意思的意思是哪个意思？你不爱我？"他盯着她，慢条斯理地发问。

华榕："我也不是这个意思！"

"那你到底是什么意思？"

"我就是随口一说，我经常这么说的。"

男人的脸色立时又多云转阴，淡淡地道："哦？经常这么说吗？对谁说？"

"我就是经常跟念念和夏泉这么说，说不清楚，你知道是什么意思就好了。"

江云深："以后不准再说。"

"为什么？这就是个口头禅呀。"

他语气还是很淡："我不想听到我女朋友对一些乱七八糟的人习惯性地说爱，不管是什么意思。"

华榕："江云深，你越来越专制了。"

"点头，不然你今晚就饿着。"

"你就是这么照顾病人，照顾女朋友的？"

"不然，你让你爱的其他人半夜三更去给你做饭。"

"知道了知道了，我以后不说了。"

"嗯。"他这才满意，"睡吧，好了我叫你起来吃。"

因为这个周末江云深本来是计划去海城，虽然没去成，但假期已经安排下来了。昨晚两人吃了饭又折腾到两三点才睡觉，因此便一起睡了懒觉。

直到第二天早上。

十点左右，病房的门被敲响，敏锐、偏浅眠的男人率先睁开了眼睛，先是低头看了眼怀里还在沉睡的女人，然后才放轻动作起身去开门。

门一开，两个男人四目相对。

其实都不该意外。

陆林住华榕隔壁，除非他不知道华榕受伤了，否则肯定是要来"探望"的。而隔得这么近，华榕又是公众人物，很容易得到消息。

而江云深身为华榕的男朋友，出现在这里也再理所当然不过了。

但一打照面，两人程度不一地意外了一秒。

还没等他们说话，房间里面便传来华榕将醒未醒又带了点起床气的声音：“江云深，我还要睡，吃药打针都不要找我。”

江云深：“……”

陆林：“……”

江云深出了病房，顺手轻带上了门，俊美的脸上挂着不动声色的温淡笑弧：“抱歉，她昨晚很晚才睡，晚点醒来我带她去隔壁探访。”

陆林穿着病服，清俊的脸带了不少伤，但又奇异地没影响他的气质。

沉默片刻，他还是问道：“华榕发生什么事了，为什么会住院？”

他是听护士说她住在隔壁病房，才知道她受伤了。

江云深淡道：“榕榕昨晚跟她父亲起了争执，吵架的过程中有所摩擦受了点伤，不过没有大碍，今天就会出院。”

陆林沉默了一会儿，自然能领略到他话里的潜台词，点了点头道：“既然她还在睡，我就不打扰你们休息了。”

江云深扯唇回了个温煦的微笑。

陆林转身后，他嘴角的弧度却很快消失，目光也跟着暗了下来。

江云深一回到病房，刚好听到搁在床头的手机在震动。

他走过去拿起来看了一眼来电显示，瞳孔微缩，下意识转头看了眼病床上的女人。她长发散乱，眼睛还是闭着的。

修长的指点了“挂断”，然后才拿着手机准备出去。

两度被吵醒的华榕睡意消散，她懒懒散散地睁开眼，懒洋洋地道：“你不用特意出去接电话，我不睡了。”

男人用三分哄慰的嗓音温声道：“你再眯会儿，我去买点吃的回来。”

“嗯。”她又闭上了眼，“那好。”

江云深再度出了门。

他拿起手机回拨了刚才的来电，径直走到了走廊尽头的窗前。

因为这一层都是 VIP，环境安静，偶尔才有几个人走过。

他语气平淡：“什么事？”

那边几秒后才开口：“你今天到海城吗？”

江云深静了须臾，才淡淡答：“不了，你帮我去走个过场吧。”

“华榕昨晚的那些新闻是什么情况？”

“她爸制造出来的。”

那边的人又静静地问：“你昨晚不是到了海城，怎么刚下飞机又直接订了最近的班机飞回去了。”

“这边出了点意外。”

“帝都飞海城也就两个小时左右，你确定不过来了吗？”

“她受伤了。”

那边轻叹了一口气：“行，我替你去扫墓。”

“嗯。”他淡声提醒了句，“不要被他们发现了。”

那头笑了一下：“我办事你不用操心。”

“还有事吗？”

“没了……再见。”

江云深挂了电话，空着的另一只手插在西裤的裤兜里，抬眸望了一眼窗户玻璃外的世界，他才转了身。

江云深才离开病房不久，墨念跟何言一起过来看望她，才聊了几句，病房的门被敲响。

何言去开门，一看清对方，忙恭敬地唤道：“董事长，夫人。”

立在门外的，赫然是华东森跟苏净。

华东森瞥了他一眼，走了进去。

苏净跟在后面，手里提着一个保温盒。

华榕本坐在病床上，身后垫着枕头，正和墨念聊着天，一听何言那句，立即收了声，连神色都敛去了，一脸冷漠。

华东森原本就余怒未消，现在看她这副态度，自然是怒气更甚。

除墨念也叫了声董事长和夫人，病房里一共五个人，一时竟也没人说话。

苏净看了这对父女一眼，提着保温盒走上前，声音温柔而关切：“榕榕，你的伤怎么样了？还疼不疼？”

华榕看了她一眼，淡道：“苏姨。”

苏净将保温盒放在床头：“榕榕，这里面是给你煲的骨头汤，喝了对伤口好，另外还有粥跟一些你平常爱吃的菜。我特意选了个保温效果比较好的，你中午的时候吃应该还是热的，我放在这儿了。”

“谢谢。”

苏净看着她仍旧很淡的表情，又回头看了一眼同样硬着脸不肯开口的华东森，柔和无奈地再度开了口："榕榕，你下次别做这么危险的事情了，父女之间有什么都是可以沟通的，你昨晚可把你爸爸吓坏了。"

华榕看了一眼华东森，不轻不重地"哼"了一声。

华东森即刻欲怒，但忍住了，没有发作。

苏净又叹道："你爸爸他是嘴硬心软，昨晚就来了医院，听医生说你的手没伤到神经，才松了一口气，这些汤和菜，也是他让人准备的。你和云深的事苏姨不做评价，但你爸爸总是最疼你的，你别怨他。"

华榕抿着嘴，没说话。

华东森又沉默了一会儿后，才冷冷发问："江云深呢？"

华榕曲起腿，淡声回道："他去给我买早餐了。"

"早餐？"华东森没好气地冷笑道，"现在中饭都能吃了，他这个点去给你买早餐？"

"我睡到刚刚才起来，他这个点给我买早餐怎么了？"

"你……"

华榕脸上没什么表情："爸，我都住院了，您就行行好消停消停吧。"

如果华东森有胡子，这会儿估计都能被气得吹起来。

苏净再度打破这对父女的僵局，柔婉地道："榕榕，你现在手受伤了，而且伤筋动骨一百天，至少得休养两个月。云深要工作没法一直照顾你，不然让朱姐暂时去你那里？她经验丰富又了解你的习惯，方便照顾你养伤。"

她淡淡拒绝道："不用了，我自己会找人。"

朱姐在华家待了有十个年头了，是华家的资深用人。

朱姐做事做人确实都没得说，但华榕觉得要是让朱姐来了，就是她爹的一双眼睛飞在她的旁边。

华东森重重地冷哼了一声，再不想理她，只威冷地沉声道："墨念，你跟我出来。"

YUN SHEN JI XU

第七章

各怀心事

华榕蹙眉："爸，你找念念干什么？"

华东森冷漠道："我做事需要向你说明？"

墨念跟着华东森出了病房。

病房外。

墨念低垂着眉眼："董事长，是有什么吩咐吗？"

华东森语气淡淡："那个钟点工的事情后，她家没再请新的家政？"

"据我所知，榕榕目前的生活起居基本是江总在照看。"

华东森闭了闭眼，脸色更沉了："你去给她找个全职保姆，今天就办妥。"

墨念恭谨地回道："好。"

"嗯。"

墨念犹疑片刻，还是开了口："董事长，我能问您一个问题吗？"

"什么。"

"为什么您如此反对榕榕和江总的事情？"

华东森清淡道："你觉得他们合适？"

"谈不上是最合适的人选，但为什么一定不行呢？"

真的分析深究起来，江云深的背景甚至是为人的确未必说得上是最适合华榕的那个，但怎么看，都不属于“绝对不适合”的那一类。

江云深的性格从某种程度来说，很契合华榕。

既压得住她，又不会时时要压她一筹。

华东森幽远淡然地道：“他背景复杂，人更复杂。江家的水又深又浑，我不信他会一直置身度外，我也不怎么信他真的喜欢华榕。他这个人，感情和情绪只为需求存在。”

墨念沉默了一会儿，又低声道：“其实以榕榕的性子，未必能跟江总走到最后，说不定在一起的时间久了矛盾渐渐显露，或者厌倦了也就慢慢散了。您用这么激烈的手段，说不定只会激发她的逆反心理。”

“我当然知道，可他是江云深，他不会允许自己犯错误，他也会把华榕掉转航向的可能性降到最低，到那时候就说不定是，时间越长，根基越深。”

江云深回到病房时，华东森跟苏净都已经离开。

墨念也已经不在。

他看了一眼床头的保温盒：“谁来过了？”

何言答道：“是董事长跟夫人来看望榕公主，已经离开了。”

华榕的下巴搁在曲起的膝盖上，眼睛不动，像是在出神。

江云深拧开保温盒，一阵浓郁的香气顿时飘散开。他挑了挑眉，将几层汤菜一一查看了一番，最后他将装着海鲜粥的那一层单独取出，其他的叠了回去盖好。

“何言，你去把出院手续办了。”

“今天就出院？”

“嗯，回去养伤。”

何言离开，江云深在床边坐了下来，舀着粥喂到她的唇边：“你爸又骂你了，还是说了什么？我出去一趟，你就这么闷闷不乐的。”

她张口吃了下去。

江云深眯起眼：“榕榕，怎么了？”

“没怎么。”

“你昨晚才答应我，出了事要在第一时间告诉我。”

她抬眸看着他：“今天不是你爸的忌日吗？我们去海城吧。”

江云深舀了第二勺粥喂到她的唇边，波澜不惊地道：“你那一刀是扎在了手心，还是扎到了你的脑袋上？”

“现在才十点，飞过去两个小时，我们下午就能到，很方便的，为什么不行？”

他继续喂粥，显然对这个提议毫无兴致：“因为你是个病患。”

“我不介意呀。”

“我介意。”

“可是既然是你爸爸的忌日，那你应该去看看他，以往你应该都会去吧。”

男人语调没有一丝起伏，正如他喂粥的动作没有一丝变化：“他已经死了十多年，拜祭本身就只是一种聊以自慰的仪式，没有实际的意义，能去就去，不能去也不用麻烦。”

“哦。”

江云深喂了她喝了差不多小碗的分量，她就摇摇头示意饱了。

“江云深，我们去海城吧。”

男人没接话，边收拾边道：“吃完休息会儿，待会儿回家。”

华榕恼道：“好好说话你不听，非要我发脾气是吧？”

江云深似有些无奈。他放下手里的东西，转身折到病床边，俯身将手臂撑在她的身侧，耐着性子道：“公主殿下，你的手受伤了，既不方便出行也需要我的照顾，忌日对我来说只是个形式，并没有多重要，所以不去了，嗯？”

“我是手受伤了腿又没事，就算我的腿受伤了，一样可以坐轮椅出行，这有什么不方便的，我完全可以去呀。”

眼见男人那张脸始终无动于衷，华榕单手环住他的脖子半挂在他的身上，软着嗓子道：“去嘛去嘛，本来就计划好了的，只是出了点小变故，又不是去不了了。”

“撒娇也没用，不去。”

“不去我会有遗憾的。”

他挑眉：“我都不遗憾，你遗憾什么？”

她想了一会儿，才道：“就当是去看看你爸爸吧，你应该一年也难得去一趟，如果连这一次也不去了，那他不是太孤独了吗？”

江云深低眸看着她，好一会儿没说话。

她的下巴又在他的脖子里蹭了蹭，呼吸也吹拂过血管外的皮肤，那娇软的声音又道：“去吧，好不好？”

过了差不多有一分钟那么久，他才淡淡地开了腔：“你这么想去，就去吧。”

出行的一切事宜自然是江云深安排，因为这次华榕的手受了伤，他把林临也一并带上了。

为了避开人群，江云深直接包了架私人飞机。

两个小时后，飞机在海城降落。林临作为一流的秘书，不用江云深吩咐就提前妥善安排好了需要的一切。

从机场出来后，林临问：“江总，我们是先去下榻的酒店，还是直接去墓园？”

华榕道：“直接去墓园吧，如果不顺道经过酒店的话。”

江云深牵着她没受伤的那只手，低头看她一眼，道：“听公主的。”

司机早等在了停车场，车很快驶出机场。

海城的繁华不亚于帝都，但天气不怎么好，云翳厚重，阴雨连绵。

华榕和江云深并肩坐在后座，她的手被握在了他的掌心，漫不经心把玩着。

她偏头去看男人的侧脸。

自从飞机落在海城，他好似沉默了许多。

华榕靠近了他点儿，身体贴着他，然后把头枕在男人的肩膀上。

江云深侧首看她一眼，低头吻了吻她的发，抬起手臂环住她的腰肢，让她依偎在自己的怀里。

经过花店的时候，华榕叫停了司机。

两人下了车，林临跟在身后。

花香四溢。

店主是一个上了年纪的老太太，穿着有几分旧意却干净整齐的深蓝色旗袍，头发也打理得一丝不苟：“两位需要什么？”

华榕微笑：“老板，给我一束白色的菊花。”

低沉淡漠的嗓音在她身旁响起：“两束。”

华榕怔了一下，偏头仰脸。

江云深淡淡地重复了一遍：“两束。”

“哦，哦。”她脑子里浮起了个猜测，没说，只转头朝老太太改口道，“要两束白色的菊花。”

老太太和蔼地问道：“是祭奠吗？”

华榕点点头。

“好的，等一会儿。”

过了五分钟左右，老太太拿着两束白色菊花递到了他们面前。

江云深伸手接过。

林临从钱夹里抽了张纸币出来。

三人回到车上，车子重新架势，二十分钟后便到了墓园门口。

林临被留在了墓园外。

天下着南方的绵绵细雨，像是最浓的雾。

江云深撑着一把黑色的大伞，将身畔的女人严严实实地罩在了伞下。

穿过整齐得没有人气的墓碑，黑色的伞停驻在了其中之一前。

华榕看了过去。

墓碑上是一个很年轻男人，三十多岁的样子，面容英俊，脸上并没有笑容，但眼神很平和，哪怕是一种隔着十多年的老照片，仍然能够看出他卓越出挑的气质。

先父江铭之墓。

生于一九七一年五月，故于二〇〇七年三月。

子江云深于二〇〇七年敬立。

江云深静静淡淡地望着墓碑，眼睛里既无悲伤也没有怀念。

大概半分钟左右，他才弯腰将手里的其中一束菊花放下。

华榕这才注意到，墓碑前已经放有一束菊花，花瓣上滴着雨水，还很新鲜。

已经有人来过了吗？

站直身体，男人便不再多看一眼，转身自然而然地牵起她的手，往一旁走去。

只是，没走多远，江云深就突然顿住了脚步。

前方三米左右的距离，一个撑着透明雨伞的女人正看着他们。

这周围就只有他们，华榕可以肯定她看的是江云深，连一丝遗漏都没有落在她的身上。

那是一个穿着一身黑色西装的女人，质地高级，一眼就看得出来价值不菲，头发盘了个简单的髻，每根发丝都一丝不苟，气场是陌生人都能感觉到的强大，干练凌厉。

看起来四十岁左右，但以华榕的猜测，应该是年近五十。

江云深看着她。

眼底无波无澜，淡漠如深秋的井水，清凉透骨。

从远处看，他们三人就像是来了一场无声的对峙和角逐。

直到三分钟后，撑着伞的女人率先踩着高跟鞋迈开了脚步。

江云深走到那女人身后一米的墓碑前。

他弯下腰，捡起碑前其中一束连雨水都没多少的菊花，直接扬手抛了出去。

花束在高空中散开，跟着很快就落了下来。不知道是不是凑巧，其中大半花瓣都恰好落在了女人的黑色高跟鞋前。

她停住脚步，低头看着地上被染脏了的白色花瓣，握在伞柄上的手指紧了紧，却终是没有回头，迈开脚步继续往前。

华榕目送那女人的离去，抿起了红唇，一言未发。

她的视线很快落回到墓碑上。

是个小女孩，六七岁左右，弯眉笑眼，粉雕玉琢，非常精致漂亮，尤其眼珠乌黑如同星泽，干净，灵气四溢。

江梳雨。

生于二〇〇零年七月，故于二〇〇七年三月。

兄江云深于二〇〇七年立。

碑前还有一束菊花，除了刚才被江云深扔掉的那束。

为什么他父亲碑前只有一束呢？两块墓碑离得这么近。

江云深弯腰蹲下去，将花束放在了墓碑前。

一分钟后，他起身接过华榕右手接过的雨伞，低头道："走吧。"

"哦。"

她挽上男人的手臂："为什么你爸爸和你妹妹的碑都是你立的呀，你那时候不是也才十多岁吗？"

他淡淡道："不想让他们碰。"

"哦。"她没问为什么了。

"你爸爸和妹妹是在同一个意外中过世的吗？"

"嗯。"

"那你在海城还有其他的亲戚朋友吗？要不要见个面联络下感情之类的？"

"没有，不用了。"

"那好吧，我们回酒店。"

林临定的是总统套房，处在城市繁华中心的高层，站在落地窗前仿佛能看到全程的灯火。

等他们到达下榻的酒店时，已经是下午四点多快五点了。

华榕抛下男人里里外外的巡视了一番后，又蹭回到了男人的身边，摸着腹部道："我饿了，我们早点出去吃饭吧。"

江云深瞥她一眼："你还想出去？"

她瞪大了眼睛："不出去怎么吃饭？"

"我让林临订餐，送到房间来。"

"可是酒店的饭菜一般都不好吃呀。"

"那就订别家的。"

"为什么不出去？我还想出去逛逛呢。"

江云深："还想出去逛逛，你是没出过远门还是没来过海城，手都伤残了还想出去玩出去吃，你那伤口不疼了？"

"疼啊。"

"那就坐到沙发里休息，别四处乱动。"

"你怎么能这样，我千里迢迢陪你过来，你还这么专制，就这么一点点小小的愿望也不满足我。"

男人显然对此郎心似铁："不满足。"

"我要生气了。"

江云深看着她怪嗔的眉眼跟鼓起的腮帮，道："那我们现在就飞回帝都。"

她控诉他的铁面："江云深，你越来越不肯迁就我了。"

"你是应该全方位感受一下自残的苦果。"

"哼。"

江云深看着她往卧室跑的背影，一时失笑，拿起茶几上的手机拨了个电话给林临，吩咐他订晚餐。

刚挂了还没搁下手机，另一个电话打了进来。

他看了眼来电显示，起身走到了阳台，顺手将落地窗关上。

"你现在在海城？"

"嗯。"

那边像是犹豫了片刻，但还是问道：“晚上方便一起吃饭吗？”

江云深淡道：“没有必要，而且我一到海城，江跃就会派人盯着我。”

那边大概也认同了他的说法，没有再强求，只是问道：“你带华榕来了？”

“嗯。”

“其实我不太明白你为什么会带她过来。”

“我自有我的用意。”

“你真的喜欢上她了？”

他波澜不惊地道：“当然，我有很多喜欢她的理由。”

那头又沉默了一会儿，似乎想说什么，却欲言又止了下去。

江云深大概是见她没说话了，便道：“没事的话就先挂了，我还在酒店。”

这话的言外之意自然明显：“好吧，那再见。”

他挂了电话。

天还没开始黑，始终阴沉沉的，江云深转身，回了客厅，径直走进了主卧。

女人正坐在沙发里生闷气。

他走过去没有任何预兆地将她抱了起来，吓得华榕低叫了一声，随即嗔道：“你干什么呀？”

江云深没说话，自己坐到了抱起女人后腾出的沙发里，让她坐在自己的腿上，手臂紧紧揽着她的腰肢，下巴埋在她的肩膀上，声音低低沉沉的，在她耳畔道：“别跟我闹脾气了，嗯？”

她抬眼看他，男人的眼底是纯净的暗色，像是一脚踏进去，就只会陷入越来越深的沼泽地。

其实她也不明白自己为什么要闹脾气。

就像此刻一样，她不明白为什么看着他的脸、听着他的声音，便觉自己的心脏软得一塌糊涂，什么脾气都发不出来。

江云深和华榕第二天下午飞回了帝都，到十月红刚好是下午五点多不到六点。

墨念昨晚就给她发了微信，告诉她自己奉了华东森的命令给她找了个合适的保姆。保姆知道他们傍晚回来，所以提前做好了晚饭，方便她的“验证”。

做保姆，手艺必须好。

事实上，之前这个事儿拖了这么久，根本原因就是在江云深的比较下，大部分家政的厨艺都显得差强人意，华榕不怎么满意。

所以她就以此为借口，一直赖着江云深给她做。

在电梯里的时候，华榕想起了这件事，跟江云深嘀咕道：“我爹怎么突然关心我家保姆的事情了，他不会是想找人监视我吧？”

江云深冷冷地道：“他怕我除了是你男朋友之外，还成了你最喜欢的保姆，那你就更离不开我了。”

她略有心虚地低下头：“念念已经找了。”

林临送他们到楼下，行李箱是江云深提着，华榕空手连包都没提，抬起右手按下密码。

她推开走进去，才踏进玄关就朝里面喊：“念念……”

话音还没落，一个系着围裙的身影就急急忙忙小跑到了她的面前：“华小姐，您回来了。”

华榕准备换鞋的动作僵住了，她看着眼前的小姑娘，一脸震惊。

墨念跟在后面走了过来：“榕榕。”

华榕指着她面前低着脑袋，手指绞得像是要断掉的小女孩：“这是你给我找的保姆？”

“对。”

“成年了吗？”

她看上去不过十六七岁的样子。

而且她穿一件蓝白相间的条纹衬衫，下面是洗得发白的牛仔裤，看上去的确干干净净。但看上去也真的很旧，就是那种——

她偶尔见夏泉穿水洗白的牛仔裤，但那是特意设计的款式和效果……

这姑娘的牛仔裤，是真的被水洗得泛白了。

而且，她头发扎了两个麻花辫。

纯素颜，五官清秀，整个人的气质实在不知道该说是清纯还是淳朴。

华榕觉得，她真是好久没见过如此“脱俗”的姑娘了。

墨念朝那女孩道：“你自我介绍下吧。”

“哦哦。”她乖巧地应了，随即鼓起勇气抬头看向华榕，一鼓作气地道，“华小姐你好，我叫宋非晚，今年十九岁……之前在一家餐馆做厨师，还做过收银员、清洁工，我擅长做饭，打扫，收拾屋子。不过……”

这别扭的普通话跟不知道哪里的口音，是怎么回事？

华榕：“不过什么？”

墨念淡淡道：“她的出生比较特别，没怎么念过书，两三年前才辗转来了帝都，学历低到几乎没有。”

华榕：“……”

她瞅着墨念，一时不知道说啥。

过了半晌华榕才道：“你从哪儿找到这么个奇异果？”

一看就没有经过专门的机构培育。

这年头还有这样的存在，她也算是开了眼界。

墨念淡定地回道：“在她打工的餐馆吃过饭，厨艺很好。你不是要首选厨艺好的吗？”

华榕的表情一言难尽。

找保姆当然要找四十多岁的中年妇女，这比她还小了一岁，叫个什么事儿。

她回头看着已经慢条斯理地换好了鞋，并且脱下西装挂在衣架上的男人，以眼神询问。

江云深摸了摸她的脑袋：“你的保姆，自己决定。”

华榕干咳两声：“那个……我要喝水，你去给我们倒两杯茶吧。”

那女孩小心翼翼地道：“已经沏好，放在茶几上了。”

墨念直接道：“你去收拾厨房吧。”

宋非晚这才顿悟了她们的意思：“哦哦哦。”

说罢她转身，低着脑袋走了。

江云深对这件事，连发表意见的兴趣都没有，推着行李箱慢悠悠地往里面走。

华榕：“你老实告诉我，是不是我爸让你找这么个小姑娘来勾引江云深，破坏我们的关系？”

墨念沉默了一会儿，问她：“你这么想是想侮辱谁？江总的品位、你自己的魅力、你爸的智商、我的审美？”

华榕："……"

"帝都的家政系统都崩溃了吗？需要找一个这样的小姑娘来给我当保姆，她有什么特别的吗？特别清纯不做作？"

墨念轻叹了一口气，淡淡地道："她在那种餐馆当厨师，一个月的薪水在帝都只能蜗居，就当是我跟她有缘，给她介绍了一份更好的工作。"

"行吧。"华榕差不多算是明白了，"你真觉得合适的话，那我就用着。好了，我去尝尝你挑出来的厨艺，到底有多好。"

墨念跟他们一起吃的晚饭。

饭后。

墨念问："还满意吗？"

华榕撑着下巴，颇为苦恼地问："这姑娘不会像安凝一样，被我所在的金钱世界迷了眼，发生什么质的变化吧？"

墨念："你自己找的钟点工还半夜吓你呢。"

华榕故作叹息。

墨念一眼看出了她的心思，道："放心吧，不是每个出生贫苦的姑娘都会变成安凝，你那是偏见。我看这个十九岁小姑娘的眼力见还是有的。她这人踏实勤快，变成第二个安凝的可能性很低。"

"唔，那暂时就她吧。"

客厅里。

华榕道："你在帝都租了房吗？"

宋非晚点点头。

"薪水念念应该跟你说好了，就按照她说的。这样，今晚收拾完厨房后你就可以回去了，平常的话，我男朋友在我家过夜，你就回自己的出租屋，如果他不在，你可以睡我家。明天收拾间屋子出来给你。"

宋非晚怔怔地问："您要雇用我吗？"

华榕挑眉："有什么问题吗？"

宋非晚欣喜地摇头："没有，没有。"

她淡笑："先就这样吧。"

女孩的喜悦之情溢于言表："谢谢，我会好好做事的！"

好久没听到这么淳朴的宣言了。

八点左右，墨念带着宋非晚离开。

江云深是不怎么喜欢跟几个女人待在一起，饭吃完后简单地说了几句，他就进了华榕的书房。

十月红只有一间书房，她平常就不怎么用，他一来，更是基本被他霸占了。

她们走后，她就步伐轻快地走进了书房。

门一开，她跨进去还不到两步，身形就彻底顿住了。

江云深显然也听到了动静，目光淡淡地朝她看了过来。

“我之前一直好奇。”他语调清寒平淡，“校庆那天，听说陆林当着全校师生的面送了你一幅画。你们被关器材室后，那幅画像是不翼而飞了，你也没有要去找的意思。”

偌大的办公桌上，平放着一副被装裱好了的油画。

华榕即便看不清内容，也清楚上面画的是什么。

男人勾唇，似笑非笑：“这画是什么时候藏起来的？我基本每晚住在这里，竟然不知道。”

她抿了抿唇，在死寂了好一会儿后，才答：“第二天早上，展格送过来的。”

陆林送她之后，画本来就让展格保管了。

那晚出了事，展格第二天上午在她去公司前就送过来了。

江云深嘴角的弧度更深：“放在书架最顶层最角落的后面。公主殿下，我一直以为你的人生不屑耍些弯弯绕绕的心思，为了这幅画，你可真是费尽了心思啊，嗯？”

华榕走了过去，她低头看着那灿烂的雏菊跟少女：“我连思考跟他有关的事情你都要勃然大怒，怎么可能容得下他留给我的画。”

他弧度仍在，却是愈见冷峭：“明知道我不准，所以偷偷藏起来也要留下？他的手差点废了，你也差点废了自己的手。为了他的画，公主也开始欺骗人了。”

“你干什么每次都要把话说得这么难听，这么严重？”

“难听？严重？”他玩味般重复咀嚼了一番，然后淡淡道，“你倒说说，哪句话错了。”

“我……”

她看着男人俊美冰冷的脸，咬了会儿唇，才道：“不管是陆林的人还是陆林的画，到底有什么值得你每次都大动干戈的？我跟他，除了校庆的那一天，之后如果不是我爸干预进来，我跟他别说见面，连联络方式都没有交换，你耿耿于怀什么？”

“好。”他面色没有波动，望着她淡淡地道，“如果他真的这么没有价值，那这幅画你处理掉，或者你不忍心丢弃破坏的话，还给他也行，我就当这件事没有发生过。”

风在玻璃外轻啸而过，是此时唯一能听到动静。

“我要留下。”

她声音并不高，语调甚至还有几分淡，态度却是清晰明了。

“如果你不找出来，时间长了我可能都会忘记它的存在。这幅画我可以不碰不看，甚至不去管，就只是任它放在那里，可它还是要留在那里。”

江云深嘴角一扯，笑出了声。

华榕又软了语气，低声道：“陆林对我来说，是已经存在于过去的人了。我现在一心只想跟你在一起，根本没有想过要和他复合呀，难道你不知道吗？”

“我知道，”他淡漠地道，“我还知道，你跟我在一起并不代表你只喜欢我，心里半点没有他，只是相比他，你更喜欢我。”

他的确相信她没有考虑过跟陆林复合，他也相信他们私下不会联系，但这不过是因为她性格如此。

她做任何决定，都不会有多犹豫纠结的时候。陆林当年未留一言就消失，那段感情对她来说已经画上了句号。

而他们之间感情的根基打得并不深，所以曾经的心动也已经被时间风化。

可是他带着当年那些没有说出口的深情跟被掩盖的另一种真相突然回来了。

更重要的是，他没有变，他没有变得油腻庸俗，他还是当年让她迷恋喜爱的样子，就连他告白得到答案后安静退出的姿态，都是她欣赏的。

华榕是宁愿自己倒贴喜欢的男人，也厌恶被不喜欢的人纠缠，更讨厌被深情道德绑架的类型。

不管是聪明还是骄傲，陆林回国后的姿态，都完全与她年少时喜欢的那个男人重合了。

他在她的心里，就是一抹不容玷污、不容伤害的白月光。

江云深看着她的脸，淡淡地叙述道："在医院的时候我就说了，防止你爸再以这种方式伤害别人，是你自残的理论支撑，是你心安理得这么做的原因，可是真正让你忘记畏惧手心被刀刺穿的痛而不顾一切的，是陆林身为画家后手被废的恐惧和愤怒。"

"华榕，手伤这件事我没再计较，是因为这件事到底因我而起，因为这里面确实有为我的成分，更加因为你受了伤。"

他似笑非笑地说了最后一句："现在，你斩钉截铁地告诉我，非留下他的画，甚至不惜欺瞒我，告诉我这是一个不值得耿耿于怀的存在？"

"这幅画是他高中的时候画的，也是我那时候想要的，如果他是现在画给我的，我就不会收了。"

江云深从椅子里起了身："之前因为你表姐试图抢你角色，我暗中解决没有告诉你，你说我欺骗你，还大发脾气要跟我分手。同样是欺骗，我跟你表姐可连开始都没有过。华榕，你不要太双标了。"

华榕脱口道："我哪有欺骗你，你是被我捉了个现场，还骗我，这幅画你本来就没问过我。"

"嗬。"

他冷笑勾唇："是我的错，找书的时候不小心发现这幅画，没先试探下就质问你了。"

她喃道："我不是这个意思。"

男人扔下淡漠一句："你要留就留吧，反正你心里念着谁，我没办法，你的东西，我也无权处置。"

说罢，他就要从她的身边走过。

华榕急忙拦在他的面前："你干什么去？"

江云深看她一眼，就直接绕过了她。

他刚握着门把拉开门，就被后面追上的女人一脚踢了回去，跟着她人就贴在了门板上，不让他出去："你要走吗？我受伤了，你说好要照顾我的，不准走。"

他淡淡道："让开。"

"不让。"她索性蛮横起来，"你有本事扒开我吧。"

江云深居高临下地看着她。

几秒后，他伸手将她抱了起来，单手半扛在肩上，另一只手拉开了门。

华榕呜咽着喊疼："我的手好疼，你弄疼我的伤口了。"

"我根本没碰到你的手。"

"你就是弄疼我了。"

"行，是送你去医院还是叫金医生过来给你处理伤口？"

她不说话。

江云深把她"扛"到了客厅，放到了沙发里，然后顺手拿起她茶几上的手机，面无表情地开了屏幕锁。

华榕道："为什么你们都知道我的密码？"

男人波澜不惊："你的密码不是通用吗，和门一起。"

眼见他拨通了电话："金医生……"

华榕起身就把手机抢走了。

江云深也不意外，看着她淡淡道："不是弄疼了吗？"

"刚才疼，现在不疼了。"

他看她一眼，抬脚就要走。

华榕上前两步就紧紧抱住他的腰。

江云深任她抱，倒也没甩开或者推她："你干什么？"

她又抱得更紧了，脸埋在他的肩膀里，身躯也贴得更紧："反正我是不会让你走的。"

他嗤笑："画也反正是要留着的，是吗？"

她埋首不语，算是默认了。

江云深抬手落在她右手臂上，刚试图将她的手扒开，女人就又倒抽一口凉气，跟着哭嚷开："别碰，好疼！"

他低眸，瞥她一眼，到底还是没有继续下去了，手落回身侧："你想怎么样？"

她又不说话了。

江云深一动，她就是开始作势要哭疼。偏作为演技精湛的青年女演员，即便只是摆出副要哭不哭的样子，也显得万分的委屈。

而且让人毫不怀疑，她随时能挤出眼泪。

"撒娇不行，开始撒泼了？"

她反正就是不说话。

就这么反复僵持了不知道多久，江云深面无表情地开口：“行了，松开。”

她仰着脸看他：“你不走了？”

“你能当着你爹的面刺穿手心，难保不会拿着你的手往我身上撞。”

她并不会。

华榕的左手上缠着厚厚的白色绷带。

见男人妥协，华榕忙松了手，脸上露出笑：“你别生气了，其实我这种人，真喜欢上别人了，就直接把你甩了，才不会哄呢。”

他淡淡看她一眼，没什么反应，转身就走。

“你去哪里？”

男人头也不回的扔下两个字：“洗澡。”

华榕欲追上的脚步便顿住了。

半个小时后，江云深披着浴袍从浴室里出来。男人黑色的短发湿漉漉的，发梢还滴着水，偶有几滴落在脸上，透出一种冷清的性感。

他拿起吹风，找了个地方坐下，开始漫不经心地吹自己的头发，神色谈不上多阴沉，但没什么表情。

华榕蹭到了他的身边。

江云深淡然继续吹，当她不存在，既不说话，也不驱赶。

这人是跟她冷战上了。

她右手伸了出去，手指在江云深身上爬来爬去，动作如同拨动琴弦，很有挑逗的味道。

他开始仍旧不搭理。

过了一会儿后，他掀起眼皮掠她一眼：“手拿开。”

她不听，反而变本加厉。

江云深又不理她了，也没拂开她的手，只是任她“捣乱”。

直到他的头发差不多吹干了，才关了吹风起身。

华榕眼明手快地拉住他的衣服。

男人低眸看她：“睡觉。”

“我还没洗澡呢。”

“那就洗。”

她一下瞪圆了眼睛：“我在等着你给我洗啊，不然我在这坐半天是干什么？”

“自己洗，手放在浴缸外，别碰水就行了。”

“昨晚在海城的酒店，你可不是这么说的。一只手洗澡怎么方便，我肯定会碰到水的。”

男人凉凉道：“那就别洗了，将就一晚，我去睡沙发。”

华榕：“……”

她委屈地道：“你跟我吵架，连我的死活都不管了？”

“你跟我吵架，我伺候你；我跟你吵架，还是我伺候你。公主殿下，你可真是公主。”江云深淡淡说了句，便扔了吹风机往浴室里走，“来吧。”

华榕跟着他进去。

他先调了水温，然后往浴缸里放水，又在盥洗盆前随便拿了个发圈，将她一头长发没什么章法技巧地绑了起来。

雾气慢慢蒸腾了开。

只是这满屋子的热气，似乎也减不了男人的冷漠，他的脸始终没有缓和过。

小半个小时后，华榕被他从里面抱了出来。他用白净的毛巾将她身上的水擦干，然后帮她穿上宽松的睡袍。

将腰带系上后，他转身走到盥洗盆前顺手将牙膏挤好，然后就一言不发地离开了卧室。

他昨晚给她洗完澡后，直接把她抱出去了。

后来想起还没洗漱，才又抱着她回到浴室里。

华榕简单地洗漱完回到了卧室里。

男人已经睡下了，卧室的主灯都关了，只留下床头的一盏。

暖色调的灯光，房间很安静。

她默默地爬上了床。

江云深闭上眼，他确实有些累了。这两天舟车劳顿，他又要照顾华榕，真有几分淡淡的睡意袭来。

一副温软又溢着香气的身体投入了他的怀里，连语调都在跟着娇软了下去：“现在十点不到，你这么早就要睡吗？”

“明天要上班。”

“你以前上班也十一点才睡啊。”

“困。”

见他不理自己，华榕索性半边身子都缠上了他，紧紧贴着，故意让唇凑到他的耳边，带着些求饶可怜般的语气道：“你不要再生气了，那幅画对我来说，有些纪念意义，跟我现在的感情没什么关系的。”

一来，她觉得可能很多人都不喜欢自己的现任留着前任的东西，何况是江云深这种早就对此表现出寸步不让的男人。他这么不高兴，她也能理解。

二来，她想起了在海城时，在他妹妹墓碑前遇到的那个女人，跟着想起了江驰跟她说过的他母亲跟他大伯的事情。

没猜错的话，他母亲应该是出轨了他大伯。

而他跟自己生母形同陌路，甚至不惜放弃贵公子的生活远走他乡。

下葬时，他不准他母亲为他妹妹立碑，甚至认为她没有资格拜祭自己的女儿，所以连一束花都要扔掉。

或许还有更恶劣的内幕。

所以，他可能比平常人更忌讳不忠？

虽然她认为自己跟这俩字隔了一个太平洋。

江云深睁开了眼，淡淡道：“你真的那么不想我生气？”

“对啊。”

他笑了下，微掀开了被子坐起了身，姿势慵懒地靠在床头，又从床头找了一根烟出来，点燃，跟着漫不经心地笑道：“我可以让你留下那幅画。”

华榕跟着坐了起来，看着男人在烟雾中，无端透出了危险气息的脸。

“真的吗？”

他轻喷出烟雾，眯着眼睛道：“作为交换，你给我做个特殊服务。”

床头开着的那盏灯在华榕那边，她没关，所以还亮着。

华榕怔愣地看着他，脑子一时没转出个所以然出来，下意识问了句：“什么服务？”

江云深嘴角微翘，一言不发。

华榕不明所以。

静静对峙了一会儿后，男人挑着眉，又笑了下：“你真的不知道？”

她该知道什么。

她只知道特殊跟服务两个字加起来，透着股诱惑的味道。

她隐约能猜到大致的方向，但具体指的是……

江云深取下含在唇间的香烟，俯首凑近她的耳畔，低声说了句什么。

华榕顿时："……"

"怎么样？"

"你……你……"华榕看着好整以暇的他，结结巴巴地道，"你怎么能这样？我以前可从来没有这么为难过你，怎么到了你这里就这样了。"

江云深嘴角上扬，懒懒地道："你可以试试，说不定真的有用。"

"那……那用不着……你不是明摆着欺负人吗？"

"你的手伤成这样，碰一下都不行，我还要时时注意避开你的手。"他嗤笑着道，"是你让我尽兴，还是我伺候你？"

她控诉道："你这不是趁火打劫吗？"

他淡漠道："你不愿意，就睡觉，没人强迫你。"

华榕开始恼了，她一直低声下气赔笑讨好，连"肉偿"都主动了，他还这么变本加厉没个好脸，当即就气道："睡就睡，你自己去气死吧。"

说罢，她故意重重地躺了下去，还翻身背对着他。

等了好一会儿，后面一点动静都没有，她又爬起来去把灯关掉。

屋子里刹那间陷入黑暗，只有明明灭灭的火星一闪一烁。

江云深抽完烟就躺了回去，安静得没有一丝声响。

身边断断续续的声响开始了。

女人翻过来转过去，先是叹气，后又烦躁地，然后曲腿，又重重地落回到被子上，再坐起来，又躺下去。

声音也不大，但在安静的夜里就显得格外扰人。

终于，男人淡淡地开了腔："你要是再闹个不停，我就去沙发上睡。"

"我怎么了？翻个身你也要说我。"

"给我安安静静睡觉。"

"手疼，睡不着。"

"你要真的疼，我就叫金医生过来。"

"他又不是神仙，没法让我的伤口一下愈合，也不能让它马上就不疼了。”

男人没回她的话，又安静了。

华榕看着他，慢慢地又蹭了过去，贴着他的耳朵小声地道：“那个我们打个八折，换个别的方式好不好？”

YUN SHEN JI XU

第八章

小别胜新婚

他起了身："你要留就留，我不能把你怎么样，也不会把你的画怎么着。那个小保姆应该很快就会来，我去公司了。"

华榕坐在椅子里，眼睁睁地看着他出了餐厅，穿上西装后拎着车钥匙出了门。

她从餐厅里出来，看到的就是男人在玄关处低头换鞋的背影，挺拔又淡漠。

他开门离开，头也不回。

她有些心酸，有些憋闷，又有些委屈，还有些生气。

刹那间，她又忍不住想，要不要把画还给陆林算了？

可是她转身回到书房，装裱好的油画还维持着江云深取下后摆在书桌上的样子。

少女明艳璀璨，雏菊清新稚嫩，如回不去的青春年少时，和记忆里明媚斑驳的心动。

雏菊的花语是深藏在心底的爱。

陆林的画，陆林没有说出口的喜欢，甚至他那些只是轻描淡写却还是露出了端倪的深情。

江云深太敏锐，敏锐到了尖锐的地步。

他连思考的余地都不留给她，也许是对的，因为从第一眼见陆林开始，说她没有触动，是绝无可能的。

她不能去想，何况她也清楚今天的自己是只会选江云深的，所以才不去想。

但是既然已经错过，且再无续上前缘的可能，就让这幅画也封锁在过去里，聊以抚慰，抚平遗憾。

华时集团。

林临敲门而入，恭谨道："江总，刚才金秘书来了电话，说华董让您去趟他的办公室。"

江云深淡淡道："知道了。"

五分钟后，董事长办公室。

江云深神色疏淡，几分谦逊，更多的却是从容："董事长，您有什么吩咐？"

华东森皱起眉："澳洲那边的合作案出了点问题，我刚得到消息，项目负责人还卷进了命案。这个合作华时投入很大，你亲自过去一趟吧。"

江云深道："董事长，这件事我已经跟那边开了视讯会议，并且安排了新的负责人过去了。"

公司的运行基本是他这个总经理在负责，事实上，这样的事情是不需要集团董事长亲自过问安排的。

华东森淡道："我知道，但是秦总家里出了点事，不方便出国。你把事情了解清楚，再把合作敲下来，等签约合同了再回来吧。"

这话里话外的意思，已经不是在暗示，而是明着说了。

"华董。"江云深低垂着眉眼，"榕榕的手至少要养两个月。"

华东森不等他说完，就冷斥道："你别说得好像我女儿非得你照顾不可，堂堂华时集团的大小姐，难不成还没个能照顾她生活起居的人？"

江云深："她会跟我一起去。"

华东森："……"

江云深："澳洲的医疗固然也不差，但她带着伤还是并不适合出远门，还在陌生的地方生活，而且我也没法时时照顾她，对她不好。"

华东森一张脸都黑了下来："你是在像我宣告，她已经对你死心塌地了？”

“我知道华董想借两地分居一次淡化她对我的感情，几年是有可能，几个月恐怕只有小别胜新婚的效果。而且，我不是陆林。”

陆林最大的过错，是他一句话没留就走了，连在一起的时候都没有把喜欢说出口，所以华榕才单方面认定了他们之间已经画上了句号。

否则她当初既说要资助他留学，想来也是能接受异国恋的。虽然到底能不能坚持是未知数，但绝不是没有可能。

当然，陆林既收了华东森的资助，就只能咬牙答应条件，否则又太无血性。

华东森冷笑不止：“你不用在我面前装得一副情深意切的样子，我不是华榕，没那么天真。你敢说，你接近她毫无图谋？”

江云深淡淡一笑：“董事长，就算您识人无数，也不可能保证哪个男人能真心且持续地宠爱您女儿一辈子。我可以承诺，她做您的女儿是公主，做我的女人同样是公主。”

华东森定定地看了他半晌，冷嗤：“你母亲在你生父死后改嫁给你伯父的事名流圈几乎尽人皆知，也没谁想不到他们多半是在江铭死前就勾搭到一起了。”

“可即便你妈出轨了，你也还是当时江家唯一的继承人。即便你要报复，忍辱负重，长大后夺回星澜国际不是最好的办法吗，你为什么要舍弃锦衣玉食的生活跟着家里的司机偷偷离开海城？”

江云深垂首：“我还是那句话，榕榕跟着我，不会比她嫁给其他任何男人过得差。”

华东森不屑道：“男人一时的真情实意都是放屁，何况是虚情假意？”

“真情还是假意也只是您单方面的判断而已。”

傍晚。

江云深还是跟平常一样回到了十月红。

华榕听到门铃声响起，心里提起的石头就落了回去，正在干活的宋非晚用围裙擦着手，然后急急忙忙要去开门，却被叫她住了。

“我去，你饭菜端上桌吧。”

“哦哦。”宋非晚又忙折回了厨房里。

华榕迫不及待地开了门，果然立在跟前的是挺拔俊美的男人，她还一直在想这男人会不会生气，直接回兰溪岸了。

毕竟昨晚还是她半撒娇半耍赖把他留下的。

门一开，入目的就是女人明艳的笑靥，眼角眉梢的笑意绵延到了眼睛里。

他的心一动，抬手摸了摸她的脑袋，淡淡道："什么事这么高兴，像只撒欢的狗子一样。"

华榕："……"

她怒道："你还能不能说点好的了，什么破比喻？"

江云深进了门，嘴角掀出几分弧度："即视感。"

"哼，狗嘴里吐不出象牙。"她撇了下嘴，跟着又道，"我已经让非晚做好晚饭了，你洗个手就能吃啦。"

她说起这话时跟献宝似的，江云深挑眉："原来你也知道我每天下班回来还要给你做饭，是件很辛苦的事情？"

"以后都让非晚做吧，虽然她长得一副未成年的样子，做的菜却有种传说中奶奶跟外婆的味道。"

江云深脱了西装，如华榕所说洗个手就上了餐桌。扶起筷子时，他顺口道："这两天我要去趟澳洲，可能得一两个月才能回来。"

华榕愣了一下，怒火腾地蹿起，手里的筷子被她重重一摔："江云深，你耍脾气也有个限度！"

"去出差，为了公事。"

她紧绷着脸，显然不信。

吵完架还没好就赶上他要出国出差，哪有这么巧，在一起这么久也没见他出差几次，而且还是一两个月这么久。

"公主殿下，我还没有无聊到跟女人吵个架，就要跑出国去。"

她连连皱脸，跟着就想也不想地道："那我跟你一起去吧。"

主要是她现在手受伤，连电影的拍摄都被强行推后了，任川气得打了个电话过来把她给臭骂了一顿。

养伤嘛，很闲。

江云深静静看着她。

华榕提高了音量："你敢不同意？"

他的视线落在她的手上："你手上的伤不适合出国，人生地不熟，我也没法时时照看你，留在帝都对你更好。"

华榕哪会相信这个说辞，她觉得她的手没什么问题，大不了她随身带着金医生。说来说去，她觉得这男人还是因为那幅画在生她的气。

“到底是因为我的手不能去，还是你就是不想带着我？”

“榕榕。”他耐着性子道，“我一个人过去，用最快的时间把事情解决了就回来，嗯？”

“你平常偶尔在我书房处理公事，我都没打扰过你，我跟你出差难道会碍着你吗？”

“你一定要去？”

华榕抿起了唇，也不再据理力争，精巧的下巴有紧绷的迹象，脸也慢慢冷了下来。

“好。”他似妥协了，“我带你去。”

华榕一下被刺道：“行了行了，我不去了，你犯不着这么勉强！”

“我不是不想带你去。”

“你还要怎么不想，嘴里说了脸上写着，我得多厚的脸皮才非要贴着你？！”

江云深软了几分态度，温声哄道：“我是怕没法照顾你，而且……如果突发其他事情，我可能会兼顾不到。”

在明着阐述了暂时两地分开根本影响不了他跟华榕的感情后，华东森还是勒令他亲自过去。

要么，他会拦着华榕，不让她跟着去。可是意义不大不说，她那性子能不能拦住还是未知。

要么……

两天后的上午。

江云深和华榕从十月红出来，身后跟着展格，两个男人手里各有两个行李箱。

一辆黑色的商务 SUV 停靠一旁，才一走近，驾驶座跟副驾驶座上的车门同时打开。

司机和一个穿黑色职业套装的年轻女人走了下来。

司机和展格一起将行李箱搬上车。

那女人里面是一条裸粉色的包臀裙，外搭白色的西装，烫染过的长发只到肩头，绑了个松散的发髻，左边留了一绺刘海，很精明干练，又优雅美丽的形象。

她踩着黑色的高跟鞋走到江云深和华榕的面前，颔首微笑：“江总。”

江云深神色极淡：“嗯。”

她眼珠流转，视线跟着落到了华榕的身上，似是打量。

她长发拢到一侧，随意扎了个发圈，额头两侧有不少发缕如龙须，风一吹，就是电影效果般的凌乱美。清新的碎花衬衫，搭配酒红色的长裙，妆很清淡，也精致。

“华小姐是准备去度假吗？”

华榕挑了下眉，反问了一句：“怎么？”

“只是感慨，之前在公司的时候江总工作认真一丝不苟，从不带私人的感情跟情绪，没想到这次出差会带上自己的女朋友。”

她笑吟吟地道：“没想到江总和华大小姐之间这么恩爱。不过之前江总和华二小姐在一起的时候，我就听闻江总温柔体贴，让很多人羡慕哦。忘了自我介绍，华大小姐，我叫叶霜，是江总这次澳洲之行的临时秘书。”

华榕因为左手受伤，翡翠玉镯临时戴到了右腕上，衬着她白皙的肌肤，色泽更是漂亮了。她抬手撩了撩发丝，似笑非笑：“你看着挺年轻的，比我大不了几岁，刚毕业吗？”

叶霜微怔，似是没想到她会说起这个，但仍是微笑大方地回答：“我比江总小两岁。”

二十二岁不会说吗？答个年纪也要跟江云深扯上关系。

“难怪。”华榕淡淡地道，“叶小姐，如果你年轻还不怎么会说话，我建议你多做事少说话，尤其是别人的私事。”

叶霜脸微僵，但也不过片刻就化解了，她还是保持着微笑：“非常抱歉，我以为华小姐不在意这些，毕竟是些公认的事情，如果您听了不高兴，我不再提起。”

华榕却是看都不再看她一眼，抬脚从她身边走过。

不等展格跟那司机动手，江云深亲自替她拉开了车门。在她弯腰上车时，从喉咙里发出了低低的笑声。

华榕瞪了他一眼。

司机送他们到机场。

江云深、华榕、展格还有叶霜与公司其他人搭乘同一航班。

叶霜既是秘书，琐事自然是她一手负责，不过因为行李多，展格也被派去帮她。

头等舱候车室里。

在车上一路都没发作，甚至没怎么说话的华榕，在这会儿只有他们两人时，朝着身边的男人怒目而视：“江云深，你什么时候招了个这么年轻的女秘书？林临呢？一个刚刚毕业的女大学生，有什么资格当华时总经理的秘书？你跟她什么关系？”

那女人面上看着客气恭敬，但那哪是一个秘书敢对华时大小姐有的态度。就算她只是江云深的女朋友，林临都不敢那么跟她说话。

江云深拿起她戴着手镯的手，漫不经心地把玩，淡淡道：“她不是我招的，是华时一个董事的女儿，叶董亲自请我吃饭，让我这次去澳洲带上她，方便她历练学习，熟悉流程见见世面。”

说是这么说，面上也的确是这样。

可他跟华榕谈恋爱的事情，虽然媒体没有公布出去，外界可能并不知晓，但华时上下包括韩放、徐觐欢那些人都知道，可见这个圈子的人多半是耳闻了。

华榕的性子摆在那里，她眼睛里容不得沙子，叶董是没有道理请他手把手亲自教他女儿的。

无疑，是华东森的意思。

华榕闷着脸：“我不喜欢她。”

她想了想，皱起眉头问男人：“她开口就是分明在讽刺我，你出差我要跟着去玩，我是你的负担吗？”

江云深的手搭在她身后的靠背上，低头看着她，嘴角扯出笑弧：“你之前怎么不想想会不会是我的负担，我不让你去，你还发脾气。”

她满脸不高兴地看着他。

江云深低低笑着，俯首凑近她，长指托起她的下颌印上她的唇：“就算是负担，也是甜蜜的，让我甘之如饴的，行吗？”

她下巴微抬，露出了勉勉强强的表情。

头等舱的座位是单独的，这趟航班的格局是隔着过道左右靠窗各一个座位，个人有充足的活动空间。

登机后华榕才发现，她跟江云深的座位竟然不是一排。

她的手不方便，男人亲自替她系安全带。

华榕任他为自己服务，偏头瞥了眼兀自忙活的叶霜，淡淡地开口道：“叶小姐，麻烦你跟江总换个位置吧。”

叶霜站直了身体，脸上漾出笑：“华小姐，这趟航班要飞差不多十二个小时，到悉尼的时间应该是凌晨一点，再从机场到酒店免不了还要花去一两个小时，然后才能睡，等到了之后会有许多事情等着他亲自处理，所以还是让江总在飞机上多休息。您有什么需要，可以尽量吩咐我。”

华榕仰着脸，直接跟她面前冷静俊美的男人道：“我就要你跟我坐一排。”

江云深低头亲了亲她的脸颊，站直了身朝叶霜淡淡道：“你坐我的位置。”

叶霜咬着唇：“江总，有我和杜总照顾华小姐，您可以休息的。”

杜总是补位澳洲卷入命案那个项目负责人的位置的新经理，虽然比不上江云深如此年轻却身居高位，但论起资历也算是年轻有为，前途颇为可观。

原本的位置是华榕跟叶霜一排，前面是江云深和杜瑾年。

华榕跟江云深是个对角。

而机票是谁订的，位置是谁选的，就不言而喻了。

叶霜说完后，杜瑾年也跟着回头帮腔：“对的，大小姐，您有什么需要吩咐我也可以。这趟差事来得突然，江总还有不少文件要赶着看，您有事找我们就行了。”

这俩人一唱一和，话里话外的意思无疑就是在说她任性骄纵，非黏着霸着江云深支使他，还影响了他的工作。

江云深淡漠的视线从他们身上掠过，几秒后看回在叶霜的脸上，用没有波澜甚至毫无情绪的嗓音道：“如果你订票的时候没有正确排位的觉悟，至少应该学会在我的意思已经摆出来后能少说废话，马上照办。”

叶霜咬住了唇，眉眼中有丝倔强：“江总，我也是为了您的工作和休息着想。”

江云深冷漠道：“那你最好学会收起你那无谓又自以为是的着想。”

叶霜没想到江云深会这么不给她面子。

怎么说，她都是她爸亲自托付给他的。

她当即觉得难堪，可很快她就隐忍地低下了头，将座位上她的东西拿了起来，默不作声地走到了前面的位置。

帝都权势云集，千金小姐更是多如牛毛，难怪只有华榕被叫“公主”。

谁的公主病有她严重。

华榕右手托腮，一句话不说，姿态是明摆着的傲娇、冷淡，眼角余光都懒得去瞥不相干的人。

她非要跟江云深坐一排，不过是出于恋爱中女人特有的心思，她想离他更近，偏头就能看见他的脸罢了。

真说起照顾，坐个长途飞机哪有什么需要照顾的地方。

全程十二个小时，她先是戴着耳机看了两部电影，等到iPad没电了，她又打开之前看到夏泉用的，觉得省事，于是也顺便买了个的 kindle 开始看小说。

除了午、晚两餐，上个洗手间，也没别的需求了。因为手不方便，她连化妆、卸妆都省了。

晚上十点左右，她开始犯困。江云深起身替她放平了椅子，让她平躺下来，又拿过毯子盖在她的身上。

华榕打了个呵欠：“到了叫我。”

他摸摸她的脑袋：“睡吧。”

左上方，叶霜回头看着这一幕，眼睛里翻滚着跟白天不同的情绪，不知道在想什么。

飞机在悉尼降落时，是当地时间凌晨一点左右。

这个点，华榕已经深睡。

江云深叫了她好一会儿，她才迷糊地睁开眼，咕哝道：“到了吗？”

男人此时的声音听起来格外温柔：“嗯。”

她呵欠连天，半睡半醒地坐了起来，可人还没站起来，就循着男人的气息往他肩膀上靠去，睁开了一点的眼睛又闭上了：“好困啊。”

江云深解开她的安全带，又让叶霜拿起她的包，直接打横将她抱了起来。

叶霜看着，惊了一下。

“江总，您还是叫她醒来吧。下了飞机到停车区也有一段不短的距离，您总不能一直抱着她吧。”

就算是自己女儿，这种时候多半会叫醒的吧，何况华榕又不是几岁大的女娃娃，她一个身高一米七二的成年女人，再瘦也轻不到哪里去。

她爸还说江云深是图谋华榕继承人的身份，他需要这么给自己找罪受吗？

他不抱华榕下飞机，也没人会觉得有什么。而且，如果她不醒，难不成他要一路就这么抱到酒店？

江云深没理她。

华榕被男人抱着，脑袋埋在他的肩膀里。她睡得深，困意正是最浓的时候，周遭的光亮、嘈杂，对她而言都是遥远得不真实的背景。

华榕还有两三分清醒，声音缠绕着倦意：“放我下来吧，我自己走。”

“你不是困吗？到了车上还能睡会儿。”

“还有很远吧。”

“很快了。”

“嗯，那你累了就放我下来吧。”

江云深淡淡地笑：“这点距离我还是抱得动的。”

叶霜跟在后面，她看着江云深真的将华榕抱下飞机，然后上了那辆早在等着他们的车。华榕并没有睡死，也不知道是真的醒不来还是装的。

而且，他竟然真的抱得动。

虽然机场没有大到夸张的地步，但对抱着个成年女人的男人来说，这个距离绝不轻松，甚至很难完成。

这个男人看着温淡谦逊，甚至有些君子如玉的内敛斯文。

而且都没见他喘一下。

不管看上去多么绅士、衣冠楚楚的男人，骨子里都下流龌龊到不行，还不知道装了些什么让女人难以想象的东西。

“我道貌岸然、衣冠禽兽？”江云深好笑地道，“公主殿下，好像是你自己提了个是男人都不会拒绝的建议吧？”

她睁眼说瞎话，拒不承认：“我没有。”

“你跟谁都这么无赖吗？”

“水要凉了，你快给我洗澡。”

男人低笑了两声：“今天太晚了，不过，这笔债我记下了。”

华榕对他能面色不改还一副今晚暂且放过她的语气叹为观止：“你简直空手套白狼，奸商都不是你这样的。”

竟然还能厚着脸皮说她无赖。

江云深道：“接着洗。”

江云深每次替她洗澡都要被弄湿一身衣服，有时候她觉得他给她洗完也要洗，还会故意往他身上泼水。

但他总是衣冠楚楚，从来没想过要和她一起洗。

洗完后，江云深走了全套服务抱她回到了床上。

洗个澡后华榕觉得通体都舒畅多了，舒舒服服的。

男人在她眉心印下一吻：“你先睡。”

她望着他，眼神有些软：“你明天再弄那些吧，现在好晚了。”

江云深淡笑了下：“我尽快，你先休息。”

卧室只有一盏落地灯亮着，光线昏黄，暗得静谧。

华榕问：“要不我帮你吧。”

江云深眼底挑起几分意外，似笑非笑地道：“怎么突然这么体贴了？”

她因为他的调侃而语带嗔意：“因为你明天要起个大早，我可以睡到日上三竿！”

他又低沉地笑了笑：“公主殿下的善解人意我收到了。不过你不擅长做这些，而且手伤得连洗澡都要我帮你，乖乖睡觉。”

她这才想起自己的手的确是帮不了什么，于是道：“那好吧。”

他亲了亲她的嘴角：“晚安。”

华榕不怎么认床，凌晨两三点她一沾枕头就很快有了睡意，也不知道男人是什么时候回到床上的。

虽然江云深洗完澡掀开被子躺下时，她就循着他的气息自发地靠了过来。

等第二天早上睁开眼睛的时候，偌大的卧室里只有她一个人。

窗帘拉开了些许，有阳光漏了进来。

这明媚的光线勉强为陌生而安静的地方提供了些许烟火气息。

她摸到手机看了看时间。

男人发来的短信映入她的眼帘：我开会了，早餐我已经吩咐展格准备了，你起来后给他打电话。如果你去附近逛要带上他，如果准备去商场或其他地方，把地址用短信发给我。

华榕红唇微翘，搁下手机，伸了个大大的懒腰。

她没去繁华地带逛，就趁着天气好，上午领着展格在周围吹了吹风，随便散了散步。到十一点四十左右，她才看着时间拨了男人的手机。

谈工作应该也要吃午饭吧。

一直到电话快被挂断的时候，那头才突然接通。

“江云深，你中午有……”

“华小姐，是我。”女人的声音打断了她。

这个一听就让华榕感觉不悦的声音，她皱了皱眉，冷嗤了一下，淡淡道：“你谁啊？”

“我是叶霜。”叶霜其实不信华榕听不出她的声音，而且就算听不出，也该猜得到吧，但她也只是公事公办道，“江总的秘书，他现在还在开会，请问您有什么事吗？”

“哦，是你啊。”

“我说叶小姐，你大学念的什么专业啊？”

“工商管理。”

“华小姐，你好，我是江总的秘书，他现在正在开会，不方便接您的电话。您有事的话，等江总会议结束我替您转告，或者让江总到时候亲自回电话给你。”

华榕轻轻笑开，语调却夹杂了一股子的冷意：“我真的挺好奇的，这套说辞光是从我爹秘书那里我就听过无数次了。怎么？你爸的秘书是有多不专业，才会连最基本的开场白都不会？‘是我’，谁关心你是谁？”

叶霜的呼吸明显重了一点。

华榕比她小了两岁，骄纵、花心、虚荣，在女人面前傲慢淡漠，在男人面前黏腻撒娇，叶霜一个国外留学回来的高才生哪看得上这类型的女人。

偏江云深对她是耐心又宠溺的态度，且这种宠溺又半点没有讨好的丑态。

“抱歉，华小姐。”叶霜静了一瞬，忍气低头，又问，“您有什么事吗？”

“他中午有安排吗？”

“有的。”

“让他给我回电话。”

“我明白了。”

华榕直接掐断了电话，手机往旁边一抛，展格稳稳接住。

她真是讨厌江云深身边十八岁以上二十五岁以下的女人。

悉尼的温度颇为暖和，华榕在系肩的长裙外套了件白色的长款防晒薄衣，风一吹就跟头发一起扬起。

她懒懒散散地道：“走，找个餐厅吃饭。”

华榕也没研究附近的美食，决定先试试这家酒店，因为觉得早餐的味道还不错。

她猜测江云深第一天可能要跟这边的合作方吃饭，找到餐厅后就自己点了一桌子菜。

服务生刚拿着菜单走，她撑着下巴百无聊赖地看着窗外，一道惊喜的声音响起：“榕榕，真的是你？我还以为我看错了。”

华榕侧首，看向来人，愣了一下，跟着也笑开：“尤雯。”

她也没想到远在悉尼竟然会遇到圈内的熟人。

阮尤雯是影视圈一个大概二线左右的女明星，跟华榕合作过一次，一次是演女二，一次是客串，因为年纪相仿，在剧组的时候关系不错。

阮尤雯在她对面坐下，语气还是惊讶：“我在这边拍戏，戏份杀青了准备多住几天，你呢？”

“我度假。”

她更惊讶了：“一个人？”

“跟我男朋友，不过他在这边有工作要忙。”华榕微笑着邀请，“你吃过饭了吗？要不要一起？”

阮尤雯欣然应允，笑道：“好啊，我也是一个人准备来吃饭呢。”

于是她又叫来服务生，再点了份餐。

两人久不相见，聊得轻松愉快。

饭后，阮尤雯邀请她去自己的房间：“我最近迷上了煮咖啡，你可以尝尝我的手艺。”

华榕对此挺有兴趣的，眼睛一亮，道：“你会煮咖啡？正好，可以教教我。”

“你想学？”

华榕弯了弯眉眼：“唔……有点兴趣。”

她对咖啡谈不上爱，就是也会喝，但不常喝。不过，跟江云深在一起这么长时间后，她发现他有每天喝一杯咖啡的习惯。

兰溪岸的公寓里还有一台看起来就很贵的咖啡机。

阮尤雯很乐意地道：“好啊。”

于是，两人去了阮尤雯的房间。

展格是保镖兼临时的助理，自然是一言不发地跟在她们身后。

阮尤雯是一个二线明星，人气、收入和出身都差了华榕一截，所以住的也并不是华榕那个规格的总统套房。

不过也是一个小套房，只是没那么宽敞，但也包括了卧室、客厅、小书房之类的。

“咖啡是我前两天在这边买的，还不知道怎么样，你喜欢的话可以买点回去。”

展格单独坐在客厅的沙发里。

华榕颇有兴致地看着阮尤雯忙活。

另一个餐厅里。

江云深站在窗前，眉头紧锁，他的耳机响起了第三次重复的女音：“您好，您拨打的电话暂时无人接听。”

叶霜在他身后，带着些歉意，低声道：“华小姐还是不肯接电话吗？”

男人转身，眉眼淡漠：“你到底跟她说了什么？”

“我也没说什么啊……华小姐打电话过来找您，我措辞不当，她就把我训了一顿，然后让我转告您她来过电话的事情。”

江云深冷漠道：“你一个名牌大学的毕业生，连基本的交流能力都没有？”

叶霜咬牙道：“是我不对，还没习惯替上司接电话的流程。加上我可能开始给华小姐的印象不好，所以她更讨厌我了。”

江云深沉静冷然的眉眼中浮出缕缕烦躁。

他已经打了三个电话，都是无人接听。

她没有道理不接电话。

他知道叶霜是带着任务来的，可即便她之前在电话跟华榕说了什么，以华榕的性子也会当面质问，不会不接电话。

难道出事了吗？

可此刻在国外，她手上还带着伤，展格应该时时刻刻跟着她。

他转而打电话给展格，同样没有人接。

杜瑾年过来了，低声道："江总，Charlie 先生问您是不是有什么要紧的事情，今天是第一天，不要开始就把关系弄僵了。"

江云深眉眼阴沉。

他当然清楚这个开头必须打好，因为上个负责人的问题，这次的合作让华时出了很大的事故，如果这次他处理得不好，华时不仅会损失一大笔，就连在国际的名声也会受到影响。

这也是华东森让他亲自过来解决的原因之一。

江云深冷冷地看了一眼叶霜："联系酒店，看她人在酒店里还是出去了。"

叶霜低头："好。"

男人语气淡了许多，但那股森然的味道更重了："叶霜，你最好不要在我眼皮子底下做些无聊的事情。"

叶霜愣住，随即抬头讶然地笑道："江总，本来出差带女朋友就容易分散精力，华小姐耍大小姐脾气、闹别捏不肯接电话，她不怕影响你的心情，这也能怪我？"

江云深淡漠地瞥了她一眼："有结果了告诉我。"说罢就回到了餐位上。

二十分钟后。

叶霜匆匆回来，走到江云深的身边俯首耳语道："江总，我联系过酒店方面了……他们给我的回馈是，中午华小姐曾在餐厅消费，有让酒店的服务生按门铃，并且进入房间查看，华小姐并不在，还有……"

"还有什么？"

叶霜犹疑了片刻，还是道："不知道是不是巧合，酒店的监控系统下午出了漏洞，下午有大约十五分钟的内容消失了。"

江云深的脸色瞬间冰冷到了极致，下颌紧绷，周身都仿佛散发出一股戾气，只是眯起了眼睛，冷静地压制着情绪，没有表现出来。

但即便如此，整个餐桌上的人都感觉到了他冷沉而阴云密布的气场。

年纪在六十岁左右、稀疏的浅色发、基本呈现谢顶的男人朝他看了过来，语气里有疑惑跟不满："江，从饭前开始你就有些心不在焉，是对我们上午的讨论结果不满意吗？"

江云深静了一瞬，略垂了眸，淡淡地道："抱歉，是我的一点私事。"

Charlie的表情更加不满了："私事？江，我希望你能明白，华时出现这么大的失误，你们上个负责人甚至和走私犯扯上了关系，我是看在我们近几年的合作都愉快顺利，华董事又亲自跟我视频谈话，还派了总公司的人过来，我才愿意给你们第二次合作的机会。我的诚意足够，也希望看到你们的诚意。"

江云深的轮廓俊美内敛，没有表情的时候就给人一种没有温度的冷静感。

他的薄唇抿成了笔直的线。

叶霜焦急地道："江总，您继续跟Charlie先生吃饭，下午还有要谈具体的合作，我找人去找华小姐的下落。"

一旁的杜瑾年也连连劝道："江总，华小姐的事情让小叶去处理就好了。她身边有保镖跟着，说不定就真的只是因为之前没联系上你而耍脾气、闹别扭，恋爱中的女孩子都有点爱作。您这时候要走，多半会惹怒Charlie先生。"

其他之前已经在澳洲逗留了挺长一段时间的人也纷纷小声劝着。

Charlie没再说话，只是没什么表情地看着他，像是在等他做选择。

江云深脸上始终没有什么明确的变化，很难让人揣测他此时的情绪。

安静了十秒钟后，他拿起餐巾开始擦手，低沉缓慢的嗓音有条不紊地陈述："抱歉，Charlie先生，我刚刚接到消息，我女朋友可能在酒店出了点事，联系不上她了。她年纪小，身上还带着伤，尤其她是华董的女儿，我担心她被走私集团盯上，要亲自找到人才能放心。"

Charlie摇摇头，失望地道："江，如果我们的合作几次都不顺利，我觉得也没有必要继续下去了。"

YUN SHEN JI XU

第九章

公主的反击

下午四点多的时候，华榕才长长地伸了个懒腰，朝无聊到打瞌睡的展格道："什么时候了，把我的手机拿给我。"

展格手上有表，拿起茶几上的手机递给她的时候看了一眼，顺口回答："还差一刻钟就五点了。"

华榕接过手机，手指按下时，屏幕是黑的，没有反应。

"怎么关机了？"

展格看了一眼她的开机屏幕，摇头："我没有关过。"

华榕蹙眉，难道是手机没电自动关机了？可她记得她的手机电量很充足，而且基本没有用。

她将手机一开，就看到了好多个未接来电。

都是来自江云深。

她吓了一跳，顾不得其他，忙回了个电话过去。

那边很快就接通了。

不等她开口，男人阴沉紧绷的嗓音就响起了："华榕？"

华榕觉得有些莫名："怎么啦？"

他沉默了片刻，问，"你现在在哪儿？"

"酒店呀。"

静意又多延续了三秒左右，江云深淡淡问：“展格跟你在一起吗？”

“在的呀。”

“回房间等我。”

华榕更加觉得莫名和不解了，可不等她再问什么，电话就被挂断了，只剩下“嘟嘟嘟”的声音。

展格见她神色异常，问道：“大小姐，出什么事了吗？”

“不知道。”

华榕把手机递给展格，然后转身去跟阮尤雯道别。

“你这就走了，你男朋友回来了吗？”

“是的，所以我得回去。”华榕见她面露遗憾，笑着道，“反正我们住一家酒店，我有时间就找你玩。”

阮尤雯也没多留：“行行行，随时找我。”

告辞后，华榕回了自己的房间。

半个多小时后，门铃响了。

展格去开门。

江云深抬脚走进来，他身形挺拔而笔直，此时却有股寒气萦绕的薄削凛冽。

华榕听到动静也偏头看了过去，嘴角上扬，笑道：“你怎么这么早就回来了？”

她以为他可能晚饭都没时间回来吃呢。

男人没回话。

华榕注意到他的脸色有些异样。

再看跟在他身后的叶霜、杜瑾年，还有两个她不认识但应该也是华时旗下的人，以及两个四十岁左右的外国人。

华榕不明所以，但还是起了身。

不等江云深说什么，叶霜就沉不住气般愤而质问道：“大小姐，我们到处找你，你去哪儿？”

华榕的视线掠过她，落在江云深的身上：“我哪儿也没去啊，就在酒店。怎么了？”

叶霜俨然不信，甚至气愤地冷哼了一声。

连相较其他年纪稍大而年轻了许多的杜瑾年，也不太掩饰自己满脸的情绪。

江云深走到她的跟前，上下打量了她一眼，神色语气还是很淡：“为什么不接电话？”

“手机不知道怎么关机了，我没注意。”

江云深的视线落在她的脸上：“你没离开酒店，也不在房间，去哪里了？”

“遇到国内的一个朋友也在这家酒店，所以一起吃了个饭，下午在她的房间里闲聊什么的。”她紧紧地拧起眉，望着男人俊美淡然又深沉莫测的脸，忍不住问道，“出什么事了？”

江云深淡淡地道：“没什么，发生了点误会。”

“江总。”这次愤而出列的是杜瑾年，他气沉而冷，激动道，“这么大的事情怎么是误会两个字就能随随便便带过去的，何况，是不是误会还另说。”

“误会”两个字显然不能服众。

杜瑾年接着道：“华大小姐，因为你的失联，江总中午跟 Charlie 先生不欢而散，接下来的合作也不知道还有没有机会再谈。这几个小时，凡是跟华时有关的人都在想办法找寻华小姐的下落，甚至还接洽了本地的势力。”

他逼视华榕：“一句手机关机了，一句遇到了个朋友一起玩忘了时间！华大小姐，你未免太轻描淡写，不把我们当回事了！”

华榕终于明白大致发生了什么。

她巡视了一番其他的人，随即摊手，笑开：“我的手机就是莫名其妙关机了，下午就是跟朋友在房间里玩儿，你如果觉得事实太轻描淡写，那我该怎么把你们当回事？”

杜瑾年：“你……”

“我半天没接到电话，行吧，这姑且算是我的失误。我人在酒店里，既没藏着也没躲着，电梯跟走廊的监控难道拍不到我吗？我怎么失联了？”

叶霜道：“在你吃完午饭的半个小时里，酒店的监控出现了漏洞，说是找不到了。”

华榕一愣，也没想到还有这样的事情。

她挑眉道：“酒店的监控出了问题，也要怪我失踪？”

叶霜看着她，淡淡地道：“手机被关机，监控也刚好出了问题，没有这么巧合的事情吧？”

“所以呢？”

“华小姐，如果您不喜欢我，可以直说。”

“中午您打电话给江总的时候他在开会，因为怕帝都那边有重要的事情找他，所以手机我暂时替他保管，您说我接电话的时候对您的态度不好，我认错，这算是我的错。”叶霜脸色平淡，陈述的语气也是不卑不亢，“但江总那时确实是忙，他一有时间就马上给您回电话了。我们来澳洲是为了工作，不可能时时兼顾您的心情跟需要，您跟着来之前也应该做好心理准备。”

“还有，您常年在娱乐圈，可能见多了男盗女娼的事情，所以一见女秘书，尤其是年轻而面容姣好的女秘书，就自然而然、先入为主地联想出一些不堪的暧昧来。”

“我承认，江总年轻有为，我跟许多女人一样暗自欣赏甚至是非常仰慕他，但江总对您专心又宠溺，所有人都看在眼里，我也绝不屑于破坏别人的感情，华小姐实在不必担心。”

“如果您真的那么不喜欢我，澳洲之行后我也不会再留在江总身边。我只想说，您实在没有必要，也不应该用失踪这种方式来验证自己在江总心目中的位置。”

“他固然会为了您的安危选择放下工作，但损失的不仅仅是华时诸多人员的时间和精力，更是公司本身的利益，还有江总对您的感情。”

华榕：“说完了？”

她后退了几步，又坐回到了沙发里，姿势悠闲随意。

这种时刻的漫不经心本身就是一种傲慢，看得如杜瑾年这种人，简直要火冒三丈。

“你说的要不是我，我都想给你鼓掌了。叶秘书，你哪家大学出来的？”

一旁早已经气不过的杜瑾年冷声倨傲地说了个校名。

是美国常青藤一所高校。

华榕冷眼睨着：“啧啧，那你可真是给你的母校蒙羞啊，还是本来教出来的就只有你这个水平？”

叶霜：“你……”

“除了脑补，你还能干点别的吗？学什么工商管理呀，你该去当编剧啊，说不定国产影视圈就缺你这种随便给个支点，就能补全一出大戏的人才呢？越狗血越招人爱。”

她是这么轻慢，却又高高在上。

杜瑾年看着死死咬着唇，像是要唇瓣咬出血的叶霜，忍不住高声喝道：“够了，华榕，就算你是华时的大小姐，是公主，也用不着这么侮辱人。”

“我华榕就是华时的大小姐，我时时刻刻记着，犯不着你提醒。杜总，我看你倒不如好好提醒叶秘书，一边看不惯我这个大小姐，一边忘记自己也是蹭着叶家小姐这个身份的光环，才有的资格当这个所谓的秘书，才能无知无畏地站在我的面前无凭无据地鄙视我。”

“我现在没让你滚，也是看你爹的面子。怎么？因为叶家小姐比不上华大小姐风光，你叶霜就当自己是靠着你的学历、你的能力坐到这个位置的？”

“你就算想立牌坊也不关我的事，但是，谁给你的脸，给你的勇气想要踩着我的尸身来立？”

杜瑾年被她这番话气到不行，如果不是还有一丝理智，顾忌到她的身份，还不知道怎么发作了。

他开始就怀疑，刚才见华榕毫发无损时更是相信了叶霜的“猜测”，华榕就是大小姐脾气发作，所以才想方设法刷存在感。

他见过太多这类型的女人，尤其这种本来就骄纵的公主更不能招惹。

江云深淡漠的视线从他们身上掠过：“你们两个，给我出去。”

杜瑾年本就不平，闻言更是失望：“江总……”

“也可以直接滚回帝都。”

他语气算不得多重，但波澜不惊，让人一听就知道他绝不是开玩笑，说到就会做到。

杜瑾年忍耐着脾气，拉着叶霜出去了。

江云深淡淡地朝着噤声的其他人：“你们也都回去休息吧。”

话落，所有人很快退出了房间。

展格也低声道：“大小姐，我先出去了。”

华榕点头。

偌大的总统套房只剩下了他们两个。

江云深抬脚坐到了沙发上，他手撑在沙发扶手上，轻轻捏着眉心，疲倦很快从身上散发开来。

华榕看了他一会儿，默默地蹭到了他的身边。

男人抬手，摸了摸她的脑袋。

她于是爬进了他的怀里，脸蹭上他的下颌。

“这件事很严重吗？”她小声问道，“是我的错吗？”

江云深阖着的眸睁开了，望着茫然、乖却不安的女人，手臂圈上她的腰肢：“不是。”他另一只手的长指穿过她的发，还是很从容，“严不严重我都会想办法解决。”

“我手机放在展格那里，真的不知道关机了。而且，我以为你今天会很忙，没什么时间理我。”

“嗯，我知道。”

他都懒得去管叶霜是自作聪明、自以为是，还是存心想误导别人。

华榕如果习惯性不接电话，他就不会担心出事了。

无论从哪个层面跟角度判断，这都是最坏的结果。

她不接电话，要么是接不了，比如上回跟陆林被困在器材室里；要么就是人出意外了。

华榕蹭着男人的脸：“为什么监控会出问题？”

酒店的监控平时会不会出问题她不知道，但如叶霜所说，这个巧合并不自然。

江云深淡淡地笑：“你说呢？”

“有人动了手脚？”

“可能。”

“为什么算计我？”

她想了想觉得自己没什么损失，至于叶霜会不会给她造成什么影响，她毫不在意。

“还是为了算计你？”

江云深挑眉：“如果这次的合作黄了，损失最大的是华时。”

她眨眨眼：“你不是说你会想办法解决吗？”

他似笑非笑：“这么信我？”

“你说了我当然信。”

他笑着亲了亲她的脸蛋，垂着眼，目光幽深。

沉默给他添了一些冷漠的味道。

华榕想了一会儿，问道："之前你不让我跟你来，是不是因为怕发生今天类似的事情？"

"一部分。"

"那要不我回去算了。"她趴在男人怀里咕哝道，"其实这儿也蛮无聊的，你比我想象的忙，也没什么时间陪我。我在帝都还能找夏泉玩，我有手伤也不太方便自己去游玩。"

江云深："你当初是为什么非要跟着我过来？"

华榕理所当然得很："那会儿不是在吵架吗？你为了陆林的画不怎么理我，我就想着出来培养下感情呀。"

男人低眸看她，眼神颇为不善。

他淡淡说："我原本还以为你是舍不得跟我分开这么长时间，才想黏着我。"

"蛮舍不得的，但我在这儿不是打扰你工作了吗？那个叶霜就不说了，那个杜瑾年觉得你为女色影响了合作，对你很不满。其他人虽然没说话，但是难保心里不是这么想的。"

江云深嗤道："我还怕了他不成？"

一个杜瑾年，他是不放在眼里，所以连多余的话都懒得说。

"那你怎么看上去心事重重的？"

"我只是在想，是谁搅得这么一出，又是为了什么？"

华榕问："会是华时的竞争对手吗？"

江云深："没听到这方面的风声。"

"那你有想法吗？"

"只有猜测。"

这趟随行的人中，叶霜是叶董借机塞给他的，杜瑾年是华东森配的，其他的几乎没有完全可供他差使的心腹。

华东森吗？

华榕玩着男人衬衫上的扣子："真的不用我回国？或者我可以待个三四天就提前回去。"

江云深低眸瞥她："闹着嚷着缠着要来，发现无聊了就想回去了？"

她老老实实地回答："确实挺无聊的。"

江云深："你不怕别人乘虚而入，把我拐走？"

"谁？叶霜？"

他淡淡地道："你没听人家说很仰慕我吗。"

华榕："出个差就被拐走的男人，也没什么好要的啊！何况，你肯定也不止出差这么一次。"

"来都来了，留下来陪我。"

她本来就是随口一提，也没坚持："嗯，你想让我陪那我就陪着吧。"

"嗯。"

江云深低头亲了亲她的脸："展格到底是你爸给你的保镖还是你自己的？"

"念念给我找的。"

"你去书房玩会儿电脑，我有话跟展格说。"

"为什么我不能在？"

"不是不能，是审问的效果不同。"

她蹙蹙眉，起身去了。

展格很快被叫了进来。

他颔首："江总。"

"榕榕的电话是你保管的？"

"大小姐的手不方便，她的包跟手机都是我拿着的。"

江云深语调始终很淡，没有起伏一般："她的手机为什么关掉了？"

"我没关过。"

"那你觉得它是卡机了，自动关机，还是被人关掉了。"

展格略一思索："大小姐吃完早餐后就在酒店周围闲逛，中午在餐厅吃饭遇到了那位阮小姐，这个时间手机放在包里。后来在阮小姐的套房里，我在客厅里守着，大小姐跟阮小姐在厨房煮完咖啡后就去了书房。为了防止错过电话短信或者微信，我把手机放在茶几上。"

"没有人碰过？"

"我去过洗手间，中间可能打了瞌睡。"

毕竟在酒店套房里，没什么安全隐患，人一放松警惕就很容易昏昏欲睡。

“我给你打过电话，没有人接。”

展格一愣，拿出手机查看，摇头：“我没听到手机响，也没有来电记录。”

“这中间你查看过自己的电话吗？”

“没有，除非电话进来，我基本不看。”

他的任务就是保护华榕，华榕又在眼皮底下。

江云深的手指有意无意地敲打着沙发的扶手。

就这么安静了一分钟。

他突兀地开口：“你来之前，华董有任务给你吗？”

展格又是一愣，随即回答：“江总，我的薪水是大小姐直接支付，我也是直接对她负责。”

“明白了。”他不温不火地道，也没表示信或是不信，“既然如此，你去查查那个女明星是不是真的刚好下榻在这个酒店。”

展格点头：“我这就去。”

“嗯。”

之后连着几天的时间，江云深都忙得连陪华榕吃饭的时间都没有。

阮尤雯竟然在第二天上午给她打了个电话，说她有急事赶着回国。

打电话的时候对方就已经在机场，并且飞机马上要起飞，她话还没说完对方就急急忙忙挂了。

展格见她神色郁闷，便委婉地道：“昨天江总让我调查阮小姐来澳洲的行程和目的。墨念姐查了她在国内的通告时间表，她录完在澳洲的节目，本来有两个综艺要上，临时推掉了。”

“临时推掉的？有多临时？”

“大概是您跟江总确定要来悉尼之后。”

华榕有一会儿没说话，然后淡淡地道：“知道了。”

一个礼拜后。

华榕抱着 iPad 敲门进了男人的书房。

他白天要解决悉尼这边的事情，晚上还要加班处理帝都那边的工作，有时候晚上十点还要开视频会议。

江云深抬头看了一眼女人，继续敲打键盘：“有事？”

她走过去，哀戚地道：“我想回去了。”

男人停下动作，抬眸看她：“嗯？”

“我想夏泉了。”

“那你不会想我？”

“会。”

“你的手没好，回去也拍不了戏，回去干什么？”

华榕：“你这么忙，也没时间陪我啊。”

“我陪不了你，你就去找其他人陪你？”

“我可以找其他事情做呀。”

“什么事？”

没什么事。

华榕：“我可以找朋友玩啊，这儿没我的朋友。”

江云深淡淡地问：“我重要还是你的朋友重要？”

“你重要就一定只能陪你的话，你为什么不抛下你的工作陪我？”

男人看着她：“如果我想你在这儿陪着我呢？”

“你工作完连睡觉的时间都不够了，我能陪你干什么？”

江云深：“你想陪我干什么？”

怎么说着说着就有种要开黄腔的趋势了。

华榕也不说话了，用哀怨、委屈、控诉，再三分撒娇的表情看着他，以目光传递强烈而迫切的心理活动。

江云深淡声道：“我忙得连吃饭、睡觉的时间都没有，唯一的安慰就是能抱着你睡，你现在要抛下我？”

“嗯？”

华榕鼓起脸：“你又作弊。”

他说这种话分明就是不给她拒绝的余地。

“乖，我尽快结束。”

她只好哼哼唧唧地抱着 iPad 又出去了。

又过了十天。

据说在持续跟 Charlie 交涉了一段时间后，在把上个负责人的事情解决完，把人也送回国的情况下，他们把合作的事情重新提上了日程。

傍晚，一行人为了庆祝，在另一个五十岁左右经理的建议下，江云深在他们下榻的酒店请澳洲随行团，包括在悉尼本地已经待了很长一段时间的人一起吃饭。

华榕既是江云深的女朋友，更是华时集团的千金，自然也在这次活动邀请之列。

有好几十个人，因此分为了两桌。

江云深自然是跟华榕坐在一起，两人算是好不容易能慢条斯理地吃个饭了。

中途江云深的电话响了，他看了一眼来电显示：“榕榕，里面太吵，我出去接个电话。”

她嘟着嘴抱怨：“怎么吃个饭也不消停啊。”

男人淡笑起身：“有时差。”

他现在是不在，帝都那边不知道已经累积了多少事情等着他处理，只能挑最紧急的先解决。

“去吧。”

十分钟后。

突然有服务生冲进来用英文大叫：“有人落水了，有位女士落水了！”

两桌人窃窃私语起来，估摸着在议论是不是他们这次澳洲团的成员，也有想救人的已经起身去外面了。

突然不知谁惊叫了一句：“是不是小叶？刚才小叶说要出去接电话，到现在都没回来。”

华榕本来还在想要不要去看热闹。

她虽然会游泳，但右手这个情况是肯定没法下去捞人的。

一听到叶霜的名字，她就起来循声跟了过去。

江云深出去接电话，她也出去接电话，好端端怎么还掉水里。

众人一听到这句，都起身跟着服务生出去了。

餐厅隔着一条走廊就有个不小的游泳池。

天还没有完全黑，但已经是深蓝色了，光线更是昏暗。

等她冲到游泳池边，那里已经围了不少的人。

被灯光照得波光粼粼的水里，高大挺拔的男人正带着一个女人往岸上游来。

那个男人华榕一眼就认出来了，是江云深。

女人的脸被湿发挡住，看不清，但从衣服可以判断，的确是叶霜。

江云深把已经昏过去的叶霜带上了岸。

两人身上的衣服都湿透了，还在不断滴水。

江云深脸上都是水，发梢还有水不断地往下滴。他从后面抱起叶霜的腰，让她背向上，头向下，让胃里的水能倒出来。

但过了好一会儿，叶霜都没有醒来的迹象。

旁边有人忍不住提醒："江总，可能要做人工呼吸和心肺复苏。"

江云深抬头看了眼说话的人，余光也瞥到了站在一旁蹙眉但没说话的女人，目光并没有停顿。

他将叶霜放平在地上，起了身。

杜瑾年急道："江总，人命关天，都这个时候了，你不会还讲究男女有别、间接亲吻这种事情吧？"

江云深淡道："杜总，人工呼吸会吗？"

杜瑾年一愣，摇头道："我不会。"

"哦。"他淡淡地道，"我也不会。"

杜瑾年："……"

华榕："……"

旁观者："……"

江云深往旁边走了两步，把位置让了出来，波澜不惊地道："华时这么多骨干精英，如果连一个会人工呼吸的都没有，未免太不像话了，哪位会的，麻烦上来救下人。"

华时其他人：堂堂总经理都不会的，他们说不会，有啥不像话的？

不过，没人敢这么说就是了。

而且江云深也没有继续围观的意思，径直走到华榕的身边拉起她的手："陪我上去换身衣服。"

华榕回头看了一眼躺在地上的叶霜，心里一阵畅快，任由男人拉着自己先走了。

虽然她刚才没吭声，但她当然是很不乐意看着自己男朋友给讨人厌的女人做人工呼吸，但她自己也清楚这个时候开口，容易让人诟病，而且做法的确很小家子气，便忍着没吭声。

等出了餐厅，她才气鼓鼓地问道："好端端的成年人怎么掉水里去了，又不是黑灯瞎火的，小脑抽搐了吗？"

江云深低头看她笑了下，随即嗤道："鬼知道她怎么掉进去的，我在打电话，就听到背后扑通一声。"

华榕不禁怀疑："她是不是故意的，想让你英雄救美？"

“不是没这个可能。”

她哼道：“你应该躲起来不救她，看她怎么收场。”

江云深：“万一真的淹死了呢？”

华榕：“……”

“我不就说说嘛。”

江云深露出淡淡的笑，伸手去摸她的脑袋：“捞一下没什么。”

人工呼吸就免了。

华榕嫌弃道：“别摸我头发，鬼知道里面的水干不干净。”

江云深睨了一眼闪躲的女人，手一伸，就拽住了她的手臂，将她整个人往自己怀里带。

她的裙子立即沾了水渍。

华榕恼道：“江云深，你怎么这么幼稚，这么无聊？”

“反正要回房间，一起换。”

两人回房间换了身衣服，磨蹭了差不多二十分钟，才搭乘电梯回到餐厅。

已经有行事机敏的人替他们换了一份餐。

江云深拿起刀叉替只有单手可以自由活动的女人切鹅肝，随口问坐在他旁边一个资历最深的经理：“叶小姐怎么样了？”

“她已经醒了，应该没什么大碍。”

他淡淡地“嗯”了声，便不再提起。

因为耽误了时间，再加上江云深要先替华榕切好，所以两人无疑是吃得最慢的。

华榕咬着吸管，边托腮看着身边的男人边喝果汁时，高跟鞋的脚步声在桌子旁边停下：“江总、华小姐。”

华榕抬眼，淡淡看着已经换了衣服甚至重新化好妆的叶霜。

叶霜抿着唇，轻声道：“江总，谢谢你救了我的命。”

江云深语气淡到不能更淡：“小事而已。”

她苦笑着道：“对您来说是小事，对我来说，总之，感激不尽。”

江云深不置可否：“你去吃东西吧，也让我们两个安静地吃顿饭。”

话里驱赶的意思已经是露出来了。

叶霜又道了次谢，然后才说了句“打扰了”，安静离去。

华榕看着她的背影，咬着吸管问：“她真的喜欢你？”

“不知道，可能。”

“什么不知道可能吧，你这是赤裸裸的敷衍？”

“谈不上，可能有点。你当我闲得慌吗？整天关注一些无关紧要的人在想什么？”

她撑着下巴，又“哼”了一声。

江云深慢条斯理地进食：“不管谁喜欢我，我都只喜欢你，满意了吗？公主殿下。”

“满意。”她得意道，飞快地凑过去在他面颊上亲了一口。

江云深：“你嘴上的油擦了吗？”

“擦过了！”

两人不紧不慢地一边吃饭一边聊天，气氛颇为融洽，有些懒洋洋。

八点左右，餐具撤去，一行人在餐厅开了一个不算正式的临时会议。

华榕坐在一旁听了十分钟左右就无聊得受不了，起身去散步。

在酒店内的室外闲逛了会就折了回去，结果见他们还在聊。

她撇撇嘴，问一直跟着她，但不问就不会吭声的展格道：“你知道洗手间在哪儿吗？”

展格迅速巡视了一番，指了个方向。

华榕从洗手间的隔间里出来，一眼就看到站在盥洗池前的叶霜。

孽缘吗，怎么这么阴魂不散的？

华榕走了过去。

叶霜自然也看到了她：“华小姐。”

她站在华榕的左边，低头看了眼华榕仍然用绷带缠住的左手，眼底飞快地闪过什么，忽然问了一句：“需要帮忙吗？”

华榕的右手伸到了水龙头下，随口道：“不用。”

叶霜轻飘飘地道：“我还是帮帮你吧。”

华榕皱起眉，还没明白她的意思。

她的手被握住了。

猛然之间，还没等她反应过来，一阵尖锐至极的疼痛在她左掌心疯狂蔓延开。

她的伤口被一根手指用力地抠了进去。

刹那间，华榕疼得好似自己的神经都被切割了。她猛地倒吸了一口凉气，条件反射般用力推眼前仿佛得了失心疯的女人。

叶霜一时间并不罢手，仍旧在她掌心胡乱地用着狠劲。

她本来就有伤，而且这会儿疼得一抽一抽的，哪是这个女人的对手。

“展格，展格！”

门外的展格听到华榕类似于呼救的声音，也顾不得是女洗手间，几步上前抬脚就踹开了门：“大小姐。”

几乎是门一开，叶霜就被“推倒”在了地上。

要不是华榕的伤口疼得眼泪都要掉下来，可能还有心情拿手机记录下这个戏精的表演。

展格看着华榕煞白的脸蛋，担忧地问：“大小姐，您没事吧？”

不知道为什么，这疼痛感竟然比刀尖刺进去时更让她难以忍受。

可能她上次“挥刀自残”的时候真的太愤怒，以至于连疼痛都被情绪转移了不少。

白色的绷带已经有血色渗出。

华榕长这么大，也不是没被设过陷阱，但上来直接动手见血的，还真是一只手就能数过来。

她冷冷地看着摔在地上的叶霜：“把她扶起来。”

展格蹙眉道：“大小姐，您的伤最好马上让医生检查下。”

“我让你把她扶起来。”

见她态度冷然决断，展格也不再多言，转身去扶叶霜。

叶霜刚被展格半扯半扶着稳住身体，一阵凌厉的掌风刮过。

“啪”的一声，清脆响亮。

狠辣、不留余地的巴掌重重甩在了叶霜脸上。

华榕看着叶霜迅速肿起来的脸，心想她都疼成这样了，竟然还有这样的力道。

随即又马上想开，愤怒给人力量。

叶霜捂着脸，表情跟语气都是难以置信的样子：“华榕，你干什么？”

说起来，华榕没被人这么欺负过，叶霜也的的确确没怎么被人抽过巴掌。尤其是被同龄人，哦，是比自己还小了两岁的人。

华榕冷笑，道：“展格，把她的手给我拧断了。”

展格犹疑片刻：“大小姐，您确定吗？”

这可不是小事，尤其叶霜的背景并不是完全可以忽视。

华榕把自己沾染着血色的手伸了过去：“你说呢？”

“咔嚓”一声，一声惨叫从洗手间里传了出去。

华榕冷漠地看了一眼叶霜无力得像是抬不起来的手，毫不犹豫地转身往外走。

江云深本是漫不经心地听着下面的人侃侃说着，不知是巧合还是心灵感应，他突然抬头往某个方向看去。

女人煞白的脸直接撞进他的眼底。

她垂着眼皮，仿佛在隐忍什么难以承受的痛苦。

他起身就大步朝她走了过去。

华榕一见男人，满腔怒火瞬间变成委屈。他一走进，她就任由自己往他怀里倒。

江云深发现她手上绷带的红色，眉头狠狠一皱，一把将她打横抱起，嗓音里的寒气几乎要溢出来，冷冷看着身后跟着的展格：“她的手是怎么了？”

展格正准备开口。

“小叶，你怎么了？”身后杜瑾年震惊愕然的高音直接打断了他的话头。

华榕身后几米，跟着步伐缓慢、看上去更狼狈的叶霜。

她脸颊红肿，隐隐可以看见五个鲜明的指痕，手臂无力地垂着，一看就能发现她手腕耷拉很不自然，脸上同样毫无血色。

尤其在华榕有保镖、有男朋友哄慰的衬托下，形单影只的叶霜看起来更像是被欺负了，惹人怜惜。

杜瑾年急步跑到了她的面前：“你的脸怎么肿了，谁打了你……你的手怎么了？！”

说着，他又伸手去托叶霜垂下的手，然而才一碰到，叶霜就“啊”了一声：“别碰，别碰……不要碰。”

她低着头，说到最后声音开始哽咽，眼睛里也闪烁着泪花。

让人清楚地感觉到她在强忍着，不让自己哭出来。

华榕已经被江云深抱到了最近的沙发椅上——位置早已经被机敏识相的人让出。

江云深狠皱着眉头，看着女人掌心纱布上的血，阴沉冷然地吩咐：“叫金医生下来。”

华家的私人医生还是跟着他们到澳洲来了，不过他的时间自由，除去固定的时间去给华榕换药，其他时候都是自行安排，算得上真正的度假了。

展格立即拿出手机打电话。

江云深转眸去看女人的脸，闻声低语：“疼吗？忍忍，金医生马上下来了。”

华榕闭上眼，脸色微白，呼吸沉缓，没说话。

另一边，杜瑾年很快发现叶霜的手腕竟然是骨头被人直接拧断了。

他先是不可置信，随即勃然大怒：“是谁，就在这酒店竟然有人丧心病狂，下这种手？小叶，你说是谁，你别不吭声，到底是……”

“是我。”一道女声直接冷冷地打断了他。

华榕睁开眼，深栗色的长发下脸部线条冷艳无比：“她的脸是我抽的，手是我让保镖拧断的，怎么？”

断断续续的低声细语霎时间消失，整个大厅仿佛安静了下来。

华榕的态度可能比她干的事本身更让杜瑾年难以置信。

他震惊了好一会儿，才吼道：“你是不是个疯子？随随便便拧断别人一只手对你来说就是这么轻描淡写理所当然的事？”

“随便？”华榕冷淡地扯开红唇，“并不随便呢，我这也是头一回。”

杜瑾年被她气得像是青筋都要暴起来了：“你……”

“你不问问叶小姐，我为什么要打她吗，我还真想听听。”

叶霜的手腕被生生拧断，痛并不亚于华榕。她此时苍白着脸，额上似有冷汗，闻言重重倒吸了一口凉气。她目光如炬，咬着牙冷冷地道：“华大小姐，你实在是欺人太甚了。”

江云深坐在华榕的身边，正将女人的手放在自己的膝盖上，动作轻柔小心地将绷带解开。

闻言眼皮都没抬，淡声道：“是吗，那叶小姐就说说她为什么要拧断你的手，我也想知道，她的伤是怎么弄成这样的。”

叶霜将自己的唇咬得血色都看不见：“江总，华大小姐手上的伤是她自己故意弄坏的。”

YUN SHEN JI XU

第十章

我们结婚吧

华榕面无表情，她只觉得内心毫无波澜，甚至想笑。

当然，她的伤口还在疼，所以笑不出来。

江云深的视线跟注意力都聚在女人的手心，闻言，他既不惊讶也没什么其他情绪波动，只是道："是吗，所以榕公主不惜弄坏自己好不容易养了大半个月的伤口，是为了……"

叶霜硬是被杜瑾年拉到一张椅子上坐下。

她轻轻抽着气，像是竭力忍受着难以承受的痛楚，脸上净是无奈和苦笑："我也不知道。刚才在洗手间遇到华小姐，我看她一只手不方便，问她需不需要帮助，她拒绝了我。"

"我知道因为上次失联的事情，我跟她有争吵，她不喜欢我，也就没强求了，准备走的时候，她问我是不是喜欢江总您。"

"我不屑否认，就承认了，但我也说了我只是暗恋。而且江总一心一意，所有人有目共睹，我不会，也成不了威胁。可华小姐怎么都听不进去，她执意认为我当这个秘书是为了近水楼台，让我自动辞职。"

"我不肯，她又说我晚餐时跌进游泳池里是故意的，是为了勾引您。"

叶霜的语气既气愤又很无奈："在几次勒令我辞职被我拒绝后，

她直接说，如果我不自己消失，她有的是办法让我滚蛋。我还没反应过来，她就当着我的面在伤口上进行第二次伤害。”

杜瑾年听完后，怒不可遏，冷笑着指着华榕：“我今天还真是开了眼界，华大小姐，为了你子虚乌有的怀疑，争风吃醋不惜自残诬陷情敌不说，还倒打一耙，让保镖弄断别人的手。长了这么漂亮的一张脸，怎么会有这么恶毒的心思？”

叶霜看着始终未发一言，甚至现在都没有要辩驳意思的华榕，轻轻问道：“华小姐，你有什么要说的吗？”

她这话里话外的意思，俨然就是：如果你不服，那我们现场对峙。

是啊，她叶霜怕什么呢。

当时洗手间里就只有她们两个，展格冲进去看到的都是她被推在地上。何况，保镖自然不会拆穿雇主，证词并不可信。

而且，女洗手间里也不可能有监控的存在。

晚上江云深下水救了她，所有人都知道，不高兴自己男朋友救了情敌，似乎也是人之常情，何况榕公主这样生来霸道骄纵的女人，容不下这种情敌的存在，也符合许多人的认知。

合情合理，无凭无据。

她就说这女人是失心疯了还是怎么，平常冷嘲热讽也就算了，竟然还直接动手了。

原来是为了这个做铺垫。

真是打得一手漂亮的贼喊捉贼。

华榕冷笑：“她把我的伤弄成这样，我已经亲自动手扇了她一个巴掌，也让展格拧断了她的手骨，这一笔扯平了。”

“多的我也懒得说。不过，我是不可能容得下我男朋友身边有这种女人存在的，所以江总，今晚就让她滚出这家酒店，也不要让我在你身边再看到她。”

最后，她淡淡地道：“我华榕从不委曲求全，如果她不滚，我就自己收拾东西走人。”

对峙？不存在的。

你算哪根葱，谁要陪你玩宫斗。

杜瑾年像是震惊于华榕的理所当然，又是好气又是好笑地道：“华大小姐，你这是说不出话还是解释不了，索性破罐子破摔，摆公主的谱儿了？”

“解释？我为什么要解释？”

华榕眯起漂亮的眸子，嗤笑：“她要真是我情敌，我可能还有兴致跟她斗两下，她配吗？我早就说过了，如果什么跳梁小丑我都要搭理的话，我的人生都围着傻瓜转就好了。”

她这是根本不接招，还要居高临下地蔑视。

如果她不是华时的大小姐呢？

杜瑾年强行忍下胸口翻滚的怒意，道：“江总，你是帝都人人称赞的青年才俊，也是公认的商业奇才，你总不会因为她是你女朋友，就罔顾是非、助纣为虐吧？”

拎着医药箱的金医生匆匆赶来。

江云深起身把位置让了出来。

他从桌上抽了张湿纸巾，慢条斯理地擦着手，终于淡淡开了腔：“叶小姐，榕榕的话你都听到了，回不回国是你的自由，这酒店跟华时，你都不用再继续待下去了。”

叶霜似乎也没有料到，这个男人一句多的都不问，就直接判了她的死刑。

她一震，死死地咬着唇，然后笑了，很轻很轻地问：“就因为她是公主，所以你就这么毫无原则地迁就她？我真好奇，你是因为爱她，还是因为她是华时的千金。”

江云深看了眼被金医生上药裹伤的女人，眯着眼睛，冷冷地笑道：“叶小姐，你可能不明白，为什么她身边的人叫她公主。”

“她的身价和容貌，确实无人能及。”

“也因为公主从来不屑用这种不入流的方式诬陷别人。”

男人的语气淡得没有起伏，冷得没有温度：“你惹了她，她就抽你；你伤她的手，她就废你的手，这才是公主的处事准则，何况你哪一点值得她伤敌一千、自伤八千地诬陷你？你本来就不配。”

叶霜脸色一白。

她的身价和地位可能比不上华榕，可也从来没有被人赤裸裸地说过“你不配”。

“再说晚饭掉进游泳池的事情。”江云深薄唇勾出几分浅弧，轻描淡写地道，“叶小姐，你真的不会游泳吗？”

她一震，眼底飞快掠过一抹慌乱，但很快强自镇定了下来。

“江总，你也想说，我是故意摔进游泳池里勾引你吗？”

江云深漫不经心：“勾引我倒是未必。不过，的确是给你刚才现编的故事提供了一个很好的立脚点。你要反诬榕公主赶你走，陷害你，总得为她的行为提供一个有说服力的依据，才能让在场的各位相信一二。”

“你究竟会不会游泳，随便调查一下就清楚了。还有，谁能说一说，叶小姐之前溺水究竟是因为做了人工呼吸才醒来的，还是我走以后她自己咳嗽着醒来了？”

一旁立即有人回答：“江总，确实是您跟榕公主走后，叶小姐就醒来了。”

叶霜瞪大了眼睛：“因为我没做人工呼吸就醒了，所以说明我掉进游泳池是故意的，溺水是装的？”

江云深扯开嘴角，漠然地道：“我只是提醒你，叶小姐，你破绽多得很，我不拆穿，是给叶董面子，非要我一个个拆给你看，丢的就不是你一个人的脸了。”

叶霜的呼吸蓦然急促紊乱起来，她张口就准备反驳，再次被那个男人打断。

“还有，我知道你背后有靠山，就是不知道你动手之前究竟有没有考虑过，你的靠山到底是不是真的允许你这么伤害她。”

“如果不允许，你又到底踩了多少人的底线。”

叶霜又是悚然一惊，瞳孔骤缩，看着那俊美淡漠的男人。

他知道，他什么都知道。

是啊，他又怎么会不知道呢？

叶霜的喉咙仿佛被什么东西扼住了，什么话都说不出来。

那边金医生已经替华榕重新换药并裹好了伤口：“没什么大问题，不过又得再养一阵子才能拆绷带了。”

说着，他还叹了一口气。

杜瑾年沉声道：“医生，她的手被拧断了，麻烦你过来看看。”

“不准。”

不等任何人回应，冷冷的女声已经响起了：“我让保镖拧断的手，还想让我的医生治，我什么时候看上去这么好说话了？”

杜瑾年气愤道："你非得害她的手废了，才肯罢休吗？"

"废了也是她自找的。"

"你……"

一旁资历最深的那个经理出声道："瑾年，你还是带小叶去医院吧，是她挑事在先，难道还指望别人以德报怨吗？"

这话一出，显然是给这件事盖棺定论了。

"根本就没人能证明是谁先动的手，凭什么就怪……"

"叶小姐不服的话。"江云深不痛不痒地地打断了他，"可以回国跟叶董申诉，我亲自向他交代，就怕到时候不知道是谁该向谁交代。"

江云深显然是有恃无恐。

杜瑾年被他堵得哑口无言。

江云深漠然地看了他们一眼，转身将沙发椅上的女人抱了起来，朝其他人淡淡颔首道："榕榕身体不舒服，我先带她回房间休息了。"

那经理忙闻声道："榕榕没事就好，是该早点休息，江总，你不用管我们了。"

江云深"嗯"了一声，便抱着怀里的女人头也不回地走了。

华榕被抱回总统套房，一路都没说话。

江云深将她放在沙发里，俯身凑近女人的脸，温声低问道："还很疼吗？"

"疼死了！"

男人又问："还很生气？"

"气死了！"

"你没消气的话，我再派人去把她打一顿，国内国外都可以。"

她显然余怒未消，连脸蛋都微微鼓了起来："那女人是不是有病？她到底想干什么？"

真是的，再怎么拧断她的手也弥补不了自己遭的罪。

简直是无妄之灾。

她的脸颊看上去白嫩绵软，江云深下意识地亲了上去。

"嗯，例行破坏下我们的关系。"

"以后别再让我看见她。"华榕气鼓鼓地道，蓦地又想起了什么，"你刚才说她有靠山，她的靠山是谁？"

江云深把女人抱在腿上坐下："你猜？"

她略一皱眉："她爹？"

江云深淡笑："叶董是华时的元老了，近来也没听说有什么异动。"

"我爹？！"

男人不语。

华榕此时的怒火顷刻间超过了叶霜莫名其妙攻击她伤处时的，她瞪大了双眸怒道："他是不是老糊涂了，哪根筋不对？"

"今晚的事情应该不是他的意思。"

"那是谁的意思？！"

江云深淡笑道："你爸这种身处高位的人，吩咐手下的人办事一般只交代大概，具体的执行方法是下面的人自己计划。他把叶霜塞到我身边，应该是想让她借机想办法离间我们的关系。"

他又啄着女人还没瘪下去的脸蛋："你爸虽说反对我们的事情，也不可能会让人以伤害你的身体为代价，应该是叶霜自作主张。"

华榕瞪他，闷声道："你还替他说话。"

男人浅笑："你爸即便说不上是完美的父亲，但也总归是疼你、爱你的，他不接受我做女婿有他的理由，我并不希望你们父女的感情崩坏。"

一个念头从脑海中掠过，她问："那上次的事情呢？就是我手机关机，监控出了漏洞的那次。"

"嗯，大概也是。"

"可你不是说如果影响了合作，损失最大的是华时吗？"

他淡淡勾唇："如果华董和 Charlie 先生的私交比我想象的好，那就不一样了。"

澳洲这边的合作线在他当上总经理之前就已经开始了，维持了好多年，他确实不算了解。华东森毕竟混迹商场几十年，有些旁人不知道的朋友也未可知。

"你什么时候知道是他的？"

江云深懒懒道："那天下午接到你电话，就基本清楚了。"

其实早在华榕"失踪"时，他就猜到了这个可能，不过他确实赌不起那个出事的万一。

"为什么？"

"半天不接电话算不上多严重的事情，很多不了解你的人会认为你耍性子，不会想到用这个来达到让我判断失误的目的。只有你爸了解你这点，也只有他清楚我清楚你这点。”

华榕真的对他们这种攻心斗智的角度感到震惊。

不过，江云深再怎么跟她说她爹的本意并不想伤害她，她也咽不下被拿着鸡牌当令箭的叶霜欺辱过的气。

她非要打个电话去讨个说法，顺便告叶霜一状才肯罢休。

用江云深的话来说：你不泄了这口郁气，我估计你今晚的睡眠质量都要受到影响。

阳台上。

电话一通，华榕就劈头盖脸地质问：“爸，是不是你让叶霜陷害我的？我是你闺女吗？你指派别人这么欺负我！”

华东森：“你让展格拧断了人家的手，扯平了，而且扯过了，够了吧？谁欺负得了你。”

“你搞这些乱七八糟的，一点用都没有，还能不能消停了？”

华东森淡淡道：“你真的就这么喜欢江云深？”

“喜欢。”

“既然如此，那你们结婚吧。”

“啥？！”

“结婚。”

华榕警惕：“爸，你又想整什么幺蛾子？”

华东森：“你不是迷他迷得不行吗？怎么，不想跟他结婚？”

“不想啊。”

毫不犹豫地吐出这三个字后，华榕自己先莫名心虚了，甚至没忍住往回看了一眼。江云深还在客厅的沙发里，落地窗的门她刚才也顺手带上了。

嗯……他应该听不到吧。

“我才二十岁，圈内的女明星三十岁结婚都算早的了，四十岁没结婚都不稀奇，我这么青春年少的，干吗要急着嫁做人妇？”

华东森：“哦？你不想嫁给江云深？”

“这是两码事，如果我真的要结婚。”她想了想，“嫁给他也是不错的选择。”

平心而论，江云深无论条件还是脾性，都挺适合当老公。

甚至可以说，比她以前有过的所有男朋友都适合。

华东森道：“你既然喜欢他，也觉得嫁给他好，为什么不想结婚？怎么，是没浪够，还想着能不能找个更喜欢的？”

“别胡说八道！”

这话让江云深听到了，她都能想象出那男人的脸色。

虽然她觉得这男人有点难以摸清，但她也清楚他在某些事情上绝对强硬，比如涉及其他男人时。

华东森嗤笑：“被我说中了，所以恼羞成怒？”

“你不要偷换概念，我说了我就是现在不准备结婚。而且你之前反对得那么厉害，我才不相信你是真心要我嫁给他，你不要说了，我不听。”

“你就不想想，他可能根本不想娶你？”

华榕：“我现在也不准备嫁啊。”

华东森：“……”

华榕：“如果我想嫁的时候他还是不想娶，我找别人就是了。”

华东森对她的脑回路无言以对，索性放弃，懒得再跟她进行无意义的争论，只淡淡地道：“这件事你先跟他商量下，反正对你来说，谁的话都没有他说的可信。”

“我都说了我不想结婚。”

“嘟嘟嘟。”

电话已经被挂断了。

华榕看着被挂断的手机，皱了皱脸。

突然说什么结婚……她爹又想干什么？

华榕握着手机，转身进了屋。

江云深听到门开的声音，一抬头就看见女人低着头，一看就知道有什么心事在纠结的模样。他眉梢一挑，开口问道：“你爸跟你说什么了？”

“啊？”华榕突然回过神来，下意识地道，“没……没什么。”

江云深望着她到处乱瞟的眼睛，眸一眯：“过来。”

她看他一眼，还是走了过去，在他身旁坐下。

“怎么了？”

“没怎么呀。”

江云深不声不响，盯着她看。

她被他看得底气都没有了：“你……你这么盯着我干什么？”

男人淡淡道：“你脸上写满了心虚，自己不知道吗？”

“我……我没什么好心虚的啊，我心虚什么……”

说到最后，华榕只剩下了干巴巴的笑。

“公主殿下，说谎不是你的技能，你知道吗？”

“我……我没怎么啊，你在说什么啊？我就跟我爸打了个电话，哪里心虚了。”

江云深不动声色：“你爸跟你说什么了？”

“没什么啊。”她眼睛睁得很大，眼珠不转，“跟平常一样，就是吵架。”

“是吗？”

“是呀。”

“你不愿意说，我就不问了。”男人牵着嘴角，似笑非笑，“不过，如果哪天让我知道你瞒了我什么了不得的事情……”

话没有说完，但余意无穷。

留白的魅力。

叶霜果然连夜离开了，据说离开医院后，她就直接买了当天晚上的机票。

杜瑾年陪她回国了。

华榕后来八卦时顺口问了一句：“那个杜瑾年是暗恋叶霜很多年了还是怎么？次次跳脚得那么厉害，不惜得罪你这个总经理的女朋友兼董事长的女儿。”

江云深：“他跟叶家有点瓜葛，估计是受过叶董的照料。”

“哦……”

叶霜跟杜瑾年走的那晚，华时跟 Charlie 的合作已经重新接洽成功，原计划需要至少四十天的行程，没满一个月就结束了。

四月中旬，澳洲团返程回国。

飞机在北京时间下午三点多降落，前来接机的是林临。

林临不像华东森首席秘书那么沉稳，尤其在非公事的时候都是笑嘻嘻的放松状态：“江总、榕公主，你们可回来了。”

华榕想起叶霜那张脸，顿觉林临可爱顺眼许多。

上了车后，她靠在男人的身上，伸长了手臂懒洋洋地感慨道：“虽然帝都人挤人，空气也不好，但还是生我养我的地方比较亲切哪。”

林临在前面问道：“江总，是回兰溪岸还是十月红？十月红吧？”

“嗯。”

“哦，我都不记得跟非晚说我们今晚回来了，我现在给她打个电话吧。”华榕说着就要去拿手机。

林临闻言才想起什么，立即道：“对了，江总、榕公主，今天早上金秘书跟我说，华董让你们二位晚上去华家别墅吃晚饭。”

江云深淡淡地道：“是榕榕一个人，还是我跟她一起？”

“江总，包括了您。”

男人挑起眉，难得觉得意外。

他还没来得及说话，就发现软得没骨头般靠在他身上的女人默默坐直了身体。

江云深偏头看她：“你知道什么，嗯？”

说实话，这个事华榕差点都快忘记了。

别说她压根儿没有结婚的想法，她也根本不相信她爹真的想让他们结婚。

多半又是个坑，她想着不理就好了。

可看这个阵仗，她爹好像不是说说而已。

她抬头，瞅着正低眸看自己的男人：“那个你……你对结婚有什么看法？”

江云深是多敏锐的人，她这一踟蹰，他立即就联想到在澳洲时她那满脸心虚的表情：“结婚？”

她小鸡啄米似的点头。

“你？”

“不然呢？”

他淡淡地问：“你爸想让你跟谁结婚？”

江云深看着她的表情，略一思索就反应了过来。他眉梢顿时挑得更高：“你爸想让我们结婚？”

他说这句话时嘴角还有弧度，但那点微弱的笑意并不是惊喜或愉悦，而是一种轻薄的哂笑。

华榕觑着他，咕哝着道：“不知道他这次又是挖的什么坑。”

江云深眯长了眸，慢条斯理地发问：“上次你因为叶霜的事情跟他打电话，他就和你说了这件事？”

她“嗯”了一声，算是含糊承认了。

男人嘴角翘起：“你不想嫁给我？”

这是个问句，但他完全是陈述跟确定的口吻。

华榕感觉到了他语气里一丝丝的危险气息，磕磕绊绊地道：“我才二十，你也只有二十四岁，你应该也不想这么快结婚吧？”

“为什么不想？”

他低笑着：“如果华时集团的总经理都不该结婚，那还有几个男人有资格结婚，嗯？”

没几个。

华榕道：“但是我爸反对成那样，不可能一下就想让我们结婚了吧，他肯定是有诈的。”

他低眸盯着她：“如果是真的呢？”

她抿唇。

江云深低低缓缓地道：“就算他有诈，但这个事情是他提出来的，如果一不小心结成功了呢？”

她第一次听到还有一不小心结婚结成功了的说法。

华榕沉默了。

车内安静了下来。

前面开车的林临无意间旁听了这段对话，在这死寂中鼓起勇气看了眼后视镜。

江总这等于被拒婚了呀。

现在是华董同意了，榕公主不愿意嫁呢。

一分钟后，江云深情绪不明地淡声道：“你不想跟我结婚。”

华榕看着他冷清淡然的侧脸，老老实实地道：“我跟我爸也说了，我不是不想嫁你，而是我这个年纪，结婚太早了，我没想过。哦，我确实是不想。”

她顿了一下，又补充了一句：“我现在就想当个恋爱中的少女。”

江云深瞥了她一眼：“你早就不是少女了。”

华榕：“……”

林临：“……”

车上又安静了下来，异常的缄默让气压有些低。

大概过了五分钟左右，华榕还是蹭到了男人的肩膀上，小声地问：“你生气啦？”

林临：“……”

生气是必然的。

有时无关是不是真的迫切地想结婚，恋爱中的人听到对方亲口说不想跟自己结婚，谁能高兴得起来？

而且，江总虽然年轻吧，但早已事业有成，要结婚完全可以结了。

不过榕公主也的确小，他们在一起的时间也不算长。

江云深语气淡淡的：“没有。”

她嘟囔道：“你分明就是生气了。”

男人沉声道：“我生气了，你就肯嫁？”

华榕还是决定说点好听的话讨好一下他：“如果我们一直在一起，我可以嫁给你呀。”

江云深：“如果？”

他语调更寡淡了：“原来一直跟我在一起，对你来说只是个如果。”

“你明知道我不是这个意思，不要故意扭曲事实。”

车子在华家停下，男人还没被她拉动一步，华东森的冷喝声就响起了：“你们两个给我过来！”

华榕头都不回，气鼓鼓地对男人道：“不用理他们。”

“华榕！”

华东森估计也没想到，江云深还什么反应都没有，华榕就先直接要走人了。

江云深拉了女人一把，将她带回到自己的身侧，手掌摸了摸她的头，从容低声道：“别闹。”

说罢就迈开长腿，朝着他们走了过去。

尹焕是被邀请过来的。

来之前他还以为是华东森终于想通了，同意他跟芷君的来往。虽然华东森之前也没有严厉反对过，但这段日子以来，华东森对芷君的冷淡明显能说明他的态度。

此刻他静坐在一旁，看着来得最迟的那两人。

别人可能没感觉，但他自从知道华榕跟江云深好上了之后，一直都觉得不真实。

华榕穿的是一字肩的纯色长裙，卷曲蓬松的长发绑成了半个丸子样，其余从肩头垂落；她戴着珍珠耳钉，整个人一如既往，明艳夺目。

她满脸都是不甘愿，几乎是被男人强拉着在走。

可显然，她又没有要反抗江云深的意思。

江云深步伐如常，牵着女人走到了茶几前，薄唇掀起三分弧度，颔首微笑道："华董、华夫人，抱歉，路上有点堵车，迟到了。"

他神色如常，目光依次而过："江董，欧总，江少，尹公子，芷君。"

江跃淡淡点了点头。

欧瑜冷清淡然，看上去有种自持的端庄，面上也是礼节性的淡笑，唯眼神有些复杂。

江驰眯眼，轻轻一笑："榕公主像是很不欢迎我们。"

华东森斥道："不知道叫人？"

华榕撇了下嘴，面无表情地开口："江董，欧总，江少，尹公子……"她照搬了江云深的台词，然后照例无视了华芷君，又补上了一个，"苏姨。"

不喜跟抗拒的态度很明确了。

江跃笑了两声，像是完全不在意华榕对他们的冷淡跟敷衍，笑道："榕公主，看来你爸说得不错，你和云深的感情的确很好，这么护着他。"他一顿，接着道，"不过你不用对我们有这么大的敌意，虽然我之前也希望你能和江驰在一起，但感情的事情勉强不了。你能和云深在一起，我们一样很欣慰。"

"哦……"华榕说，"你们欣慰什么？"

华东森怒道："你怎么说话的？"

她别过脸，看都不看她爹。

江云深淡淡微笑道："华董，您叫我和榕榕回来的意思是？"

"是我们听说你和榕榕已经谈婚论嫁了。"江跃叹了口气，道，"云深，这么多年了，我也清楚，我们之间的误会早已经是寒冰三尺，不是一两句话能解释清楚的。"

江云深目光静凉，笑而不语。

江跃跟着继续道："但你结婚这么大的事情，总不能把你母亲完全排除在外。榕榕是华董的女儿，说一声金枝玉叶也不为过，如果你愿意回到江家……”

停顿片刻，江跃的神情和语气都暗藏着别样的意味：“我和你母亲年纪大了，星澜总要交到下一代的手里，江驰一直对经商做生意没什么兴趣，江宜就更不用说了，何况……”

“榕公主出生富贵，如果嫁给你，你也总要能给她最好的。”

江云深淡淡笑出了声，转向华东森：“华董，回江家是我娶榕榕的条件？”

“条件谈不上。”华东森道，“但你也多少清楚我的顾虑，还有我并不愿意让榕榕和你在一起，但她这么喜欢你，甚至不惜为此自残。她为了你跟我这个爹抗衡，我也只能退一步。我想，让你也退一步，应该也不算多为难跟委屈吧。”

江云深连一点犹豫都没有，淡然利落：“抱歉华董，江家我是不会回的。”

“就算是为了榕榕，你也半点不肯妥协？”

“爸……”华榕蓦地站起了身，冷冷地道，“没有问过我的意见，就不要拿我当你们之间交易的借口和筹码。”

“第一，我不明白江董是不是真心想让江云深回江家，但我并不需要或者稀罕所谓的最好的。我既然跟他在一起，就代表我需要的他都能满足，也并不觉得牺牲和委屈，这个交易我不做。”

“第二，我也并不需要他为我妥协到什么程度，来证明他对我的感情。不愿意就是不愿意，不要就是不要，连底线都不要的爱情和男人也没什么好值得歌颂的。爸，你别试图拿这个绑架他。”

客厅里人很多，此时却是彻底安静了。

几乎所有人的视线都落在了她的身上。

华榕一点畏惧跟退避的意思都没有，甚至一个人就仿佛形成了一堵屏障。

江跃目光一闪，跟着道：“榕公主，你对江家发生的事一清二楚吗？我弟弟有自闭症，瑜儿和他是联姻，一点感情都没有就结婚了。”

“扪心自问，如果是你，你能对一个连交流都有障碍的男人产生感情？我们也许是有对不起他、伤害他的地方，但我们真的罪无可恕到连让他认祖归宗都是侮辱了他的底线？”

他摇摇头道：“你年纪太小了，所以才有这样天真的理想主义。

人性复杂，世事无奈都是你想象不到的，你身处其中，未必能比别人做得更好。云深当初年纪小，又受了别人的蛊惑，所以才对我们深恶痛绝。”

“你们家的事情我是不清楚，你们究竟做过什么，我也不知道。”华榕直接打断了他，“我也不需要知道，世事无奈？犯错的借口而已，至于你们究竟有没有触及底线……身为一个有钱人，我身边都是有钱人。说实话，出轨包养这些事情我都见过，就连我爹，当初没跟我妈离婚时就和别人好上了，这我都知道。”

华东森脸色一黑。

她看了自己爹一眼，接着道：“不过我虽然也怨过他，可也不恨。伤害和憎恶是成正比的。像江夫人这种，连自己的亲生儿子都觉得她没资格给自己女儿立碑，连拜祭都是一种侮辱。”

“我确实不知道她究竟做了什么才会到这地步，而且闻所未闻，难以想象。”

空气里流动着的是寂静跟难堪。

尹焕突然怀疑，江家这三口是不是得罪了华东森。

这世上真是没有华榕不敢说的人，没有她不敢说的话。

欧瑜是谁，她是星澜国际的现任总裁，是商界赫赫有名甚至首屈一指的女强人。

星澜虽然已经不如巅峰时期那样传奇，可也只是被华时略压一筹而已，依然是让大部分人望其项背的巨头。

谁敢这么跟她说话？

江跃的脸上阴云密布。

欧瑜大概是偏冷面，情绪没有明显露出端倪，但一双眼的的确确是盯着华榕在看。

“啪”的一声，一个茶杯在华榕脚下摔碎了，华东森怒喝道：“你真是被惯得越来越放肆，越来越没规矩了！胡说八道、没轻没重，还不道歉？”

华榕撇嘴：“我只是跟江董探讨了一下底线的问题。”

华东森像是给她气得不行，怒道：“你还说？！”

“哦，那好吧。”她很无谓地道，“欧总，江董，如果我有什么说错了的地方，很抱歉。”

说错了……

欧瑜缓缓开口，声音跟她的气质一样冷淡：“华小姐……”顿了一下，她的声带略微松弛了，“你真的已经确定要嫁给他了吗？”

说实话，她并不确定。

结婚于她，至今都是遥远得没有纳入考虑范围的事情。

只能说，如果她跟江云深的感情一直稳固如现在，那和他结婚好像也是件不错的事情。

她这个人一贯不爱说谎。

沉默，哪怕时间短暂，也足以令人察觉。

“华董。”江云深拉着女人的手也跟着站起了身。

他面容淡然如水，维持着在某些场合一贯的内敛谦和：“抱歉，我不适合在这样的场合跟江董一家人吃饭，就先带榕榕离开了，有机会我会和榕榕一起回来向您赔罪。”

说罢他牵着女人转身就走。

步子不快，却是头也不回，而且没有丝毫迟疑。

华榕被他拉着什么都没说，只抬头看了他一眼，便乖乖跟着走了。

这个男人毫不收敛甚至是直接漠视了江家的人，连华东森的面子都不给，尤其是欧瑜。

她的一句问话就这么被无视了，以她今时今日的地位，谁敢这么对她这副态度。

江跃的脸色一下就冷了下去，眼底聚起不明显的阴冷。

华东森皱了皱眉，表情也不太好看。

其他人更是没有出声。

等他们的身影消失在门口时，江跃才意有所指并夹杂着些不悦的笑：“华董，你们家这位公主，可真是听男朋友的话。”

“她妈妈过得早，从小什么我都依着她，养成了如今这副无法无天的性格。她又外向，一谈起恋爱，满脑子都是男朋友，我也真是不知道拿她怎么办。”

黑色的宾利在夕阳下开出了华家别墅。

江云深骨节分明的手指握着方向盘，他目光直视前方，淡漠静冷。

华榕坐在副驾驶座上，望着男人的侧脸，不知道他在想什么，她抿着唇没有说话。

男人低沉的嗓音响起：“是回家我做给你吃还是去找家餐厅吃？”

“去餐厅吧。”

静了片刻，他道：“回家做给你吃。”

“哦。”她也没反对，只是道，“但我们今天才回国，不知道家里还有没有食材。”

“去买。”

“现在吗？”

“嗯。”

“那好吧。”

其实时间不早了，华榕也还挺饿的，但还是什么都没说陪着江云深去了趟商场。两人买了一堆的食材，直到预估着可能提不动了，才结账回去。

回到十月红，江云深熟练地将晚上要做的食材挑了出来，其他的食材有条不紊地分类并收进冰箱里，然后又洗了个苹果，递给换了身舒适居家服的女人：“先吃个水果垫肚子。”

她接了过来，啃了一口后含混地道：“吃完我跟你一起弄。”

“公主殿下。”

“嗯？”

“我搬过来跟你一起住，行吗？”

她抬着眼睛瞅他。

“不行？”

她把果肉咽下去，道：“你现在不是跟我一起住吗？”

他的东西早就随着在这里过夜次数的增加，蚂蚁搬家似的挪过来了，也早就不怎么回兰溪岸了。

男人低头亲了亲她的脸颊，转身进了厨房。

华榕啃完苹果后，拿纸巾擦了擦手，就屁颠屁颠地也跑进了厨房里。

男人正在切菜。

形状不怎么规则的土豆丝在他的刀下全部变成了均匀细薄的样子，刀工漂亮如艺术品。

他大约是听到身后的动静，头也不回地道：“你的手不能碰水，去外面玩儿吧。”

她从后面抱住他的腰，脑袋在他背上蹭了蹭："有我陪你，你难道不开心吗？"

他切菜的东西没停，连节奏都没变，只是嘴角微微翘起："嗯，我开心。"

她又蹭了蹭，轻快地道："那我就陪着你。"

江云深做了好几个菜，吃饭的时候已经过了八点。

饭后，华榕做了半个小时的运动。江云深刚回国，一堆的工作等着他处理，她休息完准备洗澡时他还在书房。

江云深从书房出来去到卧室时，偌大的空间很安静。他巡视了一番，透过落地窗的玻璃看到了阳台上的身影。

她穿着睡裙，披了件白色的睡袍，拿着手机正说着什么，应该是在发语音。他听不清楚她具体在说什么，但有清脆的笑声断断续续传来。

华榕突然被人从后面抱住，吓了一跳。

温热的呼吸喷洒进她的耳郭里，男人低沉的嗓音贴着她的耳郭："在干什么？"

她微微打了个激灵，回答道："跟夏泉语音。"

江云深把手机从她的手里抽走，扔到了一旁的桌子上。

她被男人的鼻尖蹭得微微发痒，忍不住笑："怎么啦？"

"公主殿下。"

"嗯？"

他并没有亲吻她，只在她的发间和脖颈流连，那种若即若离的亲昵，仿佛一直痒到了心尖上。

他声音低低地，道："嫁给我吧，好不好？"

她的手落在栏杆上，心头不正常地跳了跳，转而道："你别跟着我爸一起起哄啊。"

"如果，我想你嫁给我呢？"

"我说怎么办？"华榕被他亲得发痒，直笑，"我说……不要，不要啊，行不行？"

连江云深也被她逗得笑出了声，细细地舔咬着她的脖子："不行。"

"啊……"她偏头把脸贴着柔软的被褥，做出被强迫的样子，泫然欲泣道，"那你要轻一点，不要弄疼我了。"

皮一下，连戏瘾都皮出来了？

四月下旬的夜晚，徐徐的风沾了凉意。

高层的豪华公寓里填满了炽热、湿润的春潮。

结束后，她被男人抱在怀里好长一段时间都没缓过来。她埋首在他胸膛里细细低低地啜泣，像是遗留的本能完全没有意识，神经在蜷缩跟紧绷间来回转换，都忘记该如何自由地舒展了。

凌乱的长发散乱得到处都是，一种落魄艳丽的美。

江云深低头，有一下没一下地亲吻着她：“榕榕。”

她似乎还没回过神，半眯着眼如同慵懒的猫，眷恋依赖般贴着他的胸膛。

他的长指卷起她的发，缠绵如耳语地低问：“爱我吗？”

她不知道是没听到还是没反应过来，没有回话。

他又翻过身将她压在身下：“说说看，你所有的男朋友里，你最喜欢谁？”

她实在受不住再来一次，忙答：“最喜欢你。”

“最喜欢谁？”

她抬起眸看他，手臂抬起环过他的脖子，半挂在他的身上，低低喃道：“最喜欢江云深。”

还带着汗的肌肤就这么贴在一起，却黏腻得令人心安。

男人的嗓音又压低了许多，也哑得更厉害了，他重复着问了一遍：“爱我吗，嗯？”

她埋首在他的脖子里，仿佛整个人都沉溺在他的世界里，红唇凑到他的耳畔，轻轻回答：“爱你。”

江云深眼眸一动，将她困在身下，又是长长的深吻。

许久后，卧室里响起只够两个人听到的低语。

“那就嫁给我。”

事后江云深去洗澡，华榕也简单地淋了浴，然后舒爽地躺在床上，百无聊赖地玩着手腕上的翡翠手镯。

直到男人洗完澡回到床上，靠着床头随意地坐在她的身边，她才蹭了过去，将脑袋枕在他的大腿上，开口：“江总。”

“嗯？”

“我想来想去也没想清楚，我爸今天到底是什么意思。他是觉得你一定不会答应这个条件，存心恶心你吗？”

静默了片刻，男人回答：“应该不是，意义不大，不值得这么大费周章。”

华东森多少是了解他，也了解他女儿的，应该事先就大致猜到会是这么个结果。

江跃和欧瑜，可不是谁都能请得动的人物，不可能为了点随随便便的事情就让他们专门来一趟帝都。

“那他是想干什么？还有……”她冥思苦想都猜不透，抬脸看他一眼，还是问了出来，“江驰那一家子又想干什么？”

说什么想让江云深回江家，话里话外还有让他继承星澜的意思。

毕竟江驰不是亲生的，另外江家又只有一个亲生女儿。

江云深不仅能继承偌大的家业，还能顺利地娶得她这个美人归，听起来好像很美好。

但别说她家精明的江总不信，就连她都不信好吗。

十多年不闻不问，之前江驰还没少暗中搞破坏，现在突然冒出来，这其中原因不得不令人深思。

江云深安静了一会儿，平稳地答：“我不知道。”

她惊讶：“你不知道？”

他低头挑眉：“怎么？”

“还有江总不知道的事情，我觉得震惊。”

他似笑非笑：“我在你心里这么厉害？”

“对呀。”华榕望着他道，“除了我爸，你是我认识的人里最厉害的了。”

“那你就更应该嫁给我了。”

江云深浅笑着继续道：“这样，最厉害的人一个是你爸，另一个是你老公，天底下的便宜就都给你占到了。”

“你可真是一点都不谦虚。”

“要谦虚做什么。”男人的手指刮过她软嫩的脸颊，他淡淡地道，“现在最厉害的人是你爸，以后会是我。”

她玩着手镯的动作顿住，怔怔地看着他。

他浅浅勾唇：“怎么，不信吗？”

华榕拿起他的手，在他手背上亲了一亲，红唇翘起，脸上漾着明艳璀璨的笑："我相信啊。"

她有什么不相信的。

江云深看着这笑，弯下腰又低头吻了上去。

两个人腻在一起，好像总是说几句话就亲了起来。

第十一章

江云深的求婚

第二天傍晚。

江云深给华榕打了个电话："我快到家了，你换身衣服下来，我们晚上去你爸那儿。"

"啊？去干什么？"

"我昨天说了，会去赔罪。"

华榕撇嘴："赔什么罪啊，我们说的都是实话。而且，是他自己摆鸿门宴在先的。"

"得罪江家的看上去是我们，但对外人来说，你是你爸的女儿，我是华时的人，我们走后，善后的是你爸。"

她哼道："人是他自己找过来的，谁让他用心险恶。"

江云深低低笑道："乖，听我的，我们不去，你爸迟早还是会有别的行动。"

她鼓鼓脸："那好吧，我换身衣服就下来。"

华榕到小区的停车坪时，黑色宾利已经在那儿停了一会儿。

她一走近，男人就下车替她拉开了副驾驶的门。

车开出了十月红。

"我打个电话给朱姐，告诉她我们去吃晚饭吧。"

"你爸估计还在生气，你打电话过去，我们反倒可能会没饭吃。"

"那我让非晚替我们做好饭，我们回来吃？"

江云深微笑："你爸应该知道我们今晚会过去，可能会叫厨房预备我们的份。"

她实在是厘不清这其中复杂的脑回路，默默地把手机收回到了包里。

两人到华家别墅时刚好差不多就是开饭前。

苏净看到他们没太意外，笑着迎了上来："榕榕、云深，我还想着你们今晚会不会来，幸好让厨房做了准备。"

还没等他们说什么，楼梯的方向就传来华东森冷冷的声音："华榕，你还敢回来。"

华榕："那也不是我想回来的，你要是不欢迎的话，我走就是了。"

手指一重，是男人捏了捏她的手。

她哼了一下，不说话了。

江云深颔首微笑，谦谦淡淡地道："华叔，我们是为昨晚的事情来道歉的。"

事实上，昨天不仅跌了江家人的面子，他们的态度连着华东森在旁人面前也脸上无颜。

华东森重重地冷嗤一声。

苏净笑着打圆场，好歹算是赶在华东森跟华榕吵开之前上了饭桌。

华东森冷睨着华榕："你的意思是，你男朋友不拉着你来，你压根儿就不准备道歉，也不觉得自己不顾场合、不看对象就大放厥词有什么错，是吗？"

"你摆鸿门宴，还怪我们不配合你往里跳？上次你叫我回来吃饭，结果把我关了起来。这次又叫了一家子人来恶心人，事不过三，你再搞这种事情，我不会回来吃饭了！"

华东森冷笑："我让你们结婚，请他的家人过来商谈婚事。你们给人甩脸子让我擦屁股，你还理直气壮？"

华榕重重一哼："爸，你是真心想让我们结婚吗？"

华东森淡淡地道："我说出去的话难道还有假？"

她放下筷子伸出手："行啊，你现在就把户口本给我。我们待会儿，哦不，现在下班了，我们明天一早去排队领证，你给吗？"

华东森看了一眼她的手："上次在电话里，你不是说你年纪小，不想结婚，怎么这会儿这么积极了？"

华榕面不改色："你不是让我跟他商量吗？他跟我求婚了，所以我就答应了。"

华东森看着她，又转而看向江云深。

华东森冷笑："他求婚了？"

华榕挺了挺背："对呀。"

"求婚连戒指都没有你就答应了。"华东森看了一眼她光秃秃的手指，鄙夷地道，"难怪别人说，穷养的女儿只要一根棒棒糖就能被男人骗走，富养的棒棒糖都不要，直接倒贴。"

华榕："……"

她抿了抿唇，伸出自己的手腕，晃了晃腕上的翡翠手镯："戒指说到底不就是代表婚姻的信物吗，他已经送过我了。"

华东森眯眼看了眼她细白手腕上绿意欲滴的翡翠手镯："这个手镯不是用来思念你妈妈的吗？"

"妈妈的那个已经摔碎了。"

华东森的眼睛眯得更厉害了，这个手镯她真的戴了很久。

但他还真不知道，它竟然是江云深送的。

"一个翡翠手镯就把你收买了？你以为买个翡翠手镯对他来说是多了不起的事情？当初尹焕追你的时候，他送的礼物难道比这差吗？谈个恋爱脑子都谈没了，你也就是这点出息。"

华榕怒道："说来说去你不就是不肯拿户口本给我吗？不拿就算了，我本来也不指望。结不结婚没什么关系，你以后别管我俩谈恋爱的事情就行了。"

"我没说不让你们结婚，我只是有条件。"

"你还说你那个条件，爸，强行让人认妈很恶心好吗，说出去你都要被人网络暴力的。你想要占星澜的便宜，我还不想有个那样的婆婆跟后公公呢，哪怕是名义上的，硌硬。"

而且，她压根儿没想要结婚啊。

虽然昨晚之后，她确实有认真考虑了一下这个问题。

华东森："……"

华东森都懒得搭理她，朝江云深淡声道："条件我会单独跟你说。"

“爸，你又想干什……”

“啪！”不轻不重的一声，是华东森重重地将杯子搁在了桌面上，他冷冷道，“怎么，你还担心我欺负了他不成？你以为你的脑子比他好？”

桌下，江云深的手在她腿上轻轻按了按，示意她噤声。

华榕朝她爹哼了一下，咕哝道：“谁知道你又打什么鬼主意。”

江云深面上牵出温浅的淡笑：“好的，华叔，吃完饭我再跟您聊。”

饭后，华榕坐在客厅的沙发里。

苏净坐在一旁陪她，嘘寒问暖，聊着一些生活的琐事，轻轻柔柔，始终带着笑，话题却并不曾触及她跟江云深的事情。

大概半个小时后，江云深从二楼下来。

早已坐不住的华榕立即起身。

江云深走到她的身边，照旧颔首微笑：“夫人，时间不早了，我和榕榕先走了。”

苏净点点头：“好的，路上小心。”

两人回到车上。

华榕迫不及待地问：“我爸跟你说什么了？”

江云深发动引擎：“他同意我们结婚的事情了，如果你愿意的话。”

华榕偏头，从上到下打量着男人，然后又偷偷回忆了一番，刚才他从她爹书房里下来的时候身上好像没多出什么东西。

她小心翼翼地发问：“我爸没把户口本……给你吧？”

江云深侧首看她一眼：“给了。”

不……不会吧。

男人嘴角挑出浅笑：“我们明天去领证？”

她顿时有种搬起石头砸了自己的脚，并且骑虎难下的感觉：“你……你……你连戒指都没有，也没有正式求过婚，路上随便哪个姑娘都没这么容易答应吧。你还想直接拉着我去领证，我真是白被人叫这么多年的公主了。”

江云深似笑非笑：“钻戒、求婚，很难实现吗？”

她抿着唇，豁出去一般，道：“户口本呢，我看看。”

她不信她爹真的会给，有了户口本，领证就是分分钟的事情。

领了证，他就没法作妖了，总不会想让他女儿变成个二婚。

还是说……江云深真的答应了什么让他改变心意的事情？

江云深收回视线，重新看向前方："没有。"

"我爸没给你？！"

江云深冷冷地道："放心了？"

她嘀咕道："我本来就是诈我爸才那么说，你又不是不知道。"

江云深："但他让我们结婚的事情是真的。"

"啊？"

"要么结婚，要么分手，好像是这个意思。"

"他有毛病吧？"

江云深笑了笑，低低地道："所以我说，公主殿下，你要嫁给我吗？说不定这个婚真的能结成。"

华榕不说话了。

虽然她对结婚没什么浓烈的向往之情，但也没觉得这是一件草率得可以随意决定的小事。

良久，她才问道："你答应他什么条件了？"

江云深不在意，淡声道："不过是让我签一份跟华时股份有关的婚前协定。"

她怔了片刻，想到了什么，随即偏过头，目光投向车窗外不断变换的景色。

她看得很远，视线没有落脚，像是在沉思，又透着些许的茫然。

四十分钟后。

密码门被打开，两人一前一后进入了玄关。

江云深走在后面，顺手关上门。

刚换了鞋子的女人正准备往里面走，手臂却被后面的男人拉住。

江云深直接将女人拽到了自己的跟前，长指抬起她的下颚，让她仰着脸面对自己。他眸色极深，盯着她，低沉开口："怎么一路上都不说话，嗯？"

华榕看着男人冷清温隽的眉眼，静默了片刻，还是开了口："我能不能问你，你为什么那么……憎恶你的母亲？"

隔得这么近，就连眼神也退无可退，无从回避。

江云深眸子闪了闪，目光黯了下去，淡淡回答："我憎恶她，不是人之常情吗？"

“那天在墓园，你为什么要扔掉她的花束？”

他似乎笑了一下，语调却更淡了：“她活着的时候那个人没有尽过半点责任，她死了，自然就更没有资格去她面前自我表演。”

“那你想报复他们吗？因为他们，才让你从锦衣玉食到颠沛流离。”

许久后，回想这一秒，他曾反复推想，如果这个问题的答案不同，之后的很多是不是也会不同。

可惜没有如果，也不会有不同的答案。

女人的脸精致姣美，肤白唇红，双眼清透见底，仿佛能清晰地倒映出他的模样。

江云深低眸看着她，喉结上下滚动着。

他犹疑了片刻，但也不过是片刻。

“如果有一天狭路相逢，我当然不会让他们好过。”男人嘴角挑起，从容道，“我从来不是悲悯、仁慈的人，即便只是看不顺眼的人都未必会放过，何况是让我憎恶，提起来我都觉得耻辱的存在。”

华榕看着他俊美的脸，反搂住他的腰，埋首入他的怀里。

江云深自然地回抱住她，下巴低着她的发顶，摸着她的长发。

江云深很快变得忙碌起来。

开始的一个礼拜，华榕还以为是因为他们刚从澳洲回来，帝都这边堆积了许多的工作，所以他才很忙。

但她很快发现事情并没有那么简单。

华时涉及的产业链非常广泛，从酒店商场餐饮房地产楼盘，再到珠宝服装甚至影视行业，均有涉及。

最开始引起她注意的，是华时旗下商场的试衣间暗藏了针孔摄像头事件，这件事上了社会新闻，成了大热点，一度挂上了微博热搜，闹得沸沸扬扬。

接着华时做得数一数二的牛奶品牌被曝出有问题，好在这次公关部几乎是以最快的速度做出了反应，直接由质检机构发声证明安全没有问题，系有人背后通过公关公司商业诽谤。

又一个周末，华榕回华家吃晚饭。

华东森平淡地道：“最近发生的事情你应该多少知道一点，我打算把云深调去东京半年。”

“什么？”她先是震惊，跟着生气地质问，“爸，你又想干什么，还有完没完能不能消停？”

“我想干什么？”他冷笑，“你以为这些有的没的破事都是自己发生的？”

她皱眉：“什么意思？”

华东森淡淡地道：“上次你们对江跃和欧瑜的态度，真以为什么事都不会有？”

华榕怒道：“我们怎么了，是他们自己厚着脸皮跑过来，还不让人说几句实话了？”

“上次江跃来是给江云深递橄榄枝，他接了，代表他肯低头。可他不接，态度轻蔑、冷硬。做过亏心事，当然怕对方会来报复，何况还是个已经成为隐患的。现在不除了他，等到将来羽翼丰满，把自己踩死吗？”

“爸，你就这么让人欺负的？他对付华时，你不教训回去还把自己的下属调走，你尿不尿？”

华东森冷道：“商人讲究的是利益，恶性竞争注定两败俱伤，赢了也只能代表损失比对方小，不是没损失。江云深是我的谁，要让华时因为他跟人杀个头破血流吗？当他带给华时的损失要高于利益时，董事会迟早要开了他。”

华榕感到震惊后很快反应了过来：“所以你让我们结婚？”

“我是华时的董事长，但我也要对华时的所有股东负责。星澜搞这些小动作无疑是想施压，因为江跃怕江云深娶到你，明白吗？”

华榕：“那……那我跟江云深结婚，江跃就不会对付星澜了吗？”

“结婚就代表他和我们家的人在一条船上，江跃再挑起战火，只会引火自烧，还有什么意义，跟华时拼个你死我活吗，你以为他们没损失？”

华榕的脑子一下就乱了。

她怎么都没想到有这一层。

华东森盯着她脸上的慌乱跟犹豫，淡淡下了定论：“所以，你要么跟他分手，江跃能放心；你要么跟他结婚，江跃会死心。”

华榕委屈地道：“可我只想好好地谈个恋爱啊。”

“谁让你非要死要活地喜欢上这么个玩意儿。”

“我喜欢他怎么了？他本来就哪里都好，这又不是他的错。”

华东森摆摆手，显然不耐烦跟她说这些：“话我已经跟你说明白了，要怎么选，你自己回去好好想想。”

晚上，江云深十一点多才回来，等他在客浴洗了个淋浴回到床上时，已经快接近零点了。

本以为这个点女人早已经深睡，没想到他刚掀开被子躺下去，温软的身子便翻身蹭到了他的怀里。

“Sorry。”他低头吻了吻她的脸，“吵醒你了？”

女人闷声回答：“没有。”

男人嗓音越发低沉：“一直没睡？”

“你为什么不跟我说。”

“什么？”

“最近发生的事情，还有那个江跃。”

“你今天去你爸那儿吃饭了？”最近他忙得经常没时间回来吃晚饭。

“嗯。”

“我本来打算手上的事情处理完了再跟你说。”江云深伸手搂住了她。他顿了一下，语气不变，低声道：“我会去东京待半年。”

“什么？”

男人的声音很平稳：“我处理完手里的这些事情，做完交接工作，就会去东京。”

华榕蓦地掀开被子坐了起来：“江云深，你什么意思？！”

她承认，她还没有做决定。

她跟江云深本来就是热恋，是感情最浓的时候，让她这个时候分手，她根本舍不得。

可让她就这样跟他结婚，始终还差了点什么。

所以，思来想去百般纠结，她都不知该如何是好。

但她怎么都没想到的是，他竟然说他要去东京。

不是商量，而是答案。

床头的灯被男人按开了。

“你是想分手，还是想以退为进逼我结婚？！”

“我大概能猜到你爸是怎么跟你说的。”他眉眼温隽，语气平和，很冷静，“为这种理由结婚，你即便答应了也是心不甘情不愿，你需要时间考虑，所以我替你做了决定。”

华榕气道：“谁要你替我做决定？！”

“你怕嫁给我会后悔。”男人有条不紊，“跟我会不会变比起来，其实你更担心自己会变。因为你没有喜欢一个人很久的经历，你清楚自己现在很喜欢我，但你无法确定这份感情能持续多久。”

“我不要。”她的眼睛瞬间就红了，“我不要分开，我也不要你去东京。”

江云深看着她一脸要哭出来的样子，轻轻叹了一口气，抬手将女人抱到了怀里：“最多半年的时间，又不是生离死别，不用这样，嗯？”

她红着眼眶看他：“我就是不要！”

男人静了片刻，低声用接近哄慰的嗓音道：“今天太晚了，还有好几天的时间，现在先睡觉。”

说罢他就要抱着她躺下去。

华榕试图挣脱，怒道：“睡觉？我还有心情睡吗？”

他真是说得简单，跟出门玩几天似的。

又不是一个月、半个月，是半年。

他们在一起的时间加起来都没半年好吗！

柔黄的光线下，男人干净修长的手指轻轻捏着她的下巴：“你的手好得差不多了，很快就要进剧组，这半年大概就是你拍这部电影的时间。”

“难道就没有其他办法了吗？”

他沉默了一会儿，牵唇淡笑道：“这半年的时间是给你冷却下来想想清楚，笃定之后再做决定，才不会觉得犹疑、不确定，这样即便是将来后悔，也不会怪自己太过草率。”

“你就不怕半年过去了，我对你的感情淡了，没那么喜欢你，到时候还是不想嫁给你吗？”

江云深深眸沉寂片刻，缓缓、淡淡地道：“如果半年的时间就冲淡了，那么即便你现在勉为其难地妥协了，将来还是会有后悔的一天。”

华榕的脑子乱成了一团麻。

本来从她爹那里回来，她心里就够乱了。

没想到等他回来，她更乱了。

半年，说长不长，说短也不短。

电影马上就要开拍了，她根本走不开，就算没有，她也不可能什么都不做跟着他去东京待上半年之久。

华榕罕见地失眠了。

相比脑子里想来想去的她，抱着她的男人反倒是很快睡着了。

他可能是太累了吧。

从悉尼回来之后，明显忙了不止一天两天。

夜很深了，关灯之后室内一片安静的黑暗。

月光逐渐洒了进来。

华榕看着男人沉睡时的轮廓，线条仿佛温润，却又静得冷清。

最后，她靠在他的怀里，不知道什么时候才睡了过去。

之后三天江云深都没再提这件事。当然，这并不代表他忘记了或者无视了。一来，他还是很忙，两人除了晚上一起睡觉，连一起吃饭的时间都很少；二来，他应该是想给她时间，让她想清楚。

华榕自己是这么以为的。

但第五天，他晚上九点左右回来，推着一个三十寸的黑色行李箱。

华榕正准备去洗澡，见状起身上前："这是哪里来的？"

江云深回答："我回了趟兰溪岸，收拾了点行李。"

她一时没反应过来，反问了一句："行李？"

男人将行李箱的拉杆按了回去："嗯，我这几天会把行李收拾好。"

华榕咬着红唇："你问过我了吗？"

"什么？"

她眼眸一动不动地盯着他："如果我答应结婚，不要你走呢？"

江云深神色不变，温温淡淡地浅笑："公主殿下，我一开始没问你，就代表我并不需要你做选择。"

华榕的瞳孔一缩，眼睛睁得更大了："你的意思是，就算我现在答应跟你结婚，你也还是要走？"

"榕榕，我的意思那晚已经说清楚了。"

华榕看着眼前男人从容笃静的脸，堆积了几天的纠结跟焦躁，瞬间转化成一股难以抑制的怒火："说清楚了，你问过我的意见吗？知道我是怎么想的吗？这是你一个人的事情吗？凭什么你自己就决定了，都不用过问我？"

江云深看着她怒意蓬勃的脸蛋，上前一步抬手就要去摸她的脸，但手指还没触到她的脸蛋，就被她狠狠拍开了。

华榕手指着门外："要走你现在就走，没人拦你。"

说罢她转身就往卧室里走。

江云深眼明手快地扣住了她的手腕："榕榕。"

他把女人往自己怀里拉。

"你放开我！"

他强制性地将女人抱在怀里："我知道你舍不得我，我也舍得你。"

她仰着脸，眼睛里已经有了雾气："那你还要走？！"

男人掌心扣着她的后脑勺，低头去亲她的脸："结婚不是小事，牵涉许多方面，有些事情你不去想，我不能不想。"

"你之前不是提了好多次让我嫁给你吗？现在我都答应了，你为什么又改变主意了？"

"你答应嫁给我是一回事，为了其他因素又是另外一回事。"

"说来说去，你的意思就是无论我怎么说，你都走定了，是吗？"

他嗓音温淡，甚至说得上是温柔，但话里却一丝柔软妥协的余地都没有："嗯，我没有改变主意的打算。"

华榕抬眸盯着他看了半晌。

眼睛泛红，眸底的水雾像是随时都会凝结成泪珠掉下来。可一直到最后，雾气却是散去了，她的眼睛恢复了清明。

她的红唇动了动，似乎是想说什么。

到最后还是一个字眼都没吐出来，转身进了浴室。

江云深跟在她的身后，就见她随手拿了一条睡裙，然后就径直走进了浴室。

"砰"的一声，门被摔了一下，震得好似整套公寓都抖了一下。

他跟上去，可拧动门把的时候却被卡住不能动。

门被反锁了。

江云深眯长了眸看着眼前静静紧闭的门，也没再敲门或者说什么，转身离开了。

恰好身上的手机振动起来。

他拿出来看了一眼来电显示，回头又看了一眼紧闭的浴室门，迈开长腿走出了卧室，到客厅才推开通往阳台的落地窗的门，又顺手关上。

他的嗓音淡漠得没有波澜和涟漪："什么事？"

"我听说你要去东京了？"

"嗯。"

"为什么？华榕还是不想嫁给你？"

他淡淡道："没这么简单。"

"什么意思。"

"华东森的意思没这么简单，我不信他真的会轻易把女儿嫁给我。"

"那他想干什么？"

静了一会儿，江云深望着远处的繁华灯火："摸不清。"

"你还是觉得华东森跟江跃合作？"

"嗯。"

"可是你这个关头去东京。"

他语气仍旧淡淡："我自有打算。"

"你真的不怕华榕变心吗？如果华东森和江跃联手，这段时间他不可能什么都不做。"

"变心？"

江云深咀嚼着这两个字眼，脑海中浮现出女人刚才的样子来。

她望着他时红着的眼眶，雾气盈满却最终没有哭出来的表情。

大概不会吧，他心里这么想着。

"我不会给她这个机会。"

那边安静了一会儿，突然声音低低地、宛若叹息般问了一句："还要多久呢？"

"着急只会乱了自己的节奏。"

"我明白。"

"嗯，挂了。"

江云深回到卧室，搁下手机等着女人出来。

原以为她会在里面待很久，但也就比她平时正常洗澡的时间长了十分钟，门就打开了。

她穿着很薄的睡裙，浓密的栗色长发放了下来，有意无意地遮住了脸庞。

她没说话，更没看他一眼，像是卧室里压根儿就没他这个人。

华榕关了灯，只留了床头的一盏。

末了，她就走到她睡的那一侧床边，伸手去掀被子。

深蓝色的被子刚被拉扯起，手腕就被握住了，低沉的嗓音在她头顶响起："榕榕。"

她头也不回地要把自己的手抽出来。

但是失败了。

他的语气有两三分无奈："你准备一直不理我？"

"你想让我把你赶出去吗？放开。"

江云深低眸注视她的侧脸。

女人的睫毛仍旧浓密卷曲，表情很淡漠。

接近十秒的僵持后，他还是松了手。

华榕就这么上了床，躺下，闭上了眼睛。

江云深在床边站了将近一分钟，还是走开了。

他洗了澡，关灯上床。屋外月色格外皎洁，连室内都有一层淡银色的月光。

江云深将躺在一侧的女人抱进怀里，低头吻上她的发。

她没动，也没有反应。

男人的长指在她发间穿插而过。他的眸色如夜，模糊的深色，淌着月色，清净又透着凉气。

华榕第二天晚上又去了华家别墅。

她开门见山道："爸，我不要江云深去东京，你把他留在帝都。"

华东森眯起眼："我不是说了，要么分手，要么结婚。"

"我跟他结婚就是了。"

"然后呢？"

华东森一时没反应过来，既然她答应结婚，为什么她还要跑来让他留下江云深？

华榕显然还是想起来就生气："他还是要去！"

华东森的眼睛眯得更长了，似有几分意外，但也只是饶有兴致地问："他不肯跟你结婚？"

"不是！"她下意识反驳，跟着道，"他非说要分开半年，让我想清楚。"

华东森有一会儿没说话，眼底滑过类似沉思的眼神，不知道此刻在想什么。

华榕上前两步："爸，你扣下他的调职申请，不准他走。"

"难怪。"华东森淡淡地说，"调去东京一开始就是他自己提出来的，我还以为这是他以退为进，逼你结婚的手段。"

"他提出来的？！"

"我还不知道你，真要你选，你肯定会选结婚。"

华榕抿起唇。

华东森毫不留情地嘲弄道："我说你，一头热地倒贴，搞了半天人家根本就不想娶你。"

华榕下意识反驳："才不是，他之前说了几次想跟我结婚。"

"哦？那现在你答应了，他怎么又要溜了。"

"什么溜了，你能不能不要说得那么难听？"

华东森嗤笑："上次你们一起来的时候，我就跟他说了，想跟你结婚可以，但无论婚前婚后，我活着还是死了，华时的股份都不会落到他的手里。"

华榕当然听得懂她爹话里话外的意思。

"最开始我就跟你说过，你是我唯一亲生的女儿，谁娶了你就等于间接获取了继承权。那会儿你说你只想跟他谈恋爱，不论及婚嫁，可现在呢？"

"他说想跟你结婚是什么时候，说要去东京又是什么时候？不过是一份婚前协定，他现在是什么态度，对你的感情到底是什么样的，你自己好好判断吧。"

江云深傍晚就回来了。

宋非晚正在做晚饭。

他走进去，淡声道："饭做好你就可以走了，其他的我会收拾。"

宋非晚忙点头："哦哦，好的，江先生。"

饭好后，江云深去书房叫女人吃饭。

他屈指叩了两下门板，然后走了进去，在书桌旁停下，低声温柔地唤道："榕榕。"

从昨晚到现在，她对他都是冷处理的状态。

早上他起床的时候她明明已经醒了，却装作睡着了的样子。就连他吻她，她都还是装睡没有任何反应。

“晚饭好了，去吃饭。”

华榕听到他的声音，倒是抬起了头：“你今天怎么这么早就回来了。”

最近他很少在晚饭前回。

“重要的事情基本上处理完了，而且你不是在生气吗？我特意早点回来。”江云深自然而然地观察到她的神色异常，俯身凑到她的面前，“你准备就一直冷到我走？”

她眼睛闪了闪，抿起了红唇。

他温声低语地哄道：“我一休假就飞回来看你，每天给你发短信，每天至少两个电话，一有时间就跟你视频，好不好？”

她看着他的眼睛。

他以为她想说什么或者会问什么，因为她的眼神透着这股倾向。

最终，她还是什么都没说就起了身：“去吃饭吧。”

江云深看着她的背影，眼神黯了黯，然后一言不发地跟了上去。

两人安静地吃了饭。

华榕很少会很长一段时间不说话。

饭桌上，江云深一直尝试挑起话题，但她基本不理，偶尔不咸不淡地应上一句。他似乎有些无奈，但也没见发脾气。

一个晚上的时间，她从浴室里出来时，男人又从沙发里起身，递了一杯牛奶给她：“喝吧，助眠。”

她昨晚睡得不怎么好。

华榕看他一眼，还是接了过来，但仍旧不说话。

这种情况一直持续到第二天傍晚。

江云深又早早地回来了，他把宋非晚打发走，自己一个人在厨房做了好几样她爱吃的饭菜。

“你是在跟我生气？”他带着些哑意地道，“还是如果我这次走了，你就真的不准备要我了？”

她眼皮动了动，抬眼看他。

“你会怕我不要你吗？”

江云深看着她，无奈地道：“你以为我是整天闲得慌才来围着你打转吗？”

“如果我说，无论如何就是不让你走呢？”

沉默了一个世纪那么久。

“你的意思是，如果我要走，你就要跟我分手？”

她没说话，只是看着他的眼睛。

“好。”他说，“我留下来。”

华榕眼睛一动，多了好几分意外：“你不是说，不准备改变主意吗？”

“你要分手，我能怎么办呢。”

她的心脏没有任何预兆地蜷缩了一下，刹那间有无数酸涩蔓延开。

我能怎么办呢。

这真的不像是江云深会说出来的话啊。

她从餐桌上起身，抬脚就往外走。

江云深自然起身追了上去。

他在客厅追上了她拉住了她的手臂，顺手就将她拉到了自己的怀里。他有力的手臂从后面禁锢着她的腰，下巴抵在她的肩膀上：“榕榕。”

他的呼吸落在她的脖子里，哑声叹息道：“我都答应你，别和我闹脾气了，嗯？”

“你要走就走吧。”华榕道，“勉为其难地留下也没什么意思。”

“如果你真的想清楚了，我们就结婚，嗯？”

“没有，不结。你说得对，我需要时间想想清楚，半年的时间应该够让我冷静了。”

江云深强制性扳过女人的肩膀，深眸盯着她的脸：“发生什么事了？”

她沉默了一会儿，道：“我本来也确实不想结婚，只是迫于选择。既然你也觉得现在结婚不是个好选择，那就不要结了。我华榕还不需要按着一个男人的头逼他娶我。”

“你有事情瞒着我。”

他的语气淡然，但很笃定，目光更是如网一般裹着她。

“就当是吧。”她也没否认，“这没什么吧，你不想说的那些事情我从来不多问的，因为我觉得每个人都有自己的隐私。愿意敞开的自己会开口，侵犯过界只会让人不悦，也没有必要。”

他的手臂收得很紧，她腰侧周围的骨头甚至隐隐发痛。

江云深紧紧盯着她："为什么突然改变主意了？"

"想来想去，这好像也是唯一的办法了。"

从某种程度上来说，她爸跟江云深在有些事情上出奇一致。

至少他们叙述的事情，完全符合表面的逻辑。

江云深非要去东京的理由也不是说不过去，但在她强烈的反对下，就不是很站得住脚了。

她爹说是江云深提出的婚前协定让他改变了主意。

似乎也说得通，可江云深这两天耐着性子哄她，也不是假的。

如果江云深已生了退意，顺着这个情况慢慢淡去不是个很好的选择吗，至少不会闹得很难看。

可他又没这个意思。

而且她刚才下了个通牒，他就妥协了。

时间确实是可以让许多事情凸显原型的最好工具。

只不过，她向来是讨厌在谈恋爱的时候互相试探，如果非要用到办法跟工具来测试感情的答案，这本身就已经出了问题了。

江云深眯起眼："如果你刚才问我的时候，我没说留下来呢？"

YUN SHEN JI XU

第十二章

我才是你最喜欢的人

华榕笑开："你不留下来，我能怎么样呢，难不成还抱着你的大腿不让你走啊？"

江云深定定地看着她，瞳眸深处翻滚着暗涌。

他把她拉到沙发旁边，按着她的肩膀坐下。

华榕坐在沙发的角落，男人的手撑在她身体的一侧，这样的姿势将她围困在了一方狭窄的空间里。

他的目光迫人，低声逼问道："你觉得我要去东京，是因为不想娶你的拖延策略？"

她试图避开他的视线："我没有这么觉得。"

"你这么怀疑？"仍旧是陈述语气的问句。

她不说话。

沉默在许多时候都代表默认。

良久后，他说："我去东京的确还有别的原因。"

她转过脸，黑净的眸逼视他。

"你爸让我们结婚的事情太突然了，我不相信他是真心的，尤其突然从强烈反对转变到顺水推舟，想让我们结婚，突兀又不合理。"

华榕："你不是说，说不定一不小心可能就结成功了吗？"

“在江跃和欧瑜出现之前，我是这么觉得的。”

“什么意思？”

“前段时间，星澜小幅度地攻击了华时，确实在短时间内给华时造成了一定的负面影响跟损失。但华时的产业链几乎遍及各个行业，对你爸来说，这点损失只是伤到了皮毛，尤其除了第一次事发突然，反应得慢了点，之后的每次基本处理得很及时，也很漂亮。”

“这些影响，你爸虽然不能说完全忽视，但绝不至于让他草率地把自己的女儿嫁给一个他不怎么信任的男人。”

华榕面无表情。

她已经习惯了任何一件事江云深跟她爹都能找到不同的角度给出一套听起来完全合理的说辞，而且谁说都会显得特别有道理。

“那他到底是想干什么？”

“我不知道。”江云深的手指探上女人柔软的面颊，“如果我知道他们的目的，我还能想出对应的策略，可我现在摸不清他们的动向，所以我不能动。”

他低沉缓慢地道：“不知道在哪里的陷阱，比布满了刀枪火海的陷阱更难以应对，你明白吗？”

华榕听完后，很久都没说话。

一直到洗完澡从浴室里出来，卧室里的灯开着，但是安安静静的。

阳台上有忽明忽暗的星火，是男人在抽烟。

她走了过去。

刚一靠近，还没出声，就被半转过身的男人拉住抵在了一旁的栏杆上，他低头吻住了她。

这柔软的一个吻夹杂着淡淡的烟草味道，让他的气息多了一股浓浓的侵略性。

江云深一只手搂着她，另一只手夹着燃到一半的香烟，风一吹，点点灰烬便散到了远处。

“你去东京吧。”华榕被他的气息淹没，低闷着道。

“你等我回来？”

“嗯。”

江云深托起她的下颌：“你本来就应该等我的。”

这人是蹬鼻子上脸吗？

她抬头望他。

他长指轻轻捏着："当初陆林被国外的美术学院录取的时候，你不是就准备等他四年吗？"

"我不过是去半年，而且东京比佛罗伦萨近了许多，时差也少了很多。何况，我才是你最喜欢的男人。"

华榕："到底是谁给了你这么大的脸。"

男人挑起眉："不是你自己说的，最喜欢我？"

哦，还真是她。

她沉默了一瞬，说："女人在床上说的话也能相信吗？尤其是脑子不怎么清楚的时候。"

更长的安静袭来。

江云深无声地看着她。

嘴欠是一种明知不可为却忍不住的行为："还有，你就这么喜欢跟陆林比较？"

漫长的死寂降临在她的头顶。

华榕先是被男人的眼神击退，心虚得不敢跟他对视。

跟着，她整个头皮都在他的目光下发麻。

很快，她就彻底待不住了，猝不及防地推开他，逃也似的往卧室里跑。

可江云深怎么可能让她跑掉。

还没到门口，她就被男人从后面拦腰捞了回去，再次撞回到了后面的栏杆上，人也被牢牢地圈死了。

华榕感觉到了浓浓的危险氛围，忙不迭地道："我错了，我知道我错了。我收回，你当我没有说过。"

果然是再没什么东西比"其他男人"这个话题更能挑衅他了。

不过江云深没有马上发作，他低头看她，简直就像是在看已经落网的猎物徒劳地挣扎，眯着眼睛慢条斯理地发问："公主殿下，你以后会不会因为有了其他男人就忘记我，嗯？"

"不会。"

他似笑非笑："不会什么？"

"不会有其他的男人。"华榕为自己找到了一条正确的求生之路，厚着脸皮道，"你已经很让人难忘了。"

“那女人的话到底能不能相信？”

“能。”

“我是你最喜欢的男人吧？”

“是。”

“会乖乖等我回来吗？”

“嗯。”

江云深抱着女人，将她的脑袋按进自己的怀里，道：“算起来，你好像真的没有谈过这么长的异地恋。公主殿下，你不会趁我不在就变心了吧？”

“我谈过。”

“尹焕。”

虽然可能没有完完整整的半年异国，但聚少离多其实也差不多了。

男人慢条斯理，自说自话：“不然，我偷偷拍个视频，如果你变心了，我就甩给你的新欢看。”

“我劝你不要变态。”

“哦？”江云深嘴角勾着笑，“试试？”

试个大头鬼。

“风很冷，回卧室里去。”

“我可以让你热起来。”

“你怎么这么讨厌。”她想走，却掰不动男人的手臂，只好半嗔怪半撒娇地道，“我真的很冷，抱我进去，快点。”

说着，她的手臂环过男人的脖子。

江云深低头亲了下她的脸颊，从喉间溢出低低的浅笑：“好。”

他将女人抱回到卧室里，放在了床上，沉重的身体毫无停顿地压了上去，扶住她的脸就低头吻了下去。

极有技巧的深吻很快让华榕沉溺得浑身酥软，大脑变得混沌，任他为所欲为。

“公主殿下。”

直到这一声响起，她才突然清醒了两分，然后猛地意识到自己的手被绑住了。

“江云深！”

男人亲吻着她的耳根，声音低沉，呢喃道：“冷了我几天，又要分开很久……今晚就当是狂欢。”

两天后。

“你敢不来试试看！”任川的咆哮简直能穿透一堵墙，“你自己算算，因为你已经耽误了多久的时间，你还敢不来开机仪式？我告诉你，你就是腿断了，也给我坐着轮椅过来！”

华榕：“你一把年纪了，怎么火气这么大，小心血压飙升，我不就是问问嘛。”

“不能缺席，必须来！”

“好好好，我来。你冷静点，小心给气进了医院。”

江云深飞东京的那天刚好是她新电影的开机仪式，她打电话试探性地问任川她能不能缺个席。这个意思刚表达出来，“积怨已久”的任大导演直接发飙了。

挂了电话，她看着男人，郁闷地道：“我不能去送你啦。”

江云深亲了亲她的脸，温声道：“去不去机场没什么关系，任川的本事大脾气也大，你再惹他，他在片场能一个月看你不顺眼。”

“嗯。”她倒也没觉得一定要去，点点头算是答应了。

江云深是下午一点左右的飞机。

开车的是司机，林临这次跟他一起去，坐在副驾驶座上。

江云深坐在后座，闭目养神。

经过一个红绿灯路口的时候，他的手机振动了。

他睁开眼睛，拿过来看了一眼来电显示，是个陌生的号码。

他点了接听之后，一个大概五十岁、陌生又沉哑有力的声音在他耳边响起：“江云深，是吗？”

静了一瞬，他淡淡答：“我是，哪位？”

“我叫高国昌，你知道吗？”

江云深瞳孔微缩，语调却是波澜不惊：“星澜的高董，找我有事吗？”

“听说你跟华时的千金在谈恋爱，不过，华东森不是很信任你。”

江云深淡淡一笑：“星澜的诸位股东都这么关注我吗？”

“江家十一年前的事情我虽然不清楚具体，但也知道个大概。”那头的人缓缓地道，“华东森不愿意给你的，我可以给你。”

他半阖上眸，手指轻轻敲打着膝盖骨。

“怎么样，江总，你有兴趣吗？”

江云深笑了一下：“我是曾耳闻高董和星澜的董事长不太和。”

“江总是个聪明人，我也就不绕弯子了，如果你有兴趣的话，我在海城等你。”

江云深淡淡一笑：“我女朋友知道我要去东京，我相信如果我前脚拐道，她后脚就会收到消息。公主嘛，总是比平常的女孩难哄一点。”

对面的人沉默。

“如果高董有诚意的话，可以去东京找我。”

VIP 候机室。

林临问：“江总，我们为什么要去东京？”

其实他问的应该是：为什么去的是东京。

江云深瞥了他一眼，他感受到了鄙视。

林临嘿嘿一笑：“就是随便问问嘛。”

江云深淡淡地道：“太近了他们不放心，太远了我不方便，亚洲除了东京，还有哪里合适？”

他果然问了个蠢问题。

“嗡嗡嗡……”手机振动。

林临眼尖地看到了来电显示：“是公主的电话。”

江云深拿起手机接了，嗓音温和低沉：“榕榕。”

“你出来一下。”女人的声音带着明显的喘息，“快点，我有事情要找你。”

江云深起身给了林临一个眼神，后者会意点点头，他便大步往外走去了：“你在哪儿？”

五分钟后。

女人迎面扑到了他的怀里。

江云深搂住她，抱了个满怀，手抚着她的发，低沉温柔地问：“怎么还是跑过来了，早上不是告别了吗？”

华榕顺了顺呼吸，道：“开机仪式结束了，我看还有时间就顺道过来了嘛。”

他亲了亲她的脸颊：“特意来送我的？”

她干咳了两声，脸上红霞未退：“有东西给你。”

“哦？”

华榕看着他，忽然变得羞赧了起来，但还是打开了包，从里面拿了个小盒子出来。

江云深挑高着眉梢。

她把东西塞到了他的西装口袋里，道："你上飞机后就戴上它，代表你已经有主了，可以防止一些乱七八糟的女人动些乱七八糟的心思。"

他把盒子拿了过来。

华榕："……"

他拿在手里把玩了片刻，又递回给了她。

她瞬间恼了："你什么意思？！"

男人笑道："一般送戒指的，都没有要别人自己回头戴的道理吧。"

他好心提醒她："公主殿下，你给我戴上吧。"

她偷偷瞄了一眼周围，抿抿唇，还是快速地接过来。她打开锦盒，拿出那枚简单素净的男式戒指，又很快地拉起他的左手，急急忙忙地套在了无名指上。

正要退回，头顶便响起了男人好整以暇的语气："公主殿下，我答应你的求婚了。"

"我没有那个意思。"

"戒指的意义是什么，众所周知。"

"你答应也没用，反正我又不会娶你。哼，随你怎么想。"

"我答应娶你。"

华榕不跟他啰嗦："把手机给我。"

江云深看她一眼，倒是没多问，直接给她了。

华榕就在男人的眼皮子底下，动作熟练而迅速地把男人手机的锁屏跟主屏幕全部换成了自己的照片。

江云深看着手机："……"

她弄完后就把手机还了回去："之前答应我的都要做到。"

江云深接过手机："我答应你什么？"

"你……"

她鼓起了脸："前几天晚上说的！"

"前几天是哪天，我说了太多，不记得了。"

"江云深！"

他嘴角噙着笑，低眸看着她。

华榕恼得要去抓他的手："把我的戒指还给我！"

江云深手掌不过一翻，女人的手就被他反握住了："一休假就飞回来看你，每天给你发短信，每天至少两个电话，一有时间就跟你视频这些吗？"

这男人故意在逗她。她说："江云深，你怎么能讨厌到这个地步？"

"看你生气就像是看猫儿爹毛，很有意思。"

眼见她真的要炸毛了，江云深扣着她的脑袋落下一个吻，低沉温柔地问："还有什么要说的吗？"

她闷声道："早上都说完了。"

"那我说。"

"你不也都说完了吗？"

他的手按在她的头顶："别让我隔着海岸看到你的绯闻。"

"绯闻都是别人贴上来的，我也烦呢。"

"有绯闻自己第一时间乖乖打电话给我解释。"

"哦。"

"第二，远离前男友，所有。"

华榕："我跟陆林没有联系。"

男人不咸不淡地道："陆林是你前男友的代表，还是第一个蹦到你脑海中的？"

这个醋也要吃。

她抬头在他下巴上亲了一下："因为你看他最不顺眼嘛。"

"好了。"他低头看着她明艳的脸，哑声道，"我走了。"

她软声道："拜拜。"

在航程两小时、时差一小时的信息时代，半年的异国恋的确算不得多难熬。

不过之前华榕内心一直排斥这种远距离的恋爱，才条件反射般反对他去东京，大约是总觉得再深厚的感情都经不起时间跟距离的消磨，一如她的父母。

何况，她和江云深的感情还比不得她当初热恋结婚生女的爹妈。

不过，江云深离开没多久她就泡进了剧组里，她大部分时间跟精力都被工作占掉了。

事实上，电影一开拍，她就变得比江云深还忙了。

任川是个为人粗糙、脾气粗暴的倔老头儿，但他对镜头精益求精，到了苛刻的程度，为了一个镜头，一条条地磨，重来是家常便饭。

六年前，任川第一次用华榕，完全是出于对资本主义强权的妥协，但这次确实是他主动找上华榕的。

她有一张适合大荧幕、怎么拍都没有死角的脸蛋，没动过刀，连针都没有打过。她的眼睛里和骨子里，潜藏着一股子平常人没有的痴与灵，而且悟性极高。

只是她演戏时依托共情多余技巧，遇到合适的角色和戏会有极其惊艳的爆发力，但若是吃不透或者无法准确理解的时候，发挥就会不稳定。

任川是公认的会雕琢演员的名导演，这也是当初江云深替要拍第一部戏的华榕选了他的原因。

任川表面上虽然对华榕百般不满，两人在片场天天都能杠出一朵花，属于两个不争执就不舒服的人。但他确实是对她下了很多心思，每天变着法子挖掘、磨炼她，累得她每天一收工就想睡觉，江云深那边开视频不到五分钟，她就已经闭上了眼睛。

“榕榕？”

她迷迷糊糊地摸过手机，屏幕直接盖在自己的脸上，困倦地道：“今天好困，任川那个臭老头差点把我气死了，一场戏拍了十几条，结果告诉我用第一次的。”

“怎么拍到这么晚？”

“他说因为我之前手受伤，耽误了时间，所以加了强度。”

他温声低哄道：“关手机睡吧。”

“明天早上先是云依斐跟别人的对手戏，我可以晚点起。”

江云深沉默了片刻，问：“何言说你今天膝盖磕伤了。”

“嗯，不小心磕了一下。”

“疼吗？”

“疼啊，任川说替身的效果没亲自上好，给我摔的。”

“你这么喜欢拍戏？”

“对啊。”

“又累又辛苦，时不时还要受伤，也还是喜欢？”

很多人想不通，其实连他都不太懂。

华榕自小养尊处优，娇生惯养，她都不只是养在温室里的花，而是在玻璃罩里被精心呵护的娇花。她是怎么忍受这种别人看来有钱有名，对公主来说完全就是遭罪的生活。

“嗯，演戏辛苦吗？都很辛苦吧。十四岁之前，我的梦想是像我妈一样，当一个世界一流的芭蕾舞者，每天练舞也累，而且很枯燥啊。你跟我爸做生意也不轻松吧，任何事情想要做好，都会辛苦的呀。”

她抱着手机，已经困倦到连声音都要仔细辨听了，像只是迷迷糊糊地嘟囔：“如果人生没有喜欢的人跟喜欢做的事情，那得多无趣啊。”

无趣吗？

啊，所以叔本华才说生活就像钟摆，在两端之间或激烈或温和地来回摇摆，要么痛苦，要么无聊，反正总有一项是逃不掉的。

华榕的手机摔下来，镜头刚好对着她的脸。

和平常睡在他身边的恬静不同，该怎么形容呢？大概就是那种，虽然今天很累很困，但你知道她明天一起来又是干劲十足，又有新的精力跟任川在片场吵得风云变色。

“榕榕。”

这次回应他的，只有靠画面想象出来的均匀呼吸声。

“晚安。”

异国恋没有华榕想象的那么难熬。

一来，她忙得没时间和精力伤春悲秋。

二来，江云深人在东京，但并不会让她觉得他远离她的生活。

他每天醒来的第一件事就是给她发短信，午餐或者晚餐时间会给她打电话，一般睡前习惯性接视频。也许时间短暂，但从不间断。

那枚戒指一直戴在他的手上。

半年的时间在风平浪静的忙碌中很快过去了。

对华榕来说，除了拍戏外，唯一算得上大事的，就是夏泉突然怀孕，应该说，突然流产了。

就是江云深刚去东京，她飞杭城之前，夏泉在学校的社团活动中意外摔了一跤，本来摔得不算重，结果血流了一地。

她原本就因追求者众多，在学校小有名气。这件事一出，立即有流言传开，说她的孩子不是“男朋友”裴星泽的，而是被人包养了。

最让华榕生气的还不是这些，甚至不是夏泉意外怀孕又意外流产这件事本身，而是她那个妈，不关心她的身体，也不关心她受了什么委屈，一门心思在瞎闹。

《大梦谁先醒》真正的拍摄时间实际不足半年，算五个多月不到六个月。

电影杀青后，华榕就让何言订了去东京的机票。

何言笑她：“榕公主，您可真是迫不及待，直接从杀青宴去机场，有这么想江总吗？”

华榕哼了哼：“你懂什么？我前脚杀青他肯定后脚就知道了。我是去突袭的,看看他有没有乱来,住的地方有没有什么不该有的东西。”

江云深回来过一次。

小别胜新婚总免不了缠绵，结果第二天就耽误了拍摄进度。任川一眼看出她状态不好，直接在片场当着剧组的人给她一顿教育。

之后，华榕就不让江云深来了，一直到电影杀青。

何言一阵闷笑。

“我知道你被他收买了，时不时给他报告我的动向。这件事不准告诉他，否则我开了你。”

何言一本正经：“我不会破坏您给江总的惊喜。”

晚上杀青宴结束，展格来会所接她。东西已经让宋非晚跟何言收拾好，放在了后备厢里。

宴上她象征性地喝了点酒，何言跟在她的身边。

停在路边的车门被拉开：“华小姐。”

华榕愣了下：“这是谁？展格呢？”

何言看了一眼那人，忙道：“我忘了跟您说了，展格晚上有急事，这个好像是他的熟人，替展格保护您去东京。”

华榕皱了下眉：“这样。”

随即便没说什么，上了车。她酒喝得不多，但可能是度数高，她大脑有些昏沉，上车后便靠着后座闭目休养。

再睁开眼时，她无意看了眼车窗外：“这好像不是去机场的路。”

一旁的何言道：“是吗，您是不是记错了？”

华榕皱眉，从包里拿出手机打开了定位，一看就果然如她所想，这条路根本就不可能通往机场。她脸色一变，立即退出地图页面，翻出通讯录准备打给她爹。

“呲……”

带着异常味道的气息猛烈地喷了过来，她正想屏息，意识却已经迅速消失了。

闭上眼彻底昏迷前，她听到一旁的何言似乎跟前面的人说了什么。

华榕睁开眼睛时，眼前还是一片黑暗但隐约能感觉到是有光线的。

她花了十秒钟才反应过来，她的眼睛被什么东西蒙住了。

她躺在一张床上。

她一下坐了起来，抬手就要去摘掉束缚自己眼睛的东西。

手指还没触碰到布条，手腕就被有力的手抓住了。

华榕吓得低叫了一声。

“我劝你不要摘掉它。”那嗓音被压得特别低，缠绕着浅浅的笑意，在这安静陌生的环境里，有种鬼魅得令人心惊肉跳的味道，“你看不到我，我还有可能放了你。”

“你要是看到了我，我就只能把你灭口了，你说呢？”

她能感觉到他的视线在她脸上停留了好一会儿。

然后他松开了手。

也就是说，除了眼睛被蒙住，她的身体目前是“自由”的。

华榕顿了一下，还是把手放了下来：“你绑架我想干什么？要钱？”

她十五岁的时候被绑架过，绑架犯并不是这样的，感觉不太像。

这人的感觉也不像是为了钱。

听起来这个人应该很年轻。而且，她穿的裙子，腿磨蹭到身下的床单都能感觉到这套床上用品就是有钱人才用得起的。

“如果我说，我爱慕你很长时间了。”男人的唇就在她的耳边，像是随时都要触碰到，但始终只有呼吸擦过。他嗓音很低，语速也被刻意放慢了，像是刻意蛊惑一般。

“想要跟你永远在一起呢？”

华榕心口跳了一下。

她这是遇到了什么变态玩意儿。

“那你现在就放了我吧。我也不知道你是谁，看在你也没对我怎么样的分上，我可以当作什么都没发生，你还有追我的机会。”她说，

“你要是准备囚禁我，切成尸块你也保存不了，就是烧成了灰，也会被我爹找到带走。”

温热的薄唇落在她的脸上。

华榕吓得一个激灵，惶然地往后退。

可男人却一把将她按住：“别动，你又跑不掉，乱来只会伤害自己。”

她强行压制的恐慌在这个男人有所行动的时候终于开始往外冒，呼吸开始急促起来，本能地尖叫：“你别碰我！我男朋友知道是不会放过你的。”

他低笑着道：“真令人伤心啊。”

她又不敢反抗得太厉害，怕激怒了他，让他做出什么更疯狂的事情：“你到底是什么人？”

“切成尸块有什么意思，既不能吃也不美观，要做也应该维持原貌，泡在福尔马林里，或者藏在永不会腐坏的冰库。”

这森冷的内容搭配男人低浅的笑意，毛骨悚然的效果达到了极致。

华榕身上都起了层层的鸡皮疙瘩。

“烧成灰的话也不错，方便携带，去哪里都能挂在身上。”

男人又笑着问她：“两个都不错，你选哪个？”

“哪个你都活不长！”

“你刚刚说，你男朋友？”

“这样，你甩了你男朋友，嫁给我。”落在她耳后的缠绵呼吸终于又变成了辗转的串串轻吻，蜻蜓点水般不断落在她的耳下、腮帮、面颊，“这样，你就不用变成不会腐坏的尸体，也不用被高温烧成灰了，嗯？”

华榕瑟瑟发抖，陌生的环境、看不到的眼睛、诡异莫测的男人让她的心脏仿佛要从嗓子眼里跳出来了。

她听到自己的声音：“好，反正我已经跟他好几个月没见了，你把手机给我，我跟他说分手。”

“啧啧。”华榕听到他笑得不行的声音，“是打电话给他分手，还是打电话让他救你？”

“你要我嫁给你，总不能让我在你这里嫁？”

话落她就后悔了，万一这个死变态说先洞房再结婚。

她的心又是一抽一抽的，然后屏息着。

那串如羽毛拂过般的轻吻重新落在了她的耳后：“你戴上我的戒指，就算是答应我了。”

华榕愣了一下，一个突如其来的念头瞬间突破惊悚的氛围在她脑海中炸开了。

她的心跳霎时间变得更快，再顾不得其他，猛地将蒙在她眼睛上的东西扯掉了。

一张温冽俊美的脸近在咫尺。

他嘴角噙着笑，眼底也是蓄满了笑意，正低眸注视着她。

“江云深，你这个坏蛋！”

她握紧拳头就往男人的肩膀上砸去，唯有如此才能发泄她满腹复杂的情绪。

一时间从惊悚到喜悦，又是开心又是生气，像是坐云霄飞车一样，都不知道是哪样情绪把她的眼泪都勾了出来，水意藏在眸底。

花拳绣腿，没什么攻击性地打了他一会儿，她才又埋入他的怀里：“你好无聊，差点吓死我了！”

江云深圈着她的腰拥入自己的怀里，边摸着她的头边亲吻着她的脸颊：“好，是我不好，”他低笑着道，“不过，公主殿下，我的惊喜应该比你准备去东京突袭我更名副其实？”

惊喜？

他浅笑：“惊跟喜都有了，不才是惊喜吗？”

她从他的怀里抬起头：“惊是惊到了，喜呢？”

他薄唇勾起：“见到我不喜吗？”

她噎了一瞬。

过了几秒，她立即找到了突破口：“你觉得我被绑架，还差点被陌生男人占便宜的惊，是你露个脸就能持平的？”

总得带个什么礼物什么的吧。

他眼底蓄着笑，低声问：“喜欢吗？”

“什么？”

“这里。”

她过了几秒才反应过来。他说的这里，指的是……

这个房间，或者说，这套房子。

他们现在身处的应该是卧室，很新，没有家具，但空间很大，比她在十月红的卧室跟他在兰溪岸的主卧都要大。

浅色系的墙壁，地板上铺着深咖啡色的地毯，整体以干净沉静的色调打底，毫无疑问，简单低调的冷淡风才是江云深的风格。

但靠落地窗的方位摆放的沙发是她喜欢的复古墨绿色，室内所有的灯都是古典繁复、考究的造型，只床边一盏颇高的落地灯亮了，光线昏黄、柔和。

窗帘三层，只有最薄的那层浅色放下了，被风一吹，就会轻轻扬起。

她正睁着眼睛一一环视，男人的吻缠绕着她的脖子，温柔喑哑地道："榕榕，我们订婚，然后搬到这里来，如果你喜欢的话。"

虽然只能看全主卧，窥一眼落地窗外灯光漂亮的景致，但她也清楚，这栋别墅绝对是他亲自设计的。

因为他的审美和她的喜好显然是两个风格，但这儿却把它们糅合在了一起。

她抿唇看着俊美的男人，心头讶然又柔软，回过头去问他："你什么时候准备的？"

"从我想娶你开始。"

华榕静了一瞬，道："我刚才没有答应呢。"

"嗯？"

"我说，我刚才没有答应嫁给你，也没有戴上你的戒指。"她翘起红唇，一派得意，"江总，你的绑架求婚被我识破了呀。"

古人说顾盼生辉，造词真是精准传神。

明艳纯粹的少女笑起来，真的能让周围的光线更加亮。

江云深低头看着她，然后松开手，从容地下了床。

华榕盘腿坐着，微歪了头，不解他的动作。

男人穿着笔直熨帖的黑色西裤，上身是具有休闲感的白色衬衫。他立在床边，英俊温存，风度翩翩，含笑看着她。

华榕的心被他看得怦怦直跳。

他嘴角的弧度不变，就这么在她的视线里单膝跪了下去，从裤兜里掏出一个红色锦盒。他的视线网着她，嗓音低柔清晰，如鼓般敲在她的心头："公主殿下，嫁给我好吗？"

华榕看了眼他手里的钻戒，抿起唇，强敛住嘴角止不住上扬的笑意，弯腰趴在床沿上，撑着下巴跟他对视："你这个婚求得好随意呀。"

江云深面色不变："哦？你更喜欢在一群人的面前被求婚？"

嗯，她不喜欢。

很多人觉得她习惯了当人群的中心，但她并不喜欢把自己的私事摊开在众人的眼前。

她微抬着下巴，一脸勉为其难的表情："这样吧，你背我参观这栋别墅，我就认真地考虑一下。"

他似笑非笑："背你参观完，还只是考虑？"

"不背，我就不考虑了！"

"行。"江云深将戒指盒收了回去，起身转了过来背对着她，"上来吧。"

华榕立即爬了起来，蹭到了他的背上。

男人笑出了声，然后稳稳当当地站了起来。

显然，别墅里只有他们两个人。

江云深背着她，从卧室通往巨大的衣帽间，再分别进了两间面对面但设计风格完全不同的书房，楼下大致参观了客厅、厨房，还有一些其他设备齐全的功能区域就没去了。

接着他们去了室外。

十月的温度还是偏高，但晚上的风已经带上了凉意。

她才发现，整个别墅的灯都打开了，包括室外的花园草地。柔黄的灯光映衬着水和郁郁葱葱的绿植，宛如美轮美奂的现代水榭，很漂亮。

家对华榕来说，一直都没有什么具象。之前在华家时谈不上差也谈不上多好，所以也一直谈不上期盼跟渴望。

但不知道为什么，此时在江云深的背上，她的脑海中自动勾勒出一幅幅画面。路过那大片看起来柔软的草地时，她竟幻想出两只威风凛凛的狗跟一个几岁的孩子嬉闹追逐的画面。

她心里一动，道："江云深，你喜欢宠物吗？以后我们养两只狗狗吧。"

"你喜欢就养。"

"嗯……"她陷入想象般地自言自语道，"养一条金毛，再养条什么呢？"

男人浅笑："边牧吧。"

“好呀。”

江云深带她在别墅转了一圈，很快她就想不起来开始受到的惊吓是种什么感觉了，只觉自己的身体都轻了，蹭着男人的脸道：“我饿了，你煮点夜宵给我吃吧。”

“公主殿下，你喜欢我的原因，不会是我刚好满足了你的食欲吧？”

静了片刻，女人语气认真地道：“要是这样的话，在戴上你的戒指前，我是不是得去试试其他人？”

“你信不信我现在就把你就地正法？”

她信。

她哼道：“这不是你自己说的吗？聪明人说的话我总得认真考虑一下啊，万一你说对了，我岂不是要悔青肠子？”

江云深淡淡地道：“你要这么想露天的话，我成全你。”

自己挖的坑还威胁她，哼。

她又去蹭男人的脸：“饿了，给我做吃的。”

“夜宵可以做，我有条件。”

华榕：“江云深，你去东京半年变得出息了，给我弄点吃的都要谈条件了。”

男人突然停住脚步，把裤兜里的那个锦盒又拿了出来：“戴上它就给你做。”

这一幕怎么有种似曾相识的感觉。

“我不戴，你就不给我做了？”

他懒洋洋地道：“让人买了送过来。”

她气嘟嘟地道：“我还在考虑中呢，你就是这么表现的？真嫁给你了还不定怎么样。”

江云深：“看我把你惯成什么样子了。”

“我怎么了？”

“要人送饭来喂给你吃还不行，非得要我亲手做才算，你说是什么样子？”

她沉默了一会儿。

女人白玉般的手伸到他的面前。

江云深看着，勾唇笑出了声。他打开锦盒，将在光线下熠熠生辉的钻石戒指取了出来，缓缓地套在了她右手的无名指上。

华榕忍不住故意在他耳边嘀咕了一声："反正也只是订婚。"

"套上我的戒指，你以为还有能取下来的那天？"

她一本正经："那是肯定要取下来的，钻石太大很容易硌着，天天戴多难受啊。"

因为还没有住进来，所以冰箱里的东西并不多，不过为了以防万一还是放了点进去，做个简单的夜宵还是足够了。

古人说，饱暖思淫欲，久别胜新婚。

这些都是在漫长的时光里提炼出来的精华和智慧。

抵死缠绵到半夜，华榕这才疲惫地在男人怀里沉沉睡去，一夜好眠无梦。

早上的阳光是一种清透的薄暖感，华榕迷迷糊糊睁开眼，无意识地抬手扶着自己的额头，视线一清明，她就看到了手上光芒璀璨的钻石。

昨晚的记忆涌入脑海，她偏过头，男人俊美的脸近在咫尺。

她侧身面朝他，手指缠上自己的长发，发梢轻轻地挠着他的脸。

他微蹙起眉。

她准备换个地方再继续，没有任何缘由，她脑海中突然浮现出一个早该出现的念头。她动作一顿，掀开被子捉起男人的左手。

江云深睡得浅，大概是后知后觉到了她的动作，低声模糊道："榕榕，别闹。"

"江云深！"

他睁开了眼睛。

她抓着他的手腕举起他的手："戒指呢？我送你的戒指呢？"

她就说她昨晚老觉得自己好像忘记了什么重要的事情，潜意识捕捉到但被无视了。她竟然都没有注意到，他手上没有戒指。

是昨晚事情太多了，她的情绪太满了吗？

还是他很少把左手露在她的面前，再加上他戴戒指的时候都不在她身边，所以她没在第一时间意识到。

YUN SHEN JI XU

第十三章

丢失的戒指

江云深因为刚醒，眼睛有些睁不开，听到这个，瞬间就恢复了清醒。

他坐起了身。

“榕榕。”

华榕一下就预感这件事会让她不愉快。

江云深很少露出这样的表情。

他从来都是从容不乱的，哪怕去东京前提到她爹让他们结婚有目的时，他说不知道也是坦然不迷茫，代表他即便真的不知道，也能应付。

他黑色的短发微乱，俊美的脸因为昨晚的疯狂而染上一两分性感。

华榕张了张口：“你把我的戒指弄丢了？”

他嗓音低迷：“这件事本来发生的时候我就应该告诉你，但我们不在一个地方，你又在拍戏。所以考虑后，我还是打算回来再告诉你。”

华榕觉得，事情可能比她预感的还要不愉快。

她看着他，不说话。

他哑声道：“戒指被人偷走了。”

华榕：“……”

她脑子里第一个念头是，真荒唐。

第二个，他是不是有别的女人了。

她半晌才开口：“你怎么不告诉我，你走在大马路上被人抢劫了？”

“之前流感，我烧得很严重，住了两天的院，吃了药昏睡了。”

“女人？”

她虽然是问了句，但基本是肯定了。

如果不是女人，如果不是牵扯到了别的女人，只是作为“财物”被人偷走了，她再不愉快，他也没有隐瞒的必要。

“我是根据时间和那天进出过我病房的人推测出来的，她身份特殊，也没有人能作证。她可能会拿这个戒指来找你。”

华榕听到这里已经不想听下去了，她转身下了床，赤脚踩在地毯上，趿着拖鞋就往浴室里走。

江云深扣住她的手腕：“榕榕。”

“我去洗个脸。”

他没松，反而握得更紧了，沉声道：“你不要把事情往歪的方向想。”

“我要去洗脸，洗完再听你说，行吗？”

“我跟她什么都没有。”他顿了一下，说，“如果我在东京，或者任何地方有过对不起你的事情，你爸都会第一时间告诉你。”

“如果真的那么轻描淡写、无关紧要，我猜你在电话或者视频里早就告诉我了吧。”她闭了闭眼，“我最后再说一次，我要去洗脸，你别逼我现在就跟你翻脸。”

江云深的目光暗淡下去，手骨上的力道蓦然一重，几乎让她发痛，但随即又松开了：“好，等你洗漱完我再跟你说。”

华榕进了浴室，顺手就把门反锁了。

她深吸了一口气，走到盥洗盆前，干净的镜子里清晰地倒映着她的脸庞。

生病，女人，戒指。

别墅里早已经备好全新的日用品。

十五分钟后，她打开卧室的门。

已经穿好衣服的男人就站在门外，他衬衫的扣子都没扣，露出领口下的小片胸膛，袖口也是随意堆叠起。

她洗漱完，脸上没有了水珠，仿佛还残留着冷水的温度。

一头长发已经全部被她扎成了丸子状，只余下一些碎发。

她往外面走，男人拉住了她的手臂。

华榕抬着脸看他，突然笑了一下："江总，你知道吗？男人通常只有在清楚自己做了什么事情的时候，才会迫不及待要解释。"

江云深拉过她，一把将她抵在门旁边的墙壁上，双手撑在她的腰侧，以这样的姿势将她围困在自己的怀里。

"我解释，是因为她可能会让你介意，让你觉得不舒服，但我对她没有任何意思，没有过任何逾越关系的举动。"

华榕用冷水洗完了脸，已经冷静了许多："姑且当作你刚才说的话是真的，你生病、发烧、昏睡，她趁机拿走了你手上的戒指。"

"代表你们关系匪浅，至少她会在你生病的时候去看望你，看望还是你单方面的说法，是照顾也说不定。"

他眼睛里的温度骤降："华榕！"

"好吧，就当是看望，没有照顾。"

华榕继续："你刚才还说了，她会拿着这个戒指来找我。哦，小三向正牌挑衅的一贯无聊戏码，我不相信完全唱独角戏的女人会有勇气这么做。如果你们之间真的一点点的事情都没有，何况她准备挑衅的那个人还是我。"

"她是星澜一个董事的女儿，她家跟江家当初交情不浅，两家来往，我们自然也有来往。她跟我同龄，我在海城念书的时候，她跟我一个学校，一个班。"

华榕愣了一会儿。

她好像这时才突然意识到，江云深来到华家之前的人生并不是一片空白的。

她下意识把他过去所有的人际关系简单地划分成了两种，已经过世了的他的父亲跟妹妹，他憎恶或冷漠的其他人，父亲和妹妹以外的亲戚。

他十三岁来到华家，十三岁是个有朋友，甚至可以喜欢上别人的年纪了。

只是他切得太干脆，像是完全断层了，以至于给她一种他的过去是空白的错觉。

"两家世家，从小一起长大，青梅竹马？"

"不是，只是因为这一层的关系比较熟。"他顿了一下，淡淡地道，"生意做得大的家族，各种关系的来往也多。这个你也清楚，我跟她差不多也就这样，又因为一直是同学，所以更熟一点。但她对我来说，除了这些之外，算不上多特别。”

“她跟我表过白，但那已经是十多年前的事情了。这些年江跃关注我的动向，星澜其他董事未必没有听到风声，她可能也知道，所以我去东京后，她后脚就跟了过去。”

“如果我没猜错的话，星澜那边的人还是想借着各种方法让我回星澜，她或许也是因为这个原因过去的。”

华榕顺势将身体的重量都依托在了墙壁上，思考似乎要耗去她很多的力气。

“十一年前是单恋版的青梅竹马。”她说，“那在东京呢？单恋版的朋友？”

“榕榕，她的殷勤我可以无视，她做什么也都跟我没关系，但她是星澜董事的女儿，除非她像叶霜那样做事过界，否则我没法对她做什么，毕竟会在明面上牵涉华时和星澜的关系。她拿了我的戒指，我也只是推测。当时我昏睡，没有意识，没人看到，没法证明。”

华榕点点头：“她在你身边待了半年，你现在才告诉我。你说对了，我确实介意，而且连跟你待在一起都觉得不舒服了。”

话一说完，她就抬手将男人的手臂推开，走过去要拿已经被放在床上的衣服。

江云深几步就追上了她，又从后面揽住了女人的腰，再度抱住了她：“你要去哪儿？”

她头也不回，试图掰开男人箍上来的手：“回家睡觉。”

“在这里睡。”

“我累得很，没心情跟你吵架，放开。”

她现在是真的觉得累，从昨天到现在。

先是杀青宴后的放松到满怀期盼的准备飞东京，然后半路被“绑架”的惊悚，发现是他的惊喜跟喜悦，接着就是久别重逢的甜蜜。

直到发现他的戒指不见了。

现在还被告知，他有个青梅，那个人还跑去东京跟他待了半年。

而且她完全不知情！

“我今天没有排工作。”男人的下巴抵在她的肩膀上，“所以，今天一整天我都会跟你待在一起。”

他声音温柔，但态度却是绝对强势。

华榕一下就火了，她转过身用力挣脱男人的怀抱，但是失败了。

她深吸一口气，灼灼的目光逼视着他："你真是把每件事都安排得井井有条啊，今天没有排给工作，是特意排给我的？因为你早就料到了我会生气，我这关不好过，所以准备好花时间来哄，对吧？"

"昨晚的惊喜和求婚也是，特意营造出想念跟缓冲的氛围来铺垫这件事产生的后果，这也是你计算好了的吧？"

华榕冷笑了一下："江总，你到底知不知道，你越是这样如临大敌、花费心思，就越没办法让我相信你跟她没什么。"

江云深手指紧握着她的手臂："她在公司工作，一个小职员。"

职员？

一个星澜董事的女儿跑到华时的分公司去当小职员？

华榕闭眼再睁开，愤怒到极致就是连火都发不出来："还有吗？"

"没有了。"

"有星澜那种级别的集团董事当爹，还能跑去对家的分公司当个小职员？都是豪门出生，论深情我真是自愧不如。"

江云深皱起眉："富二代这么多，选择什么活法的都有，想要自力更生的，游手好闲当纨绔子弟的，每个月拿着父母几十万的零花钱去干几千块工作的也不是没有，跟感情没关系。"

她冷笑："那你为什么要留着她？"

他静默片刻，才道："她是通过正规的面试流程进来的，我不管公司的人事，她也没犯过让我开了她的错误。"

"有理有据。"华榕面无表情，"可以放开我了吗？"

男人非但没松手，手臂圈得更紧了："如果你准备回十月红，我跟你一起回去。"

"你还真是无话可说到只能耍无赖了。"华榕怎么都没办法掰开男人的手，气得她直接就去拔戒指。

江云深瞳眸一缩，伸手就握住了她的右手。

"你摘戒指是什么意思？"

"我送的戒指，你让它落在了别的女人手里，现在还来管我摘不摘戒指？"

"我说了我跟她没什么。"他死死捏住了她的手，不让她动，"还是你心里已经判定我跟她有染？”

华榕回过头，对上他的眼睛一字一句：“我怀疑你跟她有染，可以摘吗？”

死寂了片刻。

“我没有。”男人的黑眸如被打翻的墨，情绪混杂在了浓浓的暗色里，声音低沉而略紧绷，“不准摘。”

她实在是觉得这样的干耗没有任何意义，调整了下自己的呼吸：“那你就松手，要么把我放开，要么我把你的戒指扔了。”

两人在僵持中对视了五秒钟，寂静无声。

江云深缓缓收回了抱着她的手。

她头也不回地走到床边：“出去，我要穿衣服。”

身后似乎静了会儿，没一会儿后，她听到脚步声跟门被带上的声音。

衣服在床上，是新的，大概是刚才她在洗漱的时候男人从衣帽间里替她拿出来的。

华榕换上衣服后就离开了卧室，到了客厅。住久了公寓，前面半年又在剧组拍戏，基本待在酒店里，她一时都不能习惯这么大、这么安静的别墅。

本想直接走掉，但她昨晚是被迷晕了带过来的，包跟手机都不在身边，连出租车都打不到。

她在客厅里叫了句：“江云深。”

别墅太大了，叫一下都没人应。

她想了想，往厨房走去，果然看见了男人的身影。

她才走到门口，江云深就听到动静回了头：“早餐等一会儿好。”

“不吃。”谁有心跟他一起吃早餐，“你把我的包跟手机拿给我。”

“吃完再走。”

“我说不吃。”

“吃完我陪你去。”

华榕刚才换衣服再到下来的这个过程，觉得自己的情绪已经平了下去，可这个男人三言两语就有让火苗燎原的趋势：“把我的东西给我！”

江云深看了她一会儿，转身关掉了正在烧的水，扯过两张纸擦掉自己手上的水，然后朝她走去："你的包在车上。"

华榕跟着他到了停车坪。

她伸手："给我。"

江云深拉开了副驾驶座的车门："我陪你去。"

他也不问她去哪儿，甚至不说我送你去。

言下之意很明显，他今天缠定她了。

华榕看了他一眼，面无表情地上了车。

江云深绕过车头上了驾驶座，车很快开出了别墅。

华榕仰靠着，闭上眼睛冷淡地道："我去我爸那儿。"

她不说话，一路安静。

手机突然振动。

华榕的手机在包里，她都没心情拿出来看，振动的是男人随手搁在前面的手机。

她下意识睁开了眼，恰好就看到屏幕上的名字：高若朦。

男人腾出一只手挂断了电话。

一旁的女人冷冷地道："没我你也会挂吗？"

江云深偏头看着她冷艳的侧脸，喉结动了动："你想接？"

华榕一声冷哼，转过了头，态度明显。

她最多打击一下一厢情愿纠缠的小三。

对勾搭成奸，或者有成奸这个倾向的，她两个都不想搭理。

骨节分明的手指一转，点了接听，顺便打开了免提。

轻快甜美的软糯声音很快响起："云深，你起床了吗？我有没有打扰到你？"

江云深淡淡道："什么事？"

"这两天休假，我帝都的朋友找我过来玩儿，我就过来了？你有时间吗？我们一起吃个饭，叫上你女朋友也可以。"

"没有。"

"哦。"她语气很失望，但跟着又打起了精神，"那好吧，我上次听林临说，你丢了那个戒指，然后你专门找品牌那边重做了一个一模一样的，做得怎么样啊？会被看出来吗？"

男人语调依然很淡："还有事？"

高若朦委屈地道："你怎么总是这么冷淡啊？明明小时候我们还

玩得很好，我是你最好的异性朋友了啊。虽然我喜欢你，但我也没打扰你吧，你把我当普通朋友处不好吗？”

“没事就挂了。”

那头可怜巴巴地道：“好吧，我不打扰你了，拜拜。”

电话挂断。

华榕头偏向窗外,闭着眼睛一言不发,甚至一动不动,像是睡着了。

她总算是明白，为什么女人对女人的恶意总是最大的。

这女的要是跟她完全没什么干系，打电话的对象不是她男朋友，她可能还会漫不经心地想，是个挺可爱的妹子。

现在……说话就说话，这么委屈巴巴的，真恶心。

路上，江云深跟她开口说话，她全都装睡不理。

直到车快开到华家别墅的附近，她才坐起来睁开了眼：“送我到门口就行了，不用你跟着我进去。”

“我回来了，本来就应该看望你爸的。”

“那你自己挑个时间，别跟我一起。”华榕侧首，“你不会想在我爸面前跟我吵架吧？”

黑色的宾利还是停在了华家别墅的门口。

华榕低头解安全带。

“我等你。”

“我中饭、晚饭都在这儿吃，你走吧。”

她伸手去推车门，正准备下车另一只手被男人抓住了：“十点半前你不出来，我就进去找你。”

华榕回头给了他一个冷笑：“你找我我就能跟你走了？”

说罢她抽出自己的手，下车大步进了门。

车里，江云深注视着她渐行渐远的背影。直到她消失，他眸底的情绪才一点点淡了下来，身躯往后靠，波澜不惊地看着前方。

作为华时的董事长，华东森大概就是想去公司的时候就去溜达一下，不想去就在家了。

华榕今天回去刚好撞上他在家。

他正戴着眼镜看一本书，旁边苏净端着茶跟小点心在他的旁边，一起身就看到了华榕。她先是一怔，随即讶道：“榕榕回来了。”

华东森闻言也抬起了头。

“爸，苏姨。”她照惯例淡淡打了个招呼。

“哟，杀青宴完你不跑去东京跟你男朋友亲热，怎么有这个闲情跑这儿来了？”昨天晚上的杀青宴，她因为准备去东京，所以中午回家吃了个饭，按理说是不太可能今天又来的。

华东森的视线从她身上掠过，很快就落在了她右手无名指上那硕大又惹人注目的戒指上，眼睛眯了下，不咸不淡地了然道：“原来是他回来了。”

华榕走过去坐了下来：“对啊，昨晚回来的。”

华东森将书倒放，漫不经心地问：“你这是打算结婚了？”

她点点头：“他昨晚跟我求婚，说先订婚，我同意了。”

华东森轻描淡写：“那订吧。”

华榕愕然。

“爸，你说什么？”

华东森端起一旁的茶，轻轻吹了吹，又浅抿了一口：“你不是戒指都戴上了吗？”

“你同意了？”

“年纪轻轻，耳朵就不好了？”

华榕皱起眉：“你之前不是还说他其实不想娶我吗？”

华东森懒散地道：“现在不是要娶了吗？”

“爸，你抽风了？”

“你怎么说话的？”

“你不知道他的小青梅跑去东京缠着他吗？”

“你才知道啊。”华东森拿眼睛斜睨着她，嗤笑，“我还以为你早就知道了呢，东京那边的公司人人都知道啊。那姑娘一天三餐亲自给他做便当，每天给他送玫瑰花，听说还每天问候，雷打不动。他病了住院，她衣不解带、半步不离开地照顾他……太多了，我听了都感动。”

华东森说：“有这么个疯狂倒追他的，他还能回来娶你，可能是真的喜欢你吧。”

“你怎么都不告诉我？！”

“这不是应该由他告诉你的吗？要我来说，你不又觉得是我在挑拨离间了。”

华榕快要气死了，她越来越觉得她爹和江云深是一种人了。

她呼吸急促，花了半分钟才冷静下来：“那他跟那女的到底有没有怎么？”

“出轨？”华东森好整以暇，“那要看你怎么定义出轨了。”

“什么意思？”

“他这个段位的男人，轻重在他心里一目了然，除非真的做好了跟你断的准备，否则就算有什么，也一定不会留下证据……即便真的情难自禁，那也一定得保证四下无人，怎么可能给人逮个正着。”

华榕咬唇看着她爹。

“至于精神上的，你也说了，那是人家的小青梅，是他家变前的朋友，那关系可比现在纯粹多了。听说他小时候就很早熟，而且沉默寡言，跟现在不同，那姑娘一直跟着他，就算是现在，那也是挖空了心思对他好。人家姿态比你低，比你懂事，他有所动容跟心动，人之常情嘛，不然他怎么会留这么个小炸弹在身边。”

“好歹管住了自己，不错了……嗯。”

华榕：“爸，你拉仇恨值的功力真是又上了好几个台阶。”

“这人是你自己发现的，还是他告诉你的？”

“他告诉我的。”

华东森赞道：“真聪明，坦白从宽，要等你自己发现，可能会把戒指砸他的脸上，啧啧。”

华榕听不下去了，本来打算在这儿要到点别的答案再顺便避开江云深，但现在她就想一个人待着。

华东森听她说要走，摆摆手也不留。

华家别墅外，江云深咬着烟，他本来做好了这女人在里面待一天的准备，没想到不到半个小时她就出来了。

而且，她的脸色比进去时更难看了。

江云深熄灭了烟，推开车门就下了车。

华榕本是想直接绕过他，但江云深又哪是她能绕得过去的，几步就跟上她的脚步拉住了她的手臂：“榕榕，怎么了？”

其实华榕知道她爹说那些话的目的是想挑起她对江云深的怒火，但目的是目的，事实未必不是事实，她爹也不可能凭空捏造些压根儿不存在的事情出来。

“放开。”

“你爸说什么了？”

华榕在她爹说那些话的时候就已经气得心肺欲裂了，这会儿见着他只会更加愤怒。她哪还能容忍自己的手被攥着，硬是抽了出来，顺便把右手的戒指一并拔下，往他身上砸去。

戒指从他的身上滚落到了地上。

上午阳光明媚，钻石在光线下流光溢彩。

“我不管你跟她到底有没有什么实质性的关系，是不是动过心，有没有趁着天高地远发生过什么见不得人的关系，我只知道江总曾经因为我要留下一副前男友的画而大发雷霆。画我不能留，你留的是人。我还记得你走之前跟我说，不准有任何的绯闻，有了要第一时间解释，可能你被一个女人追得全公司传得沸沸扬扬不算绯闻，是事实？”

华榕往后退了一步：“我再说一次，我今天听得够多了，现在什么都不想听，只想一个人待着。如果你非不如我的意，我就只好多叫几个保镖还我的清静。”

她看着他欲伸出却停在半空中的手，毫不犹豫地转身回了华家别墅。

对着第一个遇见的保镖道：“帮我去我爸那儿拿一把车钥匙来，就说我要开辆车走。”

华东森上了年纪，不像慕西洲、徐觐欢这些年轻人集邮似的收集各种名车，但车库里无疑也停着一排豪车。

最后是司机出来了，说：“大小姐，华董让我送您回去，说免得您气急攻心出了车祸。”

华榕不想看见那男人，车开出别墅的时候索性闭上了眼睛，直到车开出五分钟，她才睁开了眼睛。

前面司机从后视镜里看了眼，道：“大小姐，江总的车跟在后面。”

她冷道：“随便他，不用管。”

如果到了十月红他还死缠着她。

就让保镖扔他出去好了，她心里想着，真当她好欺负吗？她的追求者如过江之鲫，可不是谁都能缠上她。

车在十月红停下。

江云深在她下车后就跟着下了车，但只远远看着她，没有再跟上去。

华榕回到自己的公寓，刚一进门，包里的手机就“叮”了一声。

她换了鞋往客厅里走，顺便拿出手机。

屏幕上躺着一条短信：我晚上来找你。

她冷哼一声，把手机往沙发上一扔就回卧室去睡觉了。

昨晚她被那男人欺负了半宿，早上他就给了她这么大一个惊喜。

华榕一觉睡到中午，因为早上没吃东西饿醒了，睡衣都没换就回客厅拿起手机，准备让非晚给她买份餐过来。

一解锁就发现屏幕上有两个未接来电，是没有备注的。

她皱皱眉，还没想好要不要回过去，屏幕就进入了来电模式。

号码就是那个没有备注的未接来电。

华榕大概能猜到是谁，她嘴角勾出一抹冷笑，点了接听。

“你好，请问是华小姐吗？”

那声音软软糯糯的，如果是素不相干的陌生人，她可能还会觉得这说话的人讨喜。

华榕冷淡地道：“你打电话前不知道自己打的是谁的电话吗？”

那头顿了一会儿，才有些委屈地道：“华小姐你好，我叫高若朦，我有点事情想跟你见面聊聊。你有时间吗？我请你喝咖啡。”

华榕懒散道：“我没有兴趣呢。”

“是很重要的事情，我特意从东京飞过来的，过两天可能就得走了，是跟云深有关的事情，你难道不想知道吗？”

说实话，她兴致不高。

江云深的私事，他愿意分享给她，她就认真听着，如果他不愿意，她也没多大的兴趣从其他渠道窥探，她又没有窥私癖。

华榕没说话，那边又怯生生地道：“华小姐，我是云深小时候的朋友，我没有恶意的。”

她红唇翘起，懒洋洋地道：“好啊。”

挂了电话后，她把手机扔在沙发上，起身就去衣帽间换衣服。

在家还可以随意些，见任何对手都必须武装，这是华榕一贯的处事原则。

但不是那种一眼就让人看出来似是如临大敌般的精心打扮，要美得轻慢，美得漫不经心，美得我不把你放在眼里，但我就是能把你碾成渣渣。

她肚子饿，又不想跟倒胃口的人一起吃饭，索性自己先找了家餐厅慢条斯理地把午餐吃了，然后才悠闲地去赴约。

地点是高若朦定的，好像是一个很有背景的二代开的会所，在圈内挺有名的，是会员制。

华榕去得晚，一走进去就看到有人朝她招手。

高若朦的长相和气质让人觉得她很小，个子估计才一米六左右，瓜子脸，尖尖的下颌让她的脸看起来更小了。她穿着白色的 T 和蓝色背带牛仔裤，扎着丸子头，气质很软萌，像个小女生。

不过高若朦不是一个人来的，她身边还坐着一个同她年纪差不多大的女人，有点眼熟，可能也是帝都的哪个名媛吧。

华榕踩着高跟鞋走了过去。

一走近，她明显看到高若朦满面的笑容僵了一下，手指也无意识般握紧了。

那是做全了准备，却在临阵时蓦地输掉了一方底气的表情。

华榕很美，这是众所周知的事情。

可似乎每个见到她本人的人心里都要免不了再感叹一句：原来她真的这么美。

她的五官像是出自上帝之手的艺术品，肤白唇红，颜色鲜妍，眉眼更是生得极好，浓密如海藻的长发被随意地拢到了肩膀的一侧。

气质慵懒，傲慢不敛，像是生来高高在上，明艳动人，华贵逼人，美丽灼人。

华榕不顾旁人的眼光，自顾自地坐了下来，懒懒地道：“说吧，找我什么事。”

高若朦坐在她的对面，然后低头从包里翻了翻，拿了一个东西出来，然后伸手递到她的面前：“华小姐，这个戒指你认识吗？”

华榕很随意地瞥了一眼，没什么兴趣，冷淡道：“你的戒指我怎么会认识。”

高若朦将戒指放在她的跟前，歪着头一脸无害，笑道：“要不要仔细看看？”

华榕拿了起来，捏在手指上翻转着看。

十秒后，她掀起眼皮抬了眸，语调难辨地道：“这个戒指很像我送我男朋友的，可是我送他的戒指他戴在手上啊。”

高若朦像是很吃惊，愣住了般道：“是……是吗？”

华榕蹙起眉，指尖细细摸着指环内部：“里面有我名字拼音的缩写，你从哪里来的？”

高若朦愣了一下，好像是很意外她会这么问，对着她的眼神闪躲开，含糊地道：“我意外捡到的。”

她似冷笑了下：“捡的？”

“对……对啊。”

“你怎么会捡到他的戒指？”

“我……我在公司捡到的。”高若朦抬头看了她一眼，很慌张地道，“云深的戒指还在吗？那……那可能是我搞错了吧，我看戒指上有你的名字缩写，就以为是你的了。”

“在公司捡到的？公司里那么多人，怎么偏偏是你捡到了？”

一旁那个始终没开口的女人皱皱眉：“榕公主，若朦特意跑一趟来给你送戒指，你用不着像是对待罪犯一样咄咄逼人吧，她又不欠你。”

华榕心头泛起重重的冷笑。

她低头看了一眼面前的咖啡，不知道还烫不烫。

华榕轻慢地冷漠道：“你拿了一枚跟我男朋友手上一模一样的戒指跑来找我，我知道你是什么居心？”

“既然云深的戒指还在，那这枚戒指可能只是刚好跟你是同款同缩写，抱歉华……”

“若朦，你跟她扯这些，她又不会感谢你，你不如直接告诉她，你和江云深早就认识了，刚好在东京又遇到了。故人重逢偶尔来往，这枚戒指是他不小心掉在你家……”

“素素，你别乱说！”

“我说的都是实话啊。”

华榕：“这枚戒指，是他掉在你家的？”

高若朦一脸慌张：“华小姐，你别误会，半个月前我发高烧在家昏迷了，云深担心我出事，所以来找我，这枚戒指可能是那个时候不小心落在我家了。我也是前两天打扫房间的时候在角落里发现的，本来想直接还给他，但他回帝都……”

“啊！”

一声尖叫响彻会所，会所其他正在说笑的人诧异地看了过来。

高若朦被泼了一脸滚烫的咖啡，从头发到脸上，全是深色的咖啡渍往下滴，又弄脏了衣服。

她满脸呆滞，又满身狼狈。

一旁的女人怒叫："华榕，你疯了吗？"

华榕站起身，居高临下，微笑道："我这个人呢，基本是从来不主动找小三麻烦的。男人要出了问题，没有小三也有小四，就算把你大卸八块，我的脸还是丢了。"

"不过……"她的脸色蓦然一变，彻底冷了下去，"抢我的东西，还抢到我的面前来了，不管这样东西好还是不好，我要还是不准备要了，伸到眼皮子下面的手，每一只我都会砍掉。"

高若朦显然没想到华榕会突然出手，而且是当着这么多人的面。她震惊地睁大眼睛，像是还没反应过来，眼底的情绪甚至都来不及掩饰，又茫然又愤怒，整个人都在发抖。

那个叫素素的女孩也被这突如其来的变故气疯了："华榕，"她讥诮地道，"人家本来就是青梅竹马，你长这么漂亮的一张脸却管不住自己的男人，就只会当众欺辱情敌吗？"

欺辱？

情敌？

这话里话外的意思，都是坐实这女人真的跟江云深有一腿啰。

"啪！"又是清脆的一声。

别说华榕是公众人物，谁都认识她的脸，就是能够出入这个会所的人，没几个不知道华时千金榕公主的，她有这么猛，一点都不带意外的。

素素的脸直接被扇得偏到了一边，火辣辣一片，比高若朦更难以置信的自然是一脸呆滞的叫素素的女孩。

"我管不管得住我的男人是我的事。"华榕凉漠又傲慢，慢条斯理地道，"这个巴掌是我教育你，男人渣不是你贱得理所当然的借口。"

"华榕，你竟然敢……"

"我有什么不敢的？"华榕挑起眉冷眼看了过去，嗤笑，"这点觉悟都没有，也敢跑到我面前来，当我华榕是任人拿捏的软柿子，还是可以被你们溜的傻狍子？！娱乐圈、阔太太这些我早就看腻了，看烦了。”

高若朦抽出纸巾，僵硬而没有章法地擦拭着自己脸上的咖啡。

她显然也没有受过这种当众被“辱”的待遇，那种愤怒的颤抖还没有压制下去，但还是强行让双眼镇定下去，冷冷地问：“华小姐，你这是什么意思？”

华榕勾了勾红唇，冷艳的味道更甚，话却是微笑着说的：“今早高大小姐给江总打电话的时候，我就在旁边呢？”

高若朦脸色一变。

“江总还跟我说，这枚戒指是他高烧住院，吃了药昏睡后，被人偷偷拿走的。你跟我说，他是在你家照顾你时不小心掉的。虽然我也不知道你们谁说的是真的，谁说的是假的，不过他是我男朋友，我自然是应该信他的。”

高若朦的脸色应该是更难看了。

但满脸的咖啡算是掩饰了她的苍白。

不过华榕基本可以确定，这女人敢来找自己，是以为，也有可能是江云深让她以为，他不会让自己知道她的存在。

就像他随便挖了个坑，说他定制了一枚一模一样的戒指，然后她就屁颠颠地上了勾，拿着戒指来离间他们。

自以为能算计江云深，啧，她该可怜高若朦吗？

哦，不，她还不如留着这点可怜给自己。

华榕把自己坐下时搁下的包拿起：“高小姐如果觉得委屈的话，就去找那个颠倒黑白的江总好了，或者……”她红唇翘起，嘲弄道，“如果你有那个本事，让江云深为你泼我一脸咖啡，为抽你朋友一个巴掌的事情来找我一个字的麻烦，我就给你当新欢的机会。”

YUN SHEN JI XU

第十四章

江云深，我们分手吧

说完，她就再不看她们一眼，离开座位就准备离开。

“扑哧”一声，听着有点耳熟的笑声在她经过某张桌子时响起。

华榕皱起眉头，偏头，正好看到笑眯眯的徐觐欢朝她招手。

他一个人坐着，桌面上摆着一瓶酒跟一个酒杯，像是在自斟自饮。

她也就想了一会儿，便走过去在他对面坐下了。

徐觐欢抬手打了个响指，让服务生再拿了个杯子过来，随即懒洋洋地笑着：“啧啧，榕公主，你跟韩二竹真是帝都两朵无敌霸王花，简直令人害怕。”

华榕在心里翻了个白眼，无情地道：“我才不会在你这种男人身上浪费这么多时间。”

“我怎么了？”

华榕拿眼睛斜他：“你自己心里没数？”

徐觐欢视线后移，落在后旁朝她们看过来的高若朦和秦素素身上，桃花眼的眼尾往上挑，露出轻佻迷人的笑容。

他笑眯眯地开口：“这是哪家的千金，我怎么没见过？”

帝都排得上号又长得挺漂亮的姑娘，他都如数家珍。

秦素素显然认识他，露出一个很勉强的笑：“徐三公子。”

他眼神怜惜："好好一张脸蛋儿，怎么肿成了这样。"

"你要这么怜香惜玉，我把位置让给她们。"

"哦，不用了。"徐觐欢收回视线，好似刚才的搭讪跟对话根本没出现过，抬手殷勤地给她倒了一杯酒，"榕榕公主比较美，还是对着你眼睛更舒服。"

秦素素的一张脸立即黑了下去，她咬紧了牙关，拉着高若朦走了。

华榕端起酒杯一饮而尽。

徐觐欢挑眉，"哟"了声："你还借酒浇愁上了，难不成刚才被你泼一脸咖啡的那姑娘还真跟江云深有情况？"

华榕一脸郁闷："是啊，说不定还有牛羊在奔跑。"

徐觐欢一愣，随即哈哈大笑，又惹了不少人侧目。

已经走到门口的高若朦和秦素素闻言都回头看了他们一眼。

高若朦问："素素，跟华榕在一起的那男人是谁？"

"他啊，徐三公子徐觐欢，帝都最有名的花花公子，见到长得漂亮的就要撩。"秦素素随即想起了什么，鄙夷一笑，"说起来这俩人也是烂锅配烂盖，都是花心又滥情的，他们就应该在一起，省得祸害别人。"

高若朦看了一眼说笑的俩人，若有所思地转过了身。

华榕喝前三杯酒的时候徐觐欢还没说什么，等她再要倒时，他直接把酒瓶夺了过去："行了，喝酒除了宿醉、头痛，不会有任何的结果，你要是无聊哥哥带你去飙车。"

华榕撇嘴："我可不想被韩竺泼咖啡。"

"那我把她和韩二、温四，还有小五都叫出来。"

华榕还没说话，包里的手机就振动了起来。

她伸手拿了出来，一看屏幕的来电显示就皱起了眉。

徐觐欢一看她的脸色就猜到了是谁。

他笑得很欢："这么快就打电话过来，不会是刚才那小妞儿真的跟他告状了吧。"

华榕握着手机的手紧了又紧。

她身躯往后靠，还是点了接听。

男人的嗓音低沉温柔："榕榕，你在哪儿？"

她冷嘲："你是真的不知道才问的，还是知道了所以才问？"

江云深知道她出门了没什么，甚至知道她的行踪她也不奇怪。可是太巧了，那个高若朦前脚才离开，他后脚就打电话给她。

高若朦告诉他的吗？

早上当着她的面，他作势要挂了那女人的电话，结果呢，背着她还不是照接。

半年都不让她知道这女人的存在，是因为怕她知道了就没法让那女人一直在公司待着吗？

到了现在，他还是照接那个女人的电话。

这么接近的时间，他是觉得她猜不到，还是猜到了也并不打算隐瞒，因为他就是不打算划清界限？

男人没有回答，只是道："我就过来接你。"

华榕闭上了眼睛："不用了。"她说完这三个字后，安静了一会儿才继续道，"江云深，我们分手吧。"

她并不是这一刻才想到这八个字。

只是……

其实冲动时说出口的分手是最容易收回的，可越是深思熟虑的，越到嘴边就会百转千回，吐不出来。

总归是舍不得，又还留有余地的幻想。

舍不得是情浓时，幻想是如果他们真的没什么呢？

好像真的没什么直接有力的事情来说明他真的出轨了，但他们也只能分手了。

可他回避问题的瞬间，她心头一疼，仿佛整个人沉入了冷水中，这句话自然而然就说了出来。

江云深的声音冷沉了下去，冷冷道："我不同意。"

华榕笑了下："分手只需要提出，不需要盖章同意。"

"我现在就过来。"

她淡淡道："你过不过来随便，我要走了。"

说罢，她也不等他的回应，就挂掉了电话。

徐觐欢托着下巴看她，难以置信地问："就因为刚才那个各方面都不如你的妞儿，江云深跟你就黄了？这不是帝都头号青年才俊该有的眼光啊。"

"你没听到是我甩了他吗？"

“被伤害的是你，所以本质上还是他甩了你。”

华榕起身：“反正帝都头号青年才俊看上我这么个任性骄纵、空有皮囊和金钱的女人，照样有人在背后说闲话。”

“你这就走了？”

她扯了扯红唇：“失恋了，回家睡觉去，谢谢你的酒，再会。”

女人失恋后最想干什么？

购物？吃吃吃？运动？

研究数据表明，选择最多的是：睡觉。

别人她不清楚，但她现在就只想回去蒙头睡上三天三夜，谁都别来吵她。

她喝了酒，虽然没到醉的程度，但徐觐欢看她这副大战后失魂落魄的样子，叹了一口气，还是叫了个司机把她送了回去。

华榕回十月红后，第一件事就把门的密码换掉了。

她转身把包往储物柜一扔，脱掉鞋子就准备去沙发上躺着，结果一抬头，她就顿住了。

修长挺拔的男人正倚在她前面的墙壁上，像是等待已久的姿势。

“你跟我发脾气或者冷战都可以，但分手，绝不可能。”

他的声音压低了，给人一种姿态放低了的错觉，可他骨子里，分明就只有强势而已。

华榕没什么表情，开口道：“这是我家，你给我出去。”

江云深站在她的面前，显然是没有这个打算。

她冷嗤了一声，又伸长了手臂拿起被她随手一扔的包，把手机从里面拿了出来，直接翻出了展格的号码。

然而就在她手指点下去的刹那，手里突然一空，整个手机都被男人直接夺了过去。他低头看了一眼，长摁关机键。

华榕一下就炸了：“江云深，你什么意思？这里是我家，那是我的手机，我叫你滚出去，你聋了吗？”

“你要跟我分手的理由是？”

华榕一下给气笑了：“你还问我理由？”

“不能吗？”

“你自己做了什么，你自己心里没数？”

他淡淡地道：“我把戒指弄丢了。”

“刚才我在那个会所里，是你自己查到的消息，还是高若朦打电话告诉了你？”

江云深没说话，意思明显是默认。

“我真该庆幸你这会儿没有死不承认。江云深，你看看你，到了这个地步也舍不得跟她断了联系。”她笑开，“怎么，她没跟你告状自己被我欺负了吗？对了，她可是告诉我，你的戒指是因为在她生病时，你去她家照顾她，才会不小心掉的。”

“如果戒指不是被摘下来的，怎么可能会自己掉？”她嘲讽道，“哦，那可能是你伏在她的床上睡着了吧。”

“我生病住院医院有记录，那两天我也没去上班，公司的人也都知道。”江云深顿了一下，“我对她没有任何暧昧的意思，更没有暧昧的举动，你不能因为这个跟我分手。”

“没有暧昧？”她好似听到了一件多么好笑的事情，眉眼间尽是讽刺，“整整半年的时间，她每天给你做三餐，每天给你送花，每天给你发短信早晚问候，你病了她寸步不离的照顾，闹得全公司的人皆知，你敢跟我说你们之间没有暧昧？”

“你说的一日三餐和花，都在秘书室就被截住了，问候我也从来没有搭理过，至于我生病了，照顾我的是林临。全公司的人皆知我对她没有任何的回应。”

“那你到底为什么要把她留在公司，又为什么到了现在还要跟她联系？我以为她多厉害呢，有坑就往下跳，能扑腾到现在难道不是你纵容的吗？”

江云深低低地道：“你就当我是看在小时候的情谊上没有开掉她，我离开海城后跟所有人的关系都断了，连我养父也死了。她在公司只是个小职员，基本没什么机会跟我见面，我这次再回趟东京处理完那边的事情就会回帝都了。”

华榕闭了闭眼，她实在是觉得烦了。

而且，今天接二连三接收了太多的信息，她实在是累了。

她又转过身拿起包，从里面拿出了那枚她起身时顺手带走了的戒指，面无表情地跟男人说：“你跟我来。”

说罢，她就直接越过了他，打开落地窗走到客厅的阳台上，一把将戒指扔了出去。

戒指上的钻石在光线下发出刺目的光华，然后转瞬间就消失了。

江云深脸色蓦然就变了："华榕！"

她动作干脆利落，没有一丝一毫犹豫，甚至没有任何预兆，让人连阻止的机会都没有。

华榕侧身过来看着他："你明知道这枚戒指在谁的手里，却没有要回来。你不要跟我说你要不回来，你要得回来的，只是你不想付出那个代价，舍不得跟人撕破脸。"刮起的风吹起了她的长发，"这枚戒指是我买的，送给了你，但是你弄丢了，今天也是我拿回来的，我有处置它的权力。"

"我看出来了，你一时半会儿是不打算死心。我今天很累，没心情跟你扯。这样，戒指是你自己弄丢的，你再去找回来吧，等你找回来了，我们再说别的。"

说完她就转身回屋子里。

江云深一把拽住她的手臂。

她面无表情："你弄疼我了。"

他手上的力道松了一松："如果我找回来了呢？"

找回来了就和好是不可能的，他显然也清楚这一点，所以没提这件事，顿了一会儿后，他道："如果我找回来了，你答应我，至少我按门铃找你的时候，你不能因为在视频里看到是我就不开门。"

华榕回头看他一眼，轻笑了一下："我要不答应，你可以不用找了？"

江云深低头看着她的脸，薄薄的唇紧紧抿起："好，我会找到。"

江云深前脚出门，华榕后脚就把密码换掉了。

宋非晚以为她去东京了，今天也没过来，偌大的公寓就只有她一个人，明明最初住进来的时候她没觉得太大，此刻却突然被一片安静的空旷淹没。

她回到了阳台上。

她住的高层别墅，从上往下看，别说戒指，就连人影都只有个小点。

她也没细看，去书房的画架上找了本漫画书回到客厅看，又拿手机给宋非晚打了个电话，让她晚上过来做饭。

"榕榕姐，你昨晚不是要去东京吗？"

她淡淡地道："出了点意外，没去了。"

“哦哦，我买了菜就过来。”

“嗯。”

挂了电话，她就开始翻开了硬壳的封面。

看到三分之一的时候，风突然吹响了玻璃。她下意识抬头看外面，这才发现外面天色不知道什么时候昏暗下来了。

上午虽然也算不上晴天，但还是多云。

这会儿像是快天黑了，她低头看了一眼时间，才四点多，按理说不应该这么昏暗。

变天了吗？

不会下雨吧？

她皱眉，不由得想起了江云深，不会他找着找着戒指，就开始下雨了吧？

那也够应景了。

快五点的时候，门铃响了。因为换了密码，所以她只能起身去开门。

宋非晚两手拎满了东西，喘着气笑道：“幸好我来得快，再晚点可能要被淋成了个落汤鸡。”

话刚说完，轰隆隆的雷声就炸开了。

紧接着，哗啦啦的雨就以倾巢之势落了下来。

华榕从玄关走到客厅，透过玻璃看着外面乌云密布的天跟已经笼罩城市的暴雨。

“把灯都打开吧。”

宋非晚应下。宋非晚知道她喜欢明亮，便将客厅、餐厅、玄关、厨房、次浴的所有灯都打开了，很快屋内和屋外就是两个世界了。

她再次推开落地窗的门。

大雨让世界陷入了迷雾当中，变得模糊不清，只有噼里啪啦的雨声。

但她没站多久，就返回了室内，继续看漫画书。

雨一直没停，忽大忽小，一直到半夜。

晚上十一点。

高若朦撑着一把伞努力地想罩过男人的头顶：“云深，我们明天再找吧．下这么大的雨又这么晚了，怎么可能还找得到呢。”

这会儿雨下得小了，她不用提着嗓子跟他说话声音才不会被淹没了。

江云深依旧是拿着手电，让光线照过每一寸草地跟泥地。遇到灌木他也直接用手扒开，有条不紊，并不慌张，但也不放过任何一个角落。

“要不然你告诉我你丢了什么，我跟你一起找。”

男人依旧没有理她。

这种情况从傍晚六点一直持续到现在，她打电话给他，他没有接，于是让人找了一番，结果被告知他在这个小区的楼下找什么东西。

之后她就过来了，一直到现在。

从她来到现在，整整五个小时，雨大的时候电闪雷鸣，落在人的身上凉气渗体，冷得发疼，小的时候也是淅淅沥沥，基本没怎么停。

他不撑伞，也不让她的人帮忙，甚至她问他在找什么，他也不回答她。

高若朦见他没有半点要放弃的意思：“你这样会生病的！”

男人淡淡地道：“你少烦我一点更好。”

高若朦又气又委屈，用力地在地上跺了跺脚，还是不肯走。

忽然，细碎的光芒在手电的光束下闪烁了起来。

他动作顿住，俯身弯下腰，手伸进灌木里，从泥土中将它捡了起来。

高若朦这才看清楚，那竟是一枚戒指。

这戒指，她当然也认识。

她张口想说什么，但还是忍住了，只死死地握着伞柄。那个华榕，可真是天大的脾气。

此时男人从头发到衣服、鞋子，全都已经湿透了。他的手指骨节分明，将指环在手中转动着，嘴角微微勾起。

江云深收起戒指，这才抬起左手看了一眼腕上的时间，已经十一点多了。黑眸未动，他抬头往上看了一眼。

虽然什么都看不到。

让高若朦意外的是，他竟然没有直接上去找华榕，而是往停车坪走去，回到了车上。

她小跑着跟了上去，在男人拉开驾驶座的车门时，道：“云深，这么晚了，你顺便送我回酒店吧。”

江云深眼皮都未抬，淡淡道：“你不是有保镖？”

说罢他就上了车，倒车离去。

枫桥别墅。

男人一身衣服都在滴着水，发梢的水珠也不断落在脸上。他推门进入卧室，径直走到床头找到放遥控的地方，将卧室里的温度调到最低。

随即又进了浴室，将花洒打开，冰冷的水从头顶淋下。

已经是夏末转秋的季节，今天下了一场暴雨，温度更是降到了最低。这样彻头彻尾的冰冷，让人觉得世界都仿佛冒着寒气。

第二天早上，华榕和宋非晚在餐厅吃早餐，门铃突然响了。

她吃荷包蛋的动作一顿，但也不过转瞬即逝。

宋非晚起身："榕榕姐，我去开门。"

她眸也不抬："嗯。"

门外站的是林临："嘿，江总在吗？"

宋非晚："没有呀，江先生昨晚没在这儿过夜。"

"啊？"林临有些傻眼般，跟着又问，"那榕公主在吗？"

"在呢，在吃早餐。"

"我进去跟她说两句话。"

林临进餐厅时，华榕端着杯子慢条斯理地喝着牛奶，听到脚步声才掀起了眼皮看了过去。

林临笑嘻嘻地问："榕公主，您没有和江总在一起吗？"

"我跟他分手了。"

"啊？"林临这次彻底傻眼了，"分手了？"

"嗯，他不在我这儿。"

林临一下急了："榕公主，可是江总不见了啊，我都联系不到人了。"

华榕抿了下唇："你自己去其他地方找，"她顿了一下，想起昨天下的倾盆大雨，又淡淡加了一句，"去兰溪岸或者枫桥别墅吧。"

林临有些蒙，但这么长时间联系不到人，他还是觉得不太妙，也顾不得问他们为什么会分手，匆匆告辞离开了。

林临在兰溪岸跟枫桥别墅之间做了个选择，果断去了枫桥别墅。

果然，一进去，他就看到了停车坪上的黑色宾利，心里有种不好的预感。他直奔卧室，连敲了好几下门都没听到回应，一咬牙，说了句"江总我进来了"，便拧开门把进去了。

人确实在床上，林临先是大大地松了一口气。

然而他一走近，就发觉事情有些不对。

男人只穿了件黑色的浴袍，松松垮垮的，黑色的短发也乱得厉害，特别没有型。最严重的是，他脸上透着一股不正常的红，而眉宇紧紧蹙起，很不舒服的样子。

林临伸手去探体温，没忍住大叫了一下。

这哪是发烧，这都要烤熟了。

他赶紧拿手机出来准备打电话叫救护车，暗忖江总怎么又病了。他在江总手下几年，江总的身体一直很好，就上回流感，烧得厉害。

但那次流感，好多人都中招了，江总也是被传染的。

沙哑得像是嗓子漏风的嗓音响起："林临。"

"哎，江总。"林临忙应了，"您怎么一回国就病成这样了，我这就给您叫救护车。"

他稍微睁开一点的眼睛又闭上了："不去医院。"

"啊？"

男人哑声淡淡道："叫个医生过来就行了，我不想住院。"

林临愣了一下，转念一想也没觉得不行，毕竟感冒高烧无非也就是吃药挂水，去医院并不会好得更快，于是马上应了下来："好，我马上找医生过来。"

为了不打扰他休息，林临走到阳台去打的电话。

联系好医生后，林临转头看了眼在大床上睡得快要昏迷的男人，也没再进去询问，机智地拨了个电话给华榕。

电话一通，他就立即用焦急的语调道："榕公主，江总发高烧了，现在都烧得昏迷了，您能不能过来一趟？"

电话那边的人好一会儿没说话。

林临疑惑到："榕公主，您在吗？"

"送医院了吗？"

"还没呢，江总说不想去医院，我已经叫了医生。"

华榕"嗯"了一声："叫了医生就行，好好治吧。"

林临委屈地道："榕公主，您不来看看江总吗？"

她淡淡道："我又不是医生，去了也没什么用。"

林临控诉道："公主，你怎么这么无情？"

华榕道："两年前吧，有个男的说是喜欢我，疯狂追我，后来他父母找到我，说他得了绝症，临死前的愿望是能跟我过几天情侣生活。”

“公主，江总只是发烧。”

“他爹妈逢人就说他儿子喜欢我，要见我才能瞑目。我不去，是个无情无义的女人。”

“后……后来呢？”

“我让我爸替他找了最好的医生，不过他还是死了。”

“如果江云深得了绝症，我倒是不介意陪他过夫妻的生活。”

“林秘书，还有事吗？”

林临哭丧道：“没有了。”

“行，你去照顾你家江总吧。”

华榕挂了电话，随手就把手机扔到了一边。

她心烦意乱得厉害，想他到底在下面找了多久，扔下去的时候她就没想着还能找到，又阴暗地怀疑，这男人是不是趁着雨一直下，就一直淋。

不过，她仰脸看着天花板，又闭上了眼，长长地吁了一口气。发烧了又怎么呢，总会好的。

林临很慌张，很迷茫，很无助。江总发高烧的第三天早上，他去测体温，崩溃地发现江云深竟然还烧着！

昨天晚上他走的时候不是好了很多吗？他以为再过一晚应该能退下来，怎么又烧了？

他生怕烧出什么毛病来，赶紧打电话叫来了救护车，把人拉到医院里去了。

他问医生怎么烧了几天都退不下来，因为引起发烧的原因许多，检查身体也没有发现其他的毛病，医生反问他病人是不是没有休息好，或者受寒了。

江总整天在床上躺着，除了起来吃点东西吃点药，上哪儿受寒去。

林临转头看着病床上下意识紧蹙眉宇的男人，忽然间福至心灵地顿悟了。

他走到病床边，俯身弯下腰凑到江云深的耳边，小声地问：“江总，我找公主过来看看您？”

林临总觉得江总已经昏睡了过去，可他一说话，江总又慢慢睁开了眼睛，看他一眼，又闭上了。

默认。

他隐约明白了，公主不来，江总这病是不打算好了。

林临这次不准备打电话，打算亲自去找榕公主，磨也要把她磨过来。临走前他无意中看到江总搁在被子外的手指上那枚银色的戒指。他想了想，招了个保镖过来。

“你就坐在病床边一直守着江总，无论谁来都不准离开，别让任何人动江总和江总的东西，明白吗？”

那位高小姐这几天给他打了几个电话，他都说江总是跟榕公主在一块儿。江总这一住院，不知道她会不会打探到消息找过来。

江总没给她下禁止令，他也不能说不让她进病房。

安排好医院的事情，林临就立即开车到了十月红。

这次是华榕亲自给他开的门。她眯着眼睛，歪头淡笑着，问道：“你怎么又来了？”

林临愁眉苦脸，哭诉道：“公主，你去看看江总吧。”

华榕一怔：“他怎么了？”

“他都烧了三天，再这么烧下去，没准就烧坏了。”

她拧眉：“他不是淋了雨才感冒发烧吗，怎么会烧这么久？”

那男人正是身强体健、血气方刚的时候，淋个雨不小心感冒也就算了，怎么会病得这么厉害。

林临道：“我也不知道啊，医生说他这可能是心病。”

阿门，他这不算是昧着良心吧，虽然医生没说，但……可能就是呢。

华榕没说话，心病?

他什么时候是失个恋还能一病不起的人设了。

林临见她神色动摇却没出声，一脸可怜，再接再厉道：“公主，您就当发发慈悲吧，不管有用没用。”

“好吧。”两个字轻巧地打断了他，“我去。”

林临没想到她这么轻易就答应了，顿时面露喜色。

华榕道：“我跟他在一起的时候他对我挺好的，如果他真的病得很严重，我去看看也是应该的。”

林临一下听出了她的言外之意。

她去是看在过去的情分上，不代表有任何和好的意思。

高若朦站在病床旁边，不断地唤着：“云深，云深……”

一旁保镖道：“江总睡着了。”

高若朦咬咬唇，一低头就不小心看到了男人左手无名指上的戒指。她喉咙一堵，还没来得及怎么动，包里的手机突然响了。

保镖朝她看去，她也只是从包里拿出手机。直看到屏幕上的来电显示，她才看了一眼病床上的男人，匆匆出去了，走到尽头才点了接听。

电话那头是个年轻女人的声音，她淡笑着道：“若朦，我听说云深几天没有去上班，去东京的日程也推迟了，他怎么了吗？”

高若朦气道：“他病了，为了捡华榕的戒指淋了好久的雨，现在发烧。他那个助理还骗我说他跟那女人在一起，害我现在才知道。”

那头静了片刻，才道：“若朦，你有没有想过，你死缠烂打地在他身边，偷拿他的戒指。即便真的挑拨了他们之间的感情跟关系，云深也只更会讨厌你？”

高若朦：“可……可是我爸说他会娶我的，叫我跟他培养感情。我爸也说了，他又不是真的喜欢华榕，就算我拿了戒指又怎么呢，他不会真的生气啊。”

“你偷了他的戒指，他冒雨找了好几个小时也要找到，你的行为跟他的意愿相反，代表你坏了他的事。他喜不喜欢华榕另算，你觉得即便他将来娶了你，是会喜欢你，还是讨厌你？”

“可是难道我要就这么看着他们好好地在一起吗？”

那头依然是淡笑：“既然你爸说了他会娶你，你何必急着破坏他们的感情呢？这只会让你在云深心里的印象越来越差而已。”

“那……那我该怎么办？”

“他找戒指，代表目前不打算跟华榕分开，你就帮他。”

高若朦难以置信地问：“你的意思是，要我帮他们和好？”

那声音是十分轻柔，似循循善诱般：“云深想跟她和好，你帮他，总比惹他厌恶好，不是吗？”

“可……可是他们和好了，那我怎么办？”

“这就要看你爸爸的进程了，海城这边的事情要是妥当了，你还担心华榕吗？若朦，我说得直白一点，如果云深不是因为喜欢华榕而跟她在一起，他肯定也不会因为喜欢你才跟你在一起的。目前你是左右不了他的感情和喜好，你唯一能做的，就是将来跟他在一起的时候，不让他厌恶。”

"至于感情，来日方长，慢慢培养，不要在这个时候给他留下糟糕的印象，得不偿失。"

高若朦的脑子一下就乱了，心脏怦怦怦乱跳着。

对方的声音从容有条不紊，似乎天生就有令人信服的力量。何况，她确实有令人信服的本事，毕竟海城所有的名媛里，没人比她更厉害了。

"好……我听你的，可是我该怎么做呢？"高若朦想起华榕多少是委屈跟怨恨的，"上次我见她，她就泼了我一身的咖啡，还扇了素素一个巴掌，又凶又彪悍。"

那头淡笑着道："我教你。"

林临把他终于请来的祖宗领到医院时，在心里不断双手合十祈求上帝，千万不要遇到那个高若朦，又把榕公主气走了。

然而命运就是如此的充满哲理——越怕什么，越来什么。

病房的门一开，露脸的不是保镖而是年轻漂亮的脸蛋时，他就心想，坏菜了。

榕公主的脾气他多少是清楚一点的，她喜欢时样样都好，但换成了她厌恶的，容忍度是：零。

华榕看着高若朦望着自己的脸，也不意外，只是轻轻地冷笑了一下："林秘书，你应该是知道，我是没法委屈自己跟看不顺眼的人共处一室。"

林临："……"

我知道。

华榕真的不生气，要说她来之前没做好这个准备，那简直是用滤镜在看世界。

毕竟这女人脸皮这么厚，还有个惯着她的。

很难说她对江云深没有抱有和好的隐秘期盼，毕竟这段感情在她觉得还浓烈时戛然而止，哪个女人在这种情况下分手没有幻想过偷偷和好呢。

来这一趟或许也是值得，至少她不用再整天为他的各种可能胡思乱想，焦虑不安。

华榕冷淡地道："我看她是不可能走，我走了。"

说罢她就要转身，手突然被拉住了："你等等。"

华榕挑起眉转身，眯眼看着拉住自己的高若朦。

高若朦只觉得这女人确实气势逼人，令人难以直视。她一咬牙，道："你留下来，我走，"她很快红了眼睛，"云深一直在叫你的名字，我怕你不去，他会烧出毛病。"

林临："……"

这几天除了晚上一直都是他照顾江总，没听江总说过什么梦话啊。

高若朦从病房里出来了："你要是这么不想看到我，我不待在医院就是了。他为了找你的戒指，从下午五点找到晚上十一点多，才病成这样的。"

华榕一怔。

她猜到，或者说知道他是因为那天感冒的，但她确实没想到，他竟然找了那么长时间。

华榕没说话，也懒得再看她，直接抬脚走了进去。

林临咳嗽了一声，使了个眼色，把保镖叫了出来，然后顺手贴心地把病房的门也带上了。

设备齐全的病房里只剩下了两个人。

华榕抬脚走到病床边，低头看着病床上的男人。

他的面容仍然干净英俊，哪怕血色浅白，透着淡淡的病态。即便是沉睡时也蹙着眉头，突显出一种难以形容的脆弱。

脆弱之于这个男人，总是违和得很。

她的视线被一枚银色的东西吸引，下移，转而落在了他的左手上，镶着碎钻的银色戒指完整地待在他左手无名指上，而且……

男人速来干净修长的手上满是斑驳的浅伤。

都像是被什么东西划伤的。

并不深，只是表皮伤，而且过了两三天已经好了，只留下了浅色的痕迹。

她伸手探他的额头，眉头一下皱了起来。她当林临夸大其词，没想到真的烫得惊人，这人怎么会烧成这样。

华榕准备去问问医生，可手刚一离开他的额头，就被一只滚烫的大手握住了。

她怔住。

男人握着她的手放回了自己的额头上，眼睛还闭着，却听他用沙哑得接近模糊的嗓音："很凉，舒服。"

华榕道："我让人去找块冰给你敷着，更凉。"

"不要。"

她忍不住问了句："你是见谁的手都要拽着不放吗？"

男人的眼睛终于睁开了一半，深眸漆黑如墨，又似乎有一层细弱的光铺着："榕榕。"

他发烧了，嗓音更是哑得仿佛有碎石摩擦他的喉咙。可即便如此，却莫名还是有种缱绻的缠绵之感。

她的心脏缩了一下，下意识要把自己的手抽回来。

他似乎是真的虚弱无力，她只轻轻一抽，手就成功地从男人的掌心滑出去了。

他看着她，薄唇微微抿起，眉眼似乎黯淡了下去，但并没有开口说什么。

"你快点好起来吧。"她说，"再烧下去说不定真的要变成傻子了。"

他看着她，弧度极浅地扯了下嘴角，沙哑缓慢地问："你这几天过得好吗？"

"嗯？"

江云深举起手："戒指我找到了。"

她也不知道是什么表情："我看到了。"

他半阖着眼睛，淡淡地道："我这几天没找过你，应该足够你清净休息了。等我病好了，会再去找你。"

华榕没说什么，只是道："你好好养病吧。"

"嗯，我想再睡一会儿。"

华榕还真的愣了一会儿，大约是没想到这男人竟然会委婉地让她走，心口刹那间尖锐地疼了一下，却还是很快起了身："你休息吧，我走……"

她的话顿住了，因为男人的左手抓住了她的手。

"江云深。"

"等我睡着再走吧，反正你也来了。"他闭着眼睛，手上的力道却很牢固，"我不喜欢医院，睡不沉。"

YUN SHEN JI XU

第十五章

订婚宴

“你不要以为你病了就能耍无赖。”

他闭上了眼睛，呼吸沉重，唯有温度过高的那只手牢牢地将她的手攥住。

“江云深，我跟你分手并不是因为什么摩擦或者吵架，不是一时的冲动，不可能因为你耍无赖或者随随便便闹一场，就能当作什么都没有发生过。”

男人没有回应她。

她试了试想抽出来，可他攥得更紧了。

华榕垂目看着他的脸，最终还是没有强制性地把手收回来，任由他握着。

她就坐在之前保镖坐的椅子里，姿势没怎么变。过了差不多半个小时，男人的呼吸逐渐均匀起来，她这才试探性慢慢地把自己的手小心地抽了出来。

她起身出门，拉开门把才走出去一步，转身就对上了高若朦的眼睛。她像是站，哦，不，她像是等了很久了。

华榕还是采取无视的态度，视线从她身上掠过就要径直走过。

高若朦连忙两步挡在她的面前：“我有事要跟你说。”

华榕似笑非笑："你不怕再被我泼咖啡，或者扇巴掌了？"

高若朦脸色一变："我只是想跟你说清楚一些事情。"

"哦？"

"找个地方吧，我相信你会感兴趣的。"

二十分钟后，医院附近的一家咖啡厅。

虽然华榕跟她来了，但并不说话，甚至没有主动看对面的女人一眼，只漫不经心地点着单。

高若朦似极不甘愿般开口："云深手上的戒指，是在东京，我趁他昏睡过去的时候偷偷摘掉的。"

华榕没什么反应。

高若朦看着她冷漠泰然的脸："你是不是很好奇为什么我做了这种事，他既没把我开除，甚至也没对我怎么样？"

华榕掀起眼皮，淡淡地看着她。

"那是因为我爸告诉他，他父亲跟妹妹当年意外过世的事情另有隐情，如果他肯答应在东京的半年时间里允许我以同事或者普通朋友的身份待在他的身边，我爸就把知道的都告诉他。"

华榕眯起了眼睛："隐情？"

"我们家跟江家当初有生意上的关系，一直来往比较密切。据说十一年前海城的世家大族之间都在谣传那场事故并不单纯。我爸跟江家比较熟，又是老一辈，知道得比别人多很正常。"

华榕过了好一会儿才开口："你现在跟我说这些是什么意思？"

高若朦道："我本来是想趁着你们异地，用这半年的时间让他爱上我，可他除了允许我的存在之外，从头到尾都不怎么搭理我，连对普通朋友的感情都没有，更别说爱上了。前几天他花了五六个小时就为了找你的戒指，现在还因为这个病得这么严重。"

高若朦继续道："他喜欢的人只有你，我也不想再继续下去让他越来越厌恶。半年的时间也快到了，他会回帝都，我也要回海城去了。"

"我只是想在走之前跟你说清楚，他对我一点感情都没有，你没有必要因为我的存在而耿耿于怀或者放弃这段感情。"

华榕让高若朦先走了，她一个人在咖啡厅坐了很久。

闭上眼睛思考良久，她从包里拿出手机打了个电话给华东森："爸，我有件事想问你。"

“什么事？”

“江云深的父亲跟妹妹……是怎么过世的？”

她只知道是意外，但不清楚是什么样的意外。

华东森漫不经心：“火灾。”

“火灾？”

“嗯，自己家里，别墅烧了。”

华榕有一会儿没说话，过了大概十秒才试探性地问：“爸，那你听说过什么吗？”

华东森嗤了一下：“十多年前的事情了，我能知道什么？那会儿我跟江家都不在一个圈子里。”

十多年前，虽然华时的发展速度非常快，但也只能算是刚刚挤进了一流，如日中天的还是星澜，是一流的中心，巅峰时代。

“哦。”

华东森随口问了一句：“听说云深病了，怎么样了？”

“淋了雨，发烧，在医院里躺着。”

华东森仿佛真的只是随便问问，也没多说什么，两人闲聊几句后就结束了通话。

华榕对着手机屏幕发呆，她爹现在好像真的不怎么管她跟江云深的事情了，漫不经心的。这次他们分手，他爹别说态度，连过问都没有，反常得很。

现在她是谁的心思都看不透了。

她也不知道高若朦说的是不是真的，如果是，江云深为什么不说？

如果之前是因为他不想把自己过去的私事拿出来说，可闹到了分手的地步，他俨然还是半点要开口的意思都没有。

她越想越乱，心里憋闷得厉害。

一直到晚上快五点的时候，她才回到十月红。

一进门，她就感觉到了某种说不出的异样。

公寓里的灯全部都开着。

是非晚吗？

可是，一般她回家，非晚在的话是会出来迎接她一下。

华榕蹙眉，看了眼茶几上有些乱的果盘，朝里面唤了声：“非晚？”

没人回应，沙发上的抱枕掉在了地毯上，双人沙发里则堆了三个抱枕，茶几上的茶杯还剩下半杯茶。

她的眉头一下皱得更厉害了。

通往阳台的落地窗的门是开着的，她的心跳开始加快，再转身，发现卧室的门也是开着的。

她从包里翻出手机，一边拨电话给保安，一边按着胸口，放轻脚步往卧室里走去。一到门口，她就倒吸了一口凉气。

一个陌生的男人躺在她的床上，上面还散乱了一堆的衣服，一看就知道，全都是她的。

"啊！"

华榕下意识尖叫出声。

那人听到她的声音，睁开眼睛坐起了身，眼睛里闪出一种神经质的光亮，还咧开嘴冲她笑。

她呆滞了片刻，脑袋突然一片空白，顺着本能疯了似的慌不择路地往外跑。

她没回头，但总觉得那人在后面追她。

她跑过玄关，抖着手开了门，什么都没看就往外冲，直接迎面撞到了男人的怀里。

江云深发了几天高烧，身体本就虚弱，不过勉强能走动，毫无预兆地被女人这么生猛一撞，高大的身体往后退了两步，堪堪稳住了身子，没跌倒。

正准备按门铃的林临呆住了。

江云深抬手抱住她，低头看着她惊慌煞白的脸蛋，皱眉问道："榕榕，怎么了？"

华榕抬头看着眼前男人俊美的脸跟紧蹙的眉，刹那间觉得自己产生了幻觉。

江云深很快注意到，她整个人都在微微颤抖。

他的眉头皱得更厉害了，正准备开口询问，一旁林临已经发出了声音："江……江总……"

江云深抬起头。

门开着，抬眼就能看到那个跟着华榕走出来的陌生男人。

大概三十多岁，脸上本就有种病态的寡白，尤其是那双眼睛，亮得不太正常，嘴里还叫了句："老婆……"

男人温淡俊美的脸几乎是在瞬间阴沉了下去，面色前所未有的黑，瞳孔骤缩，溢出冰冷、戾气。

明明他还有些淡淡的病态，整个人却冷厉森然，散发着无声又令人骇然到了极致的气场。

就连接到华榕的电话后马上过来，又凑巧在电梯里遇到了江云深跟林临的两个保安此时都有些不明所以，但隐隐能看出里面的男人不太正常，尤其华榕的样子像是被吓住了。

江云深眉骨剧烈地跳动着，骇人的脸色像是要滴出墨，声音更是仿佛有冰碴："私闯住宅，你们还站着干什么？"

两个保安这才如梦初醒般拿着警棍一起冲了上去。

林临缩了缩脖子，也忙上前去帮忙。

经过门口时，保安听到男人淡漠寒凉的嗓音响起："华小姐是明星，今晚的事情半个字都不允许透露出去，否则……"

"否则"的后面没接内容，但浓厚的警告意味已经传达了出来。

保安忙不迭地点头："我们明白，这件事我一定不会说出去半个字。"

江云深冷厉地扫过地上那男人，喉结一滚，冷声吩咐林临："找两个保镖过来。"他顿了一下，才继续道，"林临，进去检查一下。"

林临立即跑进了屋子里，简单地巡视了一番。

房子里，尤其是卧室明显有被翻过的痕迹。虽然榕公主看起来没有受到实质性伤害，但回家看到个陌生男人睡到自己的床上，那也真是够吓人了。

江云深冷漠道："查清楚这个人的背景，还有他是怎么混进来的，再把他扔到警察局去，找个靠谱的律师解决。"

林临点头："我明白了江总。"

华榕听到那男人叫她老婆，立刻别过脸，连眼睛都闭上了，恨不得能塞住耳朵。

等人被带走，华榕才肯进屋。江云深把她牵到了沙发边，然后转身去厨房里给她倒了一杯茶，结果等他端着热茶回来，她还是站在那里。

她一想到这沙发可能被那变态滚来滚去过，顿时就沾都不想沾。

他注意到她苍白的脸色，搁下杯子去抚她的脸，低声温柔地道：

“没事了，榕榕，什么都没有。你做得很好，下次遇到任何不对劲的事情，第一时间打电话告诉最近的人。”

华榕抚了抚额头，往后退了两步，始终没有坐到沙发上。

她抬头看着他血色略差但仍旧俊美从容的脸，无论如何也无法否定，他的存在和他的声音让她更快平复了情绪。

但是……

她眼神不定，看着他，哑声问道：“是不是你？”

江云深眯了眼：“嗯？”

她的情绪还没有完全冷静下来，手指发麻发热：“这个人，是不是你找来的？”

“我？”

“你不是高烧得厉害在住院吗？为什么来我家了？”

而且早不来晚不来，刚好就在这个时间。

江云深盯着她，确定在她的眼睛里看到了怀疑和质问。他实在是觉得好笑，于是真的勾起嘴角笑了出来：“我找了变态过来……就为了……表演一场英雄救美？”

“为了恶心我！”她倒抽一口凉气，“他拿我的衣服，睡我的床上，还不知道干了些什么！”

华榕想想那些画面就被恶心得语无伦次：“我整个公寓都被他污染了，我怎么继续住在这里……你是不是想逼着我搬出十月红，去枫桥别墅跟你一起住？”

“你的床、你的沙发、你的浴缸，哪样是我没用过的？为了让你搬出十月红，我得连我自己一块儿恶心了！我要是这么做生意，华时都能让我败了。”

华榕看着他：“那你为什么会在这里？”

“来找你。”

“我当然知道你是来找我的。”

江云深收回自己的手：“高若朦给我发了短信，跟我说了她找过你的事情。”他顿了一下，静静地道，“所以我来找你了。”

华榕笑开：“你觉得我听了她说的那些话，就能毫无芥蒂欢天喜地地跟你和好了？”

“我没这么想。”

“哦？那你是怎么想的？”

“我来碰碰运气。”他浅浅勾唇，毫不掩饰地道，“看看我病成这个样子，公主殿下是会心软地让我留下，还是会狠心地把我赶走。我本来就是跟着你回来的，只是走得慢了点。”

华榕自然是立即明白了他的意思。

因为高若朦“替”他解释了，所以他觉得她想分手的理由就没那么稳固，再加上他如今病了，她的态度可能就不会有先前那么坚决。

华榕看了他半晌，才问：“为什么你不自己跟我说？”

江云深垂了眼，语气淡了下来：“没有得到结果，也未必是真的，我没打算跟你说。”

“你就没有想过我们会因为这件事分手？”

“我会把你追回来。”

华榕别过脸，没什么笑意地笑了下。

恰在这时，密码门被打开，宋非晚从外面进来了。她愣愣地看着在沙发前对峙的两人：“榕榕姐，江先生。”

虽然前几天他们好像吵架了，但是情侣嘛，很正常，宋非晚也没多想，问道：“江先生今晚在这里吃晚饭吗？”

不等江云深回答，华榕已经开口了：“非晚，晚饭不用做了。”

宋非晚茫然：“你们出去吃吗？”

江云深伸手握住她的手臂，低声道：“搬去枫桥别墅，嗯？”

“我是没法住这儿了，但我不至于连个住的地方都没有吧。”

他看着她的眼睛：“你敢一个人住哪里？”

她需要公寓或者别墅的话，她爹随时能给她一串钥匙。哦，也可能是密码，但大部分即便勉强能过个夜，肯定也不会说什么都准备好了，能舒舒服服地住。

即便这些都不成问题，她今天受了惊吓，哪还敢住陌生的地方，哪怕让人守着。

华榕避开了他的视线，抿唇道：“我回我爸那儿住。”

华榕也不知道怎么了，明明都没有看他的脸，却还是感觉到了男人身上的失望。

良久，他声音很低：“我回兰溪岸，你让人收拾点东西去枫桥别墅，那边都准备好了。你带宋非晚过去给你做饭，我调十个保镖过去，好吗？”

“那是你的别墅。”

江云深无谓地道：“你要是觉得给钱心里能舒服的话，我可以给你账号。”

华榕：“我买不起。”

她手里哪有那么多流动资金，他那个别墅不论地段还是本身，都价值不菲。

江云深往前走了一步，逼近了她。男人低头跟她说话，呼吸间的热气都好似喷洒在了她的肌肤上，他低声地道：“榕榕，你真的一点机会都不肯给我了吗？”

他的气息太有存在感，华榕下意识想避开，男人却又逼近了一步，直接抱住了她。

“江云深！”

“榕榕，”他滚烫的呼吸都喷洒在她的耳朵里，让人的神经都忍不住想要蜷缩，“就当是看在我好不容易找到戒指的分上，嗯？如果你待得实在不喜欢，想走也没人拦得住你。”

他的声音很低，带着鼻音，缓慢而清晰。

他为了找你的戒指，从下午五点找到晚上十一点多，才病成这样的。

华榕心一软，没说话了。

江云深嘴角微翘，浅浅笑了一下：“我去给你收拾东西。”

“你行了，病成这样，风吹就要倒似的。”她这才没忍住开口，“我叫人帮我，你让林临带你回医院去吧。”

“我不喜欢医院。”

“那你回兰溪岸。”

“嗯。”他随意地应了，“我送你过去。”

可能确实是身体不太舒服也很累，江云深说完就准备坐下休息会儿，华榕条件反射般拉住他的手臂：“别坐，”她撇撇嘴，很嫌弃道，“谁知道他在这沙发上干过什么。”

她想想那恶心的玩意儿就倒胃口，污染了她的公寓，也污染了她的精神世界。

华榕一拉他，他下意识反握住她的手腕，含着浅笑应了：“嗯，我不坐。”

华榕皱皱眉，还是说了句：“你去车上吧。”

“不用，我在这儿等你。”

华榕看了一眼他实在不算精神的脸色：“非晚，去餐厅搬张椅子过来给他坐。”

说完就头也不回地往卧室里走去了。

华榕上次看了，枫桥别墅那边基本上已经准备好了所有的生活用品，就算她什么都不带，过去住也没什么问题，所以她也就只收拾了差不多一个行李箱。

而且这公寓里的东西，她总觉得都带了那个猥琐变态的细菌。她什么都不想碰，什么都不想要了。

到枫桥别墅时已经是晚上快七点了，江云深早已经安排好厨师备好晚饭。

上餐桌时，华榕瞅他。这人说送她过来就走，结果还吃上饭了。

不过算了，毕竟是他的别墅，他请的厨师，她总不能下逐客令，而且他人还病着，饭都不让他吃，未免太不人道。

他估计胃口不好，吃得非常少，只简单地喝了小碗粥就起身离开了餐厅。

然后华榕出来，就看到他躺在沙发里。

果然是厚着脸皮准备耍赖。

她走了过去，手指戳着他的脸：“喂，别睡在沙发上。”

男人不动。

她又戳：“别装死。”

她继续戳。

手被抓住了。

他睁开眼，温沉寂静的眸看着她。

华榕看着他三分病态的俊美脸庞，别过了视线：“别睡这里。”

“嗯。”

江云深慢慢坐起身体，哑声道：“帮我叫林临过来。”

话音一落，林临已经颠颠地过来了：“江总，我先走了。”

华榕蹙眉：“你还要送你们家江总回兰溪岸。”

“啊？”林临傻眼，“可是兰溪岸好久没人住了，而且很多东西都搬到十月红去了，江总还病着，怎么能住呢。”

江云深不怎么在意，道：“能睡就行了。”

林临瞅着华榕，投去一个无声谴责的眼神。

霸占了人家精心准备的别墅，还赶人家去睡积了大半年灰的公寓，还是病人呢。

林临委屈凄凉地道：“江总，您不如去酒店将就一晚吧，明天让人去兰溪岸打扫下。”

“行了行了，你们俩别在我面前唱双簧了。”华榕嘴角抽了下，也不去看男人，不情愿般说道，“你睡客房吧。”

江云深低低咳嗽了两下，道：“我可以睡沙发。”

华榕瞪他：“作秀！缺你一张床吗？”

林临在心里啧啧道：江总都已经睡了主卧好几天了，公主果然还是把自己当成这儿的女主人了。

江云深收敛了笑意，转变语调哑声淡问道：“我让你查的事情怎么样了？”

林临闻言正色：“查了个大概，那人的经历还挺复杂的，坐了几年牢，现在在帝都基本没什么社会关系，没法从别处查。而且他出狱后就有点神经质了，说疯也还有常识，说他是个正常人，又神经兮兮的，问什么都颠三倒四，还得花点时间。不过……”

林临觑了华榕一眼，从身上拿出手机，打开相册：“他真的是公主的粉丝，出租的房子里贴满了公主的各种照片。”

江云深接过手机看了眼，脸色又瞬间冷漠森然了下去。昏暗的地下室，满墙壁都是华榕的照片。

剧照、写真、报纸、杂志、偷拍的、采访的基本是从网上打印的。

真的贴满了墙壁，没有一个角落被放过。

华榕把手机抢了过来，又是一阵恶心涌了上来，忙不迭地把手机扔了回去，脸色难看地道：“都给我烧掉！”

林临干咳两声：“已经处理了。”

“嗯。”江云深皱眉道，“加紧查。”

“我明白。”

事情交代完毕后，林临就离开了枫桥别墅。

江云深请了一些用人打理别墅，此时客厅里只有他们两个人。华榕看了他一眼，淡淡地道："吃了药早点休息吧。"

说完她就头也不回地上楼了。

华榕以为自己会睡不着或者睡不好，但她做了半个小时运动，然后洗完澡，一躺到床上，竟然只觉得身心放松，疲倦袭来，很快就睡了过去。

第二天早上起来，她神清气爽的。

用人见她下来，忙把早餐端上了餐桌，华榕看了眼时间，问："江云深呢？"

"华小姐，江先生没有下来过。"

她皱眉，这人不会是病得晕过去了吧。说起来他发了几天的烧，确实病得很厉害了，她想了想，还是转身回了楼上，免得他脑袋被烧坏了都没人发现。

江云深睡的是离主卧最近的次卧。

她拧开门把走进去，男人躺在大床的中央，被子不到肩膀，短发凌乱，安静沉睡的样子竟让人觉得无害。

华榕伸手探向他的额头，惊讶地发现他的温度低了许多，快接近正常温度了。

她没叫醒他的打算，又替他提了提被子，准备离开房间，但刚转过身，一只手臂从后面环住了她的腰。

一阵旋转，她已经被男人压在了身下。

华榕看着自己上方的男人，恼道："江云深！"

他的嗓音模糊得喑哑："你怎么来了？"

她试图把男人从自己身上推下去："看你还活着没。"

低沉的笑声从江云深的喉咙里溢出来，他埋首在她的脖颈处，用力嗅了嗅："榕榕，"他在她耳边沉沉哑哑地道，"这件事是我处理得不好，你原谅我这一次，好不好？"

持续安静了大约十秒钟，女人的声音响起："好。"

兴许是她回答得太干脆，江云深反倒是怔住了，从她的脖子里抬起了头。

华榕挑眉："怎么这么看着我，你不是早就猜到了吗？"

她的态度，从昨晚选择跟他回这里就已经很清晰了，他又怎么可能不知道。

江云深低头啄吻着她的脸颊："我以为你还要跟我生很久的气。"

"那不是很累吗？"华榕拖长了尾音，有一丝懒洋洋的味道，"我喜欢你，舍不得跟你分手。说来说去，你也没犯什么原则性的错误，你又病着，我老跟你计较也没什么意思。"

江云深看着她明艳坦然的脸，吻绵延至她的嘴角。

"不过……"华榕的话打断了他的动作，"你先把我的戒指还给我。"

江云深重新抬头："什么？"

她拿过他的手就要去摘戒指，被男人灵巧地躲过了。

男人眯着眼，连脸都冷了下来："你刚答应要跟我和好，现在是什么意思？"

有那么一秒钟，他真的以为他听错了。

"意思很明显啊。"华榕道，"我们继续谈恋爱，不过之前我答应你求婚的事情不作数了，我们只是男女朋友，不是未婚夫妻。"

"答应的事情，你说不作数就不作数？"

"为什么不能？结婚了可以离，恋爱了可以分手，答应求婚怎么不能反悔了？"

江云深抬手就捏着她的下巴，眉眼阴沉复杂："说来说去，你还是不肯原谅我？"

"不是。"

男人菲薄的唇抿起："你可以生气，不准反悔。"

她平淡地道："我并不要求你把所有的事情都跟我分享，你愿意说就说，不想说我就当是你的隐私。这次的事情你是做错了，但也不是天大的错误，所以我不会揪着不放。"

"不过我觉得，我们的关系的确还没有发展到可以结婚的地步，你的戒指我暂时不会再戴，你手上的也还给我吧。"

江云深没说话。

她被他困在身下，既不挣扎也没有说话，只是静静地看着他。

直到一分钟后。

她不耐烦了："我饿了，还要去吃早餐，你赶紧摘下来，然后去洗漱准备吃东西，不舒服的话我让人给你送上来。"

江云深的眉眼透着一缕阴鸷："戒指是我的。"

她皱起眉："我都跟你说得很清楚了。"

他面无表情地道："戒指是你买的，你送给了我，然后我弄丢了，你又从别人手里拿了回来，接着你从阳台上把它扔了下去，代表你不要了，已经失去了所有权。我花了七个小时才找到，你还想要回去？"

华榕看着他，想了想，说："你说得也对。行，那你拿着吧。"

她的语调大概就是那种，既然你捡到了，那就是你的，算了算了，我不要了的感觉。

江云深眉心跳了跳，越发面无表情了。

"我要去吃早餐了，别压着我……嗯。"

话还没说完，她就被男人掐着下颌深吻了一番。

华榕也没挣扎或者反抗，只是一吻结束后，她皱着眉头抱怨道："你不会把感冒细菌传染给我吧？"

他看着她，又吻了下去。

幼稚。

华榕不说话了。

江云深翻身不再压着她，却还是将她抱在怀里，两副温热的身体紧紧贴着。

她偏头看他，打着商量道："等我下去吃个早餐，再上来给你抱？"

他闭着眼，下巴埋在她的颈窝，哑声疲惫地道："吃完给我带碗粥上来。"

"我让用人给你端上来吧。"

"不要她们。"

"哦，好吧。"

江云深收回了手，放华榕下去了。

他到底是个病人，华榕也没能干出等自己吃完再让他吃这种没心没肺的事儿，让用人把两人的早餐都装上了托盘，一起端了上去。

次卧里没人了，她去浴室转了圈，还是没人。她想了想，领着用人推开了主卧的门，刚好看见随意披了件居家服的男人从浴室里出来。

华榕指挥用人把早餐放在桌子上，然后就让人出去了。

江云深看着那早餐，嘴角牵出笑弧，走过去将她抱住了："明天陪我去东京，大概一个礼拜就能回来了。"

"然后不用过去了？"

“目前的安排是这样。”

她没意见，点点头答应了，跟着道：“吃完早餐你继续休息吧，我带人回十月红，把一些东西都搬过来。”

“我陪你去。”

“你不是病着吗？”

他低头亲着她的发：“好多了，而且已经躺了好几天，出去走走有利于恢复精神。”

“那好吧。”华榕眨眨眼，“还别说，你这别墅我真的挺喜欢的，越看越喜欢。”

“嗯？”

“万一哪天我们分手了，你卖给我吧。”

江云深：“……”

男人用手指掐住她的脸，眯起眼睛：“你是不是找事？”

“我怎么啦？现在有钱人跟女朋友分手，送别墅或跑车当分手费的不是挺多吗？我都愿意给你钱了，咋了？”

“不卖，你想都别想。”

“送给我也行。”

“甩了我，还想霸占我的别墅。”江云深似笑非笑得厉害，“你是不是空了太久，欠？”

呸。

她哼了一声把人推开了：“小气，吃早餐。”

早餐后，华榕盯着男人把药吃了，没休息多久，他就陪她回了十月红。

收拾东西的基本是用人，华榕只大概告诉她们哪些需要、哪些不要了。皱着眉头在被污染过的公寓里转了转，她突然想到了什么，转身一个人进了书房。

江云深原本在客厅，无意间看到她的身影，便抬脚跟了上去。

一推开书房的门，他就看到女人顺着备用的梯子小心地准备往上爬。他瞳孔一缩，几步就上前把人直接抱了下来：“你干什么？”

华榕虽然不算恐高，但爬这么高的楼梯还是有点怕的，所以她异常小心跟专注，但呵斥声加上突然碰到她腰上的手，猝不及防地害她吓了一跳，脚一下没落稳，直接往后栽。

江云深也没料到她会摔下来，一时不防，两人一起摔在了地板上。

华榕被男人护在怀里，基本没什么痛感，但她还是听到男人闷哼了一声，立即忙不迭从他身上爬起来："你没事吧，有没有受伤？"

江云深捂着胸口，慢慢坐起来，边呼吸边看着她。

"要不要叫医生……"

"没事。"男人的手随意搭在膝盖上，紊乱了片刻的呼吸也恢复了过来。他抬头看了眼书架的最上方，又收回视线看眼前的女人，语气不明地问道："你上去干什么？"

"取画。"

江云深盯着她，好一会儿没说话。

华榕坦荡地回视。

"陆林的画？"

"你不是明知故问吗？"

这书房里就只有陆林的画，也只有那幅画需要爬梯子上去取。

"我记得你之前说的是，你只想留下这幅画，可以永远不拿出来看。"

华榕点点头："这不是特殊情况吗？你要是还是不想看见的话，我带回去一样把它锁在一个看不到的地方，我也可以答应你，平常不会拿出来看。"

"它对你就这么重要？"

"多重要也未必谈得上，但我准备带走。"

男人声音紧绷，透着寒意："华榕，关于这幅画的态度，我早就告诉你了，上次因为你的手受伤了我才算了，现在搬个家你也要把它随身带走。你还敢说，它对你不重要？"

"这一书房的书我都要带走，难道它们的意义也是重要？我可以带走，也没有留下它们的理由而已。"

江云深看着她的眼睛里晦暗不明："你非要跟我过不去，心里才平衡吗？"

"跟你过不去？我为什么要跟你过不去？"华榕笑了一下，然后恍然道，"难道你以为我是因为高若朦的事情，存心拿出这幅画让你不舒服吗？"

他没说话，轮廓无声凛冽。

“这画我一直都是要留着的啊，我上次好像也是这个态度吧？只是那次我因为陆林伤了自己的手，不想让你误会我对他余情未了，所以才百般讨好你。”

“现在呢？”

“你的私事我不干涉，我的私物也没必要按照你的意愿处理吧？这幅画对我来说是年少和回忆。而且，抛开陆林这个人，我本来也喜欢他的画，我当然要带走。”

华榕抿起唇，歪着脑袋笑道：“我说喜欢你就是喜欢你，说对他没感情了就是没感情了，否则我为什么要跟你在一起呢？我要是对他念念不忘，我直接去找他了。而且，如果不是你心怀芥蒂，半点容不下，我又不想为了这个跟你吵架，他的画展我也是要去看的。”

“你还想去看他的画展？”

“对啊，我本来就是走艺术路线的，看画展多高雅、多陶冶性情。”

男人一张脸阴了下来，起身后脸色也不大好看。

华榕还是关心地问了一句：“你没摔伤吧？”

他不咸不淡：“你觉得呢？”

她觉得？

她上下打量了一番，然后无辜地道：“没有的话，你上去替我把画取下来呗。”

男人的脸色瞬时阴得更厉害了。

华榕鼓起脸：“好吧，如果你不想的话，我让人上去帮我拿。”

说罢她就转身准备出去。

然而才走出两步就被男人攥住了手腕，一把抵在一旁的书架上。她睁大眼睛，眸底倒映的是男人压下来的俊脸。

明显带着惩罚性的吻，男人舌齿并用舔咬着她的红唇。

华榕有些吃痛，在忍受了一会儿后，毫不迟疑地张嘴咬了回去。

然后换来他更凶狠的吻。

她“呜呜”地去推他的肩膀。

门突然被推开，展格的声音响起：“大小姐……”书房里面的画面明显让人愣住了，他慌忙说了一声“抱歉”，紧跟着就要带上门退了出去。

“滚进来。”冷漠的声音明显来自情绪不悦的男人。

展格动作顿住，硬着头皮又把门推开了。

江云深已经放开了女人，淡漠道：“替你们公主上去拿东西。”

说罢他看也不看华榕一眼，一张脸阴云密布着，径直走了出去。

从十月红回到枫桥别墅，江云深一路上都对她爱搭不理的，她也没所谓，就正常跟她交流，他不说话她就拿着手机跟人聊微信。

车上，她斜睨着闭目养神的男人：“你再板着脸，我回去就把画挂起来。”

江云深睁开眼，淡淡道：“你敢挂，我就糊一管颜料上去。”

“哼。”

不过，回到别墅，她还是把画锁进了新书架墙角下方的柜子里。

江云深的烧退了，但身体还没有完全恢复。不过即便如此，他回别墅后就还是去了书房远程处理工作上的事情。

两天后，两人一起飞往东京，在那边待了差不多一个礼拜才回来。回帝都的第二天，华东森就把他们叫了回去吃晚餐。

饭后。

华东森微微后仰，靠在椅背上，淡淡道：“找你们回来是商量订婚的事情，我会翻翻具体哪天比较合适。云深，你开始准备订婚宴吧。”

华榕正在喝茶，差点没一口呛着：“爸，我什么时候说要订婚了？”

华东森看了她一眼：“你半个月前不是戴了枚钻石戒指回来，说答应他的求婚了吗？”

“我是答应了，后来又反悔了，你没见我手上没戒指吗？”

“我以为你是嫌硌手。”

“是硌手，也不打算订婚。”

华东森皱起眉头：“他去东京前你不是还答应结婚了吗？现在让你订个婚你都不乐意了，这种人生大事你也想一出是一出、朝令夕改的？”

华榕不耐地道：“爸，你怎么不是让我分手就是让我结婚，消停了半年，又非得逼着我订婚，能让我顺其自然吗？”

“你换个男人吧，兴许能。”

“你当初没有暗暗地逼走陆林我就信了你的邪。”

华东森看了一眼不语的江云深，轻描淡写地道：“行，我看你异国恋也谈得挺愉快的，让他找个地儿再待个一年半载吧。”

“爸！”

“你之前问的那个高若朦就是星澜董事的女儿，我是不知道他们想干什么，但什么目的都没有，是不可能的。”

“你生来是公主命，那是你的运气。他姓江，到现在都还是人家的眼中钉、肉中刺。说得难听点，这是原罪，我有什么办法？”

华榕拧紧了眉头：“什么原罪？做错事的又不是他，他哪里有罪了？”

“我跟你说不清。”华东森摆摆手懒得理她了，转而问江云深，“你怎么看？”

江云深始终垂下的眸这才抬起，嘴角扯出淡淡的浅弧：“这件事我回去会跟榕榕商量。”

华东森点点头，跟着又朝华榕道：“让你订个婚，也不过是昭告天下你们在一起了。”他嘲讽道，“你以为男女朋友住在一起，会比未婚夫妻住在一起更好听吗？人都住进他的房子里，一个没有法律效应的仪式，你还在这跟我争论。”

华榕被噎住了，没法反驳。

华东森抬了抬下巴，跟着又问江云深：“那个混进榕榕公寓的变态是怎么回事？”

“是个有点神经质的变态。”江云深皱起眉，显然想起来就厌恶，“早年是榕榕的粉丝，后来在监狱里跟人打架磕到了脑袋，然后变得越来越不正常，还有点轻微的妄想症。”

“他是怎么进到公寓的？”

“他在入狱前是个黑客高手，因网络犯罪入的狱。他出来后就疯狂收集榕榕的消息，后来还黑进她的电脑。”江云深侧首看了一眼华榕，才跟着道，“她的密码，来来回回就那么几个，估计是被撞对的，或者被研究出来了。”

江云深跟华东森都知道她的密码基本就那么回事。

她妈妈的生日、忌日，需要字母的时候再加上她妈名字的首字母。

这也是当初为什么安凝能偷换她首饰。

她的笔记本里没什么不能见人的隐私，虽然一直不缺钱，但账户里基本不会存在大笔可流动存款，加上确实不怎么提防自己身边的人，所以不怎么在意，也不太注意。

华东森看向她。

华榕撇嘴："我都改成复杂的了。"

信息电子时代密码那么多，每个密码都不同的话，哪里记得住，那真的只能拿个小本子都写上。

九点，江云深和华榕回到枫桥别墅。

江云深刚回国要交接的工作很繁多，他让华榕去洗澡，自己先回书房处理了一部分工作。

等她洗完澡出来，男人已经坐在卧室的沙发里。见她出来，他便将只抽了一半的香烟摁在烟灰缸里，然后望着她，开口问道："你很不想跟我订婚是吗？"

"我爸那个意思，不是非订不可吗？"

她也不是怎么都不肯，这个事儿她虽然说不想，但毕竟不是结婚。

他淡淡地道："如果你真的百般不愿，我有其他的解决方法。"

她坐在书桌后的椅子里，靠在椅背上，平日高挑的身形也被衬出一股纤细娇小的感觉。桌面放着打开的银色笔记本，屏幕上显示的就是跟她订婚有关的新闻。

她垂下眼，似在思虑，但表情始终不见什么变化。

半晌后，她才抬起眼皮将视线投到窗外。

视野开阔，景色漂亮。

这别墅设计都是出自江云深之手，这人要是去当室内设计师，估计也用不了多久就能扬名业内。

华榕在订婚宴的日子定下来之后，就寻思搞了个party，请了一些圈子里相熟的名媛，还有几个是跟她关系不错的年轻女明星，就定在了上次高若朦约见她的会所里。

早上在餐桌上时她跟江云深提起了这件事，男人挑起眼皮："单身party？"

"对呀，我今晚可能会回来得很晚或者不回来了，你不用等我啊。"

"这玩意儿一般不是结婚前才弄的吗？"

"你就当我找个理由嘛，我好久没开party了。"

这个确实，她十七八岁的时候还挺爱弄这些热闹的场合，跟一群圈内人混在一起吃吃喝喝、玩玩乐乐。最近两年可能是腻味了，再加上拍戏忙，跟江云深在一起后发现他在工作之后的私人时间并不太爱交际，更是连参加都少了。

他皱了下眉：“哪些人？”

“嗯，具体多少，我一时数不出来……女的占多数，有的可能会带男朋友。”

他眉梢挑起：“单身 party，还带男朋友？”

她不在意地道：“我不严格嘛。”

本来也就是个名头。

江云深对此没表现出什么意见，只点了点头，示意他明白了。

订婚宴在周日，party 则是在周五傍晚。

一下班，江云深就去了那个会所。

开车的林临调笑道：“江总，公主开个 party 而已，你没必要这么不放心吧。”

后座上闭目养神的男人扯了扯嘴角：“她酒量不好。”

既然别人能带男朋友，他去一下自然也无所谓。

会所。

夏泉托腮看着倒酒喝着玩儿的华榕，蹙眉道：“你少喝点，喝多了明天至少要嚷嚷半天头疼。”

华榕轻嗤：“party 不喝酒，难道看书啊？”

“你心情不好？”

眼见她喝完后又倒了杯，夏泉眉蹙得更紧，忍不住倾身要去夺她的酒杯，却被另一只手抢先拿走了。

一个穿白色衬衫的男人端着酒杯就势在她身边坐下，笑嘻嘻地道：“榕公主，你怎么跟闺密坐在角落里喝闷酒，一起玩啊。”

华榕懒洋洋瞥他一眼，长得人模狗样，估计也是哪家的纨绔子弟。她有点眼熟，但叫不出名儿。

那男人一仰头，把从她手里拿出去的那杯酒一饮而尽。

她皱起眉，面露不悦。

那男人像是没注意到她的脸色，自来熟地拿起酒瓶往杯子里倒了酒。

华榕眉眼间本来有三四分醉意，见状眸色立即冷了下去。

酒杯递到了她的面前。

华榕脸上的表情也逐渐转淡。

那男人带着满脸笑凑到她的面前，姿势和距离都很亲密。他故意压低了声音，笑道："单身 party 跟闺密喝酒有什么意思。"

华榕脸上的表情基本消失了，淡淡道："让开吧，我不喜欢不熟的人靠我太近。"

"公主，这就是你的不对了？ party 嘛，本来就应该高兴的嘛。"这公子哥可能是轻浮惯了，直接将酒杯递到了华榕的唇边，眯着眼睛调笑，"来，喝酒。"

华榕正欲冷下脸赶人，一只修长而骨节分明的手已经率先一步，毫不客气地将酒杯拿走了。那动作并无半点委婉之意，酒水都漾了出来，打湿了衣袖跟裤子。

那男人被吓了一跳："我的天。"

华榕也跟着抬头，入目的就是江云深清俊淡漠的眉眼，她怔了下："你怎么来了？"

江云深嘴角是淡淡的笑，但眼睛里的笑意却是稀疏得接近没有，语气温柔淡然："来看看你。"

她正要说话，身旁的男人却怪笑了声，边抽了张纸巾擦拭，边慢条斯理地笑道："啧啧，原来是江总啊。"他端着一股意味深长的调调，"你对这没过门的太太管得可真严啊，出来玩也要跟着。"

一旁立即有人跟着笑道："能娶到公主当然要小心着点，万一临门一脚给人拐走了，到时候上哪儿哭去。"

华榕的脸色已经彻底冷了下去。

只是光线昏暗，旁人看得并不真切。

"也是。"两人一唱一和地起哄，"毕竟能一步跨越五十年的奋斗，这可不比投个好胎简单。"

江云深并不接话，甚至神色都没有因为这些明里暗里讽刺他攀上高枝，吃软饭的阴阳怪气的话变化半分，只淡淡地道："秦少是吗？麻烦让个位吧。"

那人并没有让开的意思，看了一眼江云深左手上的戒指，又故意将目光落在华榕光秃秃的手上，语气惊讶地问："江总，你们后天都要订婚了，怎么一人戴着戒指，一人不戴？"

或许从一开始，他们的轻慢和放肆都来自华榕空荡荡的手指。

华榕早年换过一打男朋友，心性并不定，又这么年轻，如果是跟尹焕那样门当户对的二代也就罢了，这个江总娶了华榕能有多少好处，没人看不明白。

最初是有人在角落讨论江云深会送华榕多少克拉的钻石戒指，结果一看，却发现她手指上竟然什么都没有，只在手腕上戴了只绿意通透的翡翠手镯。

“钻戒太大，我觉得戴着硌手碍事。”已经很不高兴、想也不想脱口回答的华榕说道。

“榕榕想在订婚宴上再戴上。”这话来自清清淡淡、波澜不惊的江云深。

不少隔得近、正看着热闹的旁人听到这两个同时开口、内容却截然不同的回答，都不约而同地在心里轻轻叹了一口气。

几个女人会真的嫌弃钻戒太大啊，何况还是订婚前的求婚……连戒指都不戴。

短暂的安静似乎充满了某种默契，但实实在在又有股说不出却很鲜明的尴尬氛围。

昏色的光线下，男人的下颌不太明显地紧绷了起来，轮廓无声无息地沁出冰凉的冷意。

夏泉淡淡说了一句：“很奇怪吗？并不是谁都爱把大钻戒戴在手上，若是更喜欢翡翠自然就戴玉镯了，反正都是一个人送的。”

华榕面色不善地朝坐她身边的公子哥不耐地道：“叫你让开没听到吗？我未婚夫来了，你还霸着位置，你爹妈没教你什么叫眼力见？”

当着她的面对着她的男朋友冷嘲热讽，谁给他们的勇气？

无知吗？

都是有身份有地位的人，被华榕这么毫不留情地下面子，心里哪能舒服，但也不敢跟华榕杠，到底心里憋闷，还是没忍住，又朝江云深刺了一句：“江总可真是有本事，能让未婚妻这么时时刻刻护着。”

江云深嘴角绽开浅薄的淡笑：“非要这么说也没错。”他清冷薄哂的目光睇了过去，似笑非笑地道，“毕竟即便给秦少五十年，也娶不到公主；投了个好胎，也奋斗不到我能到的位置。真要算，也只能说是我的本事。”

旁边有谁笑了声，那公子哥变了脸色，最终还是起了身，咬牙狠狠瞪了眼目光淡漠得接近嘲弄的男人，然后黑着脸走开了。

江云深从容上前两步，在女人身边坐了下来。

“少喝点酒，会头疼。”他语气似乎仍旧温和，但华榕还是轻易地感觉到了，他的心情并不好。

因为戒指的事情。

华榕本来定了房间，计划晚了累了就在这边歇一宿。但可能是被那几个没有眼力见的货打扰了心情，再加上江云深始终待在离她不远的地方，虽不言语也没有催促，她在凌晨一点后，她还是起身，踉跄着走到他的身边，迷糊道：“算了，回家睡觉。”

江云深顺势就将她搂到了怀里，低声询问：“确定要回去？”

她在他胸膛里蹭了蹭：“嗯啊。”

江云深简单地跟来得稍晚、也没怎么喝酒的墨念交代了几句，就把怀里的女人打横抱了起来，然后离开了会所。

开车的是会所专门提供的代驾司机。

华榕喝了酒，不算多，但加起来也有了六七分的醉意，在车上几乎是自动在男人怀里寻了个好位置就睡下了。

空气似乎不顺畅，她抬手把车窗的玻璃摁了下去，让冷风灌了进来。

江云深手指抚摸着她的脸庞，淡淡地问：“你是因为订婚的事情才不高兴吗？”

她没言语，像是睡着了，风吹乱了她的发。

回到枫桥别墅后，江云深一路把她从停车坪抱到了卧室里，又进了浴室放水，放好衣服后再抱着她进去。

她泡在水里时，像只慵慵懒懒的猫儿，眯着眼睛享受。

江云深重复了一遍车上的问题：“因为订婚的事情，你才不高兴吗？”

她开心不开心，是一件很容易看出来的事情，因为她也没有掩藏情绪的习惯，而他又如此擅长揣测人心。

“没有。”女人像往常调皮捣蛋般伸出淋淋水意的手臂环住男人的脖子，喃喃道，“我害怕。”

江云深的衬衫跟西裤早就被她弄出来的水打湿了。

她长发松散，绑成了丸子状，埋首在男人的怀里，一动不动像是睡着了，这样的姿势谁都看不清谁脸上的表情。

良久，男人低头吻着她的发。

沉缓低哑的嗓音在安静的浴室里响起：“我会赢，也会给你最好的。”

华榕睡到第二天上午十点才醒来。好在江云深给她洗完澡后哄着她喝了一碗醒酒汤，她起床后虽然还有些宿醉后的疲倦跟头晕，但没有那种作痛的感觉。

双人大床上只有她一个人，江云深估计早早就出去忙了。

她在被褥上慵懒地滚了几圈，又打了个长长的呵欠，才揉着眼睛坐了起来。

然后冰凉、坚硬的钻石差点戳进了她的眼睛里，那枚她几乎只戴了一晚上的钻石戒指又回到了她左手的无名指上。

华榕低头看着，撇了下嘴，哪有趁着人喝醉、不经过她同意就偷偷把戒指套上的。

她洗漱后就去餐厅，就着几个颇有滋味的清爽小菜喝了碗简单的粥，刚感觉舒服点就接到了华东森的电话。

“你今晚回家睡吧。”

“啊？”

“明天订婚宴，你跟他住一块儿像什么话？”

华榕不解：“订婚又不是结婚，有这么讲究吗？”

“叫你回来住一晚，你有这么不乐意？”

“那倒不是。”华榕道，“我主要还是担心你明天把我关起来，不让我去订婚宴。”她接着道，“你又不是没干过这种事情。”

华东森的脸色在那边估计不见好，沉着声音没好气地道：“我不让你去让你们订婚干什么？”

也对，说起来，订婚的事情就是她爹主动提出来的。

就连结婚，开始也不是江云深提的。

她沉默了片刻，用一种勉强的语气道：“行吧，我吃完晚饭就过来。”

华东森没忍住讽刺了一句：“你和他可真是如胶似漆，少在一起吃顿饭也不乐意。”

“当然，不如胶似漆订什么婚。”

华东森嘴角抽了抽，懒得再跟她多说，直接挂了电话。

华榕跟华东森说她要吃了晚饭再过去，结果下午四点多的时候，江云深给她来了个电话，说他手上还有些事情要解决，晚上不会回来吃饭，让她不要等，可能得很晚才回来。

她一听就不高兴了："有什么事非得今晚解决啊？"

男人放低了嗓音温柔地哄道："最近我要处理工作，又要忙订婚宴的事情，明天又走不开，所以今晚处理完最好，抱歉。"

整个订婚宴，从场地的选择到流程的安排，再到请帖的发放对象，基本是江云深一手负责。这些事情说难也谈不上，但琐碎又繁杂，不是一两句话能解决的。

"那行吧。"她闷闷道，"我爸给我打电话叫我今晚过去睡，我回去了。"

电话那头的人似乎有短暂的沉默："好，明天见。"

华榕挂了电话后又给华家的座机打了个电话报餐，然后简单地收拾了一番，让司机开车送她回了华家别墅。

吃完饭后，华东森跟苏净以及华榕在客厅里休息，三人围绕着明天订婚的事情漫无目的地聊了小半个钟头。没多久，华东森就让华榕回卧室里去洗澡早点休息，明天要早起。

华榕点点头起身了，临走前她不放心地问了一句："爸，你明天不会又抢我的手机，把我锁起来吧？"

华东森眉头抖了抖，面无表情地指着门："你要这么不放心，现在就滚回去。"

华榕满脸无辜无谓地道："你有黑历史，我怀疑你不是人之常情吗，生什么气呀？行了，我回房间睡觉去了。"

华榕回房间洗了个澡，时间也还早，她便拿手机给江云深发了语音：我准备睡觉了，你回家了吗？

结果等了五分钟，那人也没回。她闷得把手机扔到一边，找了本书回到床上翻看，不知不觉就睡着了。

第二天早上起来的时候，她才看到男人回她的微信。三条，也都是语音。

——刚才在忙没有看手机。

——榕榕，你睡了吗？

——晚安。

大概隔了五到十分钟回一条，时间在晚上十一点左右。

哼。

她扔了手机，去浴室里洗漱完，换了衣服才又给他发了条：你昨晚什么时候睡的啊？前天晚上玩到很晚，昨天晚上你又工作到很晚，别让我看见你顶着俩黑眼圈出现在订婚宴上啊！

一直到吃了早餐，化妆造型团队来了，她才收到男人回的微信。他低低笑着回道：我有黑眼圈，你还能反悔不成？

华榕翘起红唇笑了出来，想起过不了多久他们就能在酒店碰面了，于是没继续发消息，将手机放在化妆台上，然后闭上眼睛，让等在一旁的化妆师开始给她上妆。

订婚宴选在华时旗下的一家六星级酒店，经过提前安排基本清场完毕，提前为这场宴会做了精心的准备。

宴会上午十一点开始。

华榕提前一个半小时到了酒店，宴请的宾客陆陆续续赶到。休息室里墨念跟夏泉陪着她，华东森在外接待。苏净在休息室里面待了二十分钟左右，便含笑出去了。

十点半的时候，墨念抬起手腕看时间："榕榕，你打电话给江总让他过来跟你会合吧，待会儿你们要一起迎接宾客。"

华榕坐在椅子里，手机一直握在她的手里："我给他发了微信，他一直都没有回。"

墨念蹙眉："打个电话吧。"

她抿唇回答："刚到酒店，我就给他打了，但是没人接。"

说是这样说，但她还是打开通讯录拨了个电话。

"嘟嘟嘟……"电话里面响了一分钟，然后才响起甜美又毫无感情的女音："您好，您拨打的电话暂时无人接通。"

墨念蹙着的眉皱了起来，她看了眼一旁的夏泉，起身道："夏夏，你陪着榕榕，我去找找看，他可能忙着宴会的事情没拿手机。"

夏泉应了："好。"

墨念出去了。

夏泉起身走到她的面前，弯腰握住她的手，低声安慰道："别担心，订婚、结婚都有很多琐碎的事情，一时忙不过来很正常。"

华榕低垂着眉眼，没说话，异常的沉默。

过了一会儿，她重新拿起手机，拨了枫桥别墅的座机电话，这下倒是很快有人接了，大概是知道她今天订婚，语调都格外的喜庆：“华小姐，您有事吗？”

“江云深还在家吗？”

“江先生？”

“嗯，他什么时候离开的别墅？”

接电话的张嫂在豪门做了十几年的用人，闻言惑道：“不是昨天早上吗？您昨天回您父亲那里去了，江总也没有回来啊。”

华榕的脑子不轻不重地轰了一下，有股寒意刹那间在她的背脊窜开，让她的肌肉都无声无息地僵硬了起来。

“你说……他昨晚整夜都没回枫桥别墅，包括今天早上也没回去？”

“没有的，我们还以为江总为了方便今天的订婚宴，直接住在了酒店呢？”

“你确定吗？”

“当然呀。”张嫂显然也察觉到了什么异常，“华小姐，怎么了吗？”

华榕掐断了电话。

夏泉注意到她差劲至极的脸色：“榕榕？”

虽然已经进入了十一月，但室内的温度即便穿着礼服也合适，华榕的呼吸开始逐渐急促，手指发凉，甚至开始战栗。

她没有回应夏泉，又拨了个电话给林临。

结果跟打给江云深是一样的，还是那个礼貌却没有感情的公式化甜美音：“您好，您拨打的电话暂时无人接听，请您稍后再拨……”

华榕的手指猛地戳在了红色的挂断字眼上，重重吸了一口气，她蓦地从椅子上起了身，僵白着一张脸就往外冲。

“榕榕……”夏泉慌叫一声，立即跟了上去。

门开得突然，她又走得急，刚好有个人正准备敲门，她就迎面撞了上去。猝不及防之下，她的身子歪了一歪，鞋跟一撇，差点就扭了脚。

还好被她撞的人反应极快，条件反射般伸手扶住了她，将她的身体稳住。

徐觐欢挑眉，嘴角带着他惯有的轻佻，调笑道：“你一个未婚新娘子，怎么虎头虎脑的，这要是给摔了。”

华榕抬头看了他一眼，连“对不起”跟“谢谢”都忘了说：“你看见我爸了吗？”

“在前厅吧，我过来的时候他还在跟韩二竹她爸聊天。”徐觐欢察言观色的本事在帝都是名列前茅的，“公主，你这是怎么了？你的未婚夫不会是逃婚了吧？”

华榕的脸上瞬间更僵，红唇紧紧抿起，眼睛里敛着股冷意，什么都没说就推开了他，匆匆走了。

徐觐欢微愕，他看了一眼同样面色不佳的夏泉，又转头去看跟着他的韩竺。两人对视了一眼，在彼此眼中看到了同样的猜测。

他开个玩笑而已。

上次尹焕在榕公主生日宴是搞了那么难看的一出，说白了也是有家族庇护，想问题欠考虑，或者考虑过，但我就是要任性。

江云深这种人，最是知道轻重，擅长权衡利弊，缺了半个脑子也没可能干出这种事儿，这不是自毁前程吗。

“爸！”

华榕果然在前厅远远看见华东森跟韩霄文站在一起谈笑风生，她微提了裙摆，急步上前。

“榕榕来了。”韩霄文转头看到她，笑着夸赞道，“真漂亮，等结婚那天，真不知道又要惊艳多少双眼睛。”

她今天穿的是一条抹胸香槟裸粉色的礼裙，有点半婚纱的意思，设计繁复精致，既有花团锦簇的美丽，颜色又冲淡了她逼人的美艳，让气质更温柔，也更年轻了。

华榕扯出一个十分勉强的笑：“谢谢韩伯父。”转而又很快看向华东森，“爸，我有事找你。”

韩霄文笑道：“老华，你先跟榕榕聊着，我去那边找老徐。”

华东森笑容不变：“行，我待会儿再找你们。”

韩霄文离开，华东森脸上的笑意这才淡去，就着手里的酒杯抿了一口，淡淡地看她：“云深还没来？”

这毫不意外的口气。

华榕睁大了眼睛：“爸，你做了什么？”

“我做了什么？”华东森嘴角的弧度再嘲讽不过，“你总不会以为，我不关你却关了他，用不让他出席订婚宴这种方式来破坏你们的感情？”

华榕抬着脸，定定看着他：“你不会是想告诉我，他今天准备缺席订婚。”

华东森淡淡道：“会不会缺席，再等等就知道了。”

华榕的声音徒然拔高：“爸！”

周遭不少人一下子看了过来。

她垂落在身体两侧的手无意识紧攥成了拳头。她用力呼吸，反复几次后才将胸腔处汹涌的情绪强行压制住，这才放低了声音，冷冷道：“他不可能选择缺席，全世界都知道他今天跟我订婚。缺席？他疯了吗？就算不顾跟我的感情，难不成他还能自毁前程，眼看自己名誉扫地，被千夫指为一个临阵逃脱的懦夫？”

华东森的语调毫无起伏：“如果他有更好的前程呢？”

华榕震住：“什么意思？”

华东森冷冷哂笑：“他昨晚连夜飞去了海城，你说是什么意思？”

华榕道：“怎么可能？！”

“我也不怕告诉你，我早就烦了管你们的这点屁事。你们订婚的消息是华时放出去的，我也不可能打自己的脸，如果他今天来了，你跟他往后是结婚还是分手，我都不会再管。”

华榕眼睛一眨不眨地看着自己的爹。

看过来的不少人都注意到他们父女之间暗流涌动的氛围了，而男主角这个点都没有露面这件事也早有人注意到了。

听不到具体内容的窃窃私语陆陆续续响起，都在猜测今天的订婚宴怕是不会顺利。

夏泉就站在一米开外的地方。

良久的静默后，华榕开口问道：“你说的更好的前程是什么意思？”

“你以为他明知道把高若朦留在身边会影响你们的感情，却还是把她留下了，是为了什么？”

“为了从高若朦爸爸那里知道他父亲跟妹妹意外死亡的内情。”

“嘁！”华东森不屑地道，“我就不说江云深会不会为了这个，连真假都不知道的所谓内情踩钢丝，高昌国给自己女儿找哪个门当户对的富二代、权三代不行，要费这个心思把自己女儿塞给他？”

YUN SHEN JI XU

第十六章

最后一秒的价值

“什么意思？”华榕问，“别的不说，难道高若朦能给他比我能给的更好的前程吗？”

单论个人的条件和附加的价值，别说高若朦，即便在这个帝都，综合值能高于她或者持平的，也就韩竺能排得上号。

华东森抬起左腕看了一眼时间，漫不经心地道：“高若朦不能给，但是她爹可以给。”

华榕又是一震，掌心发麻、发热。

她隐隐能察觉到她爹话里的方向，可思来想去，还是厘不清这其中的利益纠葛。

于是，她重复问道：“什么意思？”

华东森的陈述全程波澜不惊：“从他半年前去东京开始，就已经跟星澜那边的董事，也就是高若朦的父亲搭上了线。他不赶高若朦走，是为了向高昌国表现合作的诚意。”

华榕茫然：“什么合作？”

华东森哼笑一声，冷冷地道：“今天上午是星澜的董事会，高昌国跟他的合作是替他暗中拉拢星澜其他董事，把江跃从董事长的位置上拉下来。”

“条件嘛，自然就是事成之后，他要娶高若朦。一个扳倒了对手，又收了个强大的女婿，一个踩下了眼中钉、得到了复仇的筹码，互利互惠的双赢局面，你觉得，他今天还会来吗？”

太多太多的信息突然全部强行塞进了她的脑海里。

她不知道怎么消化处理，甚至不知道它们到底是真还是假。

她只觉得所有神经跟思路都打成了结，乱成了麻花。

华榕黑色的眼珠毫无章法地转着，眼神也开始跟着飘忽，却还是下意识为男人辩驳：“可是……可是他今天早上给我发了微信，昨天我们联系的时候，他也很正常。这两天，包括前几天，他都很正常。”

她完全没有感觉到江云深有任何要跟她分道扬镳的意思。

前几天晚上，她记不清具体是哪一天了。他跟她聊天时还顺口提议过，说等订婚宴结束了，他们找个时间一起去宠物市场买两条小金毛跟小柯基回来。

那么自然，自然得就是纯粹的生活气息。

华东森的嗤意更重：“以他的城府跟精细，是不可能让自己捡了芝麻丢了瓜，或者两头皆失这种情况发生的。在那边尘埃落定之前，他是绝不可能把已经握在手里的你丢掉，你之前不是问我，他跟高若朦究竟是不是有关系吗？”

“我也不怕告诉你，没有。出轨的风险跟所得完全不成正比，没有价值的生意他不会做，哪怕是偷偷地，聪明人清楚侥幸是再愚蠢不过的心理。不能做的事情就不去尝试，女人对他的吸引力最多只是锦上添花，但是你有让他哄到最后一秒的价值。”

华榕站在华东森的面前，听着她爹冷淡又条理分明的话，各个感官都仿佛被堵塞住了。

让她无法思考。

她的手攥成了拳头，指甲没入掌心，又松开，然后又握紧，如此反复几次。她几度张口想说话，但所有的内容到了嘴边，都好似吐不出来。

这对父女的脸色不好看，虽然除了之前华榕大声叫了句“爸”，他们就没有高声争执了，但谁都看得出来他们之间气氛紧张。

不过围观归围观，他们具体说了些什么，谁都没听到。

除了夏泉，她几乎听到了他们之间所有的对话。

直到此时，她才抿唇走到了华榕的身边，抬手握住了华榕的手臂，什么都没说，只有手指柔软又无声的力量。

华榕陷入了沉迷，连着眼睑也垂了下来，视线不知落在哪里，涣散得像是失去了焦距。她脸上没有表情，仿若空白，以至于让人甚至看不明白她此时此刻在想什么。

华东森看着她失魂落魄的样子，叹了一口气，放缓了声音，淡淡地道："你愿不愿意相信，事实都会告诉你，宴会快要正式开始了，如果他要来，就算腿断了也会想办法赶过来。"话说到这里，他转而看向夏泉，"夏小姐，你带她去休息室待着吧。"

站在这儿跟猴儿似的，还要被人议论。

夏泉弧度很浅地点点头，边轻拉着华榕边往休息室走，低声道："榕榕，我们去休息室，再等等吧。"

夏泉平常说话时声音虽然也很温柔，但总有股子慵懒的凉意。

鲜少像现在这样，是完全的低柔。

华榕偏头看着妆容清淡的夏泉，轻轻地问道："夏夏，你觉得他会来吗？"

夏泉没有避开她的视线，但也没有回答。

她闭了闭眼，笑了一下："你也觉得他不会来了，是吧？"

夏泉抿唇，过了一会儿才道："订婚宴十一点开始，你就等到十一点，当是为这段感情尽你自己能尽的责任。如果他如华叔叔所说，那也并不可惜，不管是这个男朋友还是订婚宴。至于伤心……"她纤细微凉的指缓缓抚上华榕的脸庞，"伤心总是会有的，也总是会过去的。"

华榕扯开红唇，笑了笑："这就是悲观主义者最后的盔甲吗？"

永远做好最坏的打算，就永远不会有最伤心的时候。

"走吧。"夏泉拉着她转了身，不顾众人各种猎奇的眼光坦然地往休息室走去。

华榕脸上的笑容飘得厉害，连声音都轻飘飘了起来："他要不来，我又得丢场大的脸了，回回在这种场合被男人下了面子。"

"错的不是你，只要你不倒下，这些无聊的八卦也只是无关紧要的花边新闻，漂亮的人生总需要些佐料。"

"你可真会说话。"

"华大小姐。"

一个熟悉的、但明显比记忆中更张扬的女声在她们背后响起。

华榕背脊一僵，瞳孔骤然缩了起来，离她最近的夏泉甚至明显感觉她呼吸都乱了节奏。

两人转过身。

年轻的女人穿了条红色的吊带长裙，满脸笑意地站在她们的面前，下巴高高抬起，眼角、眉梢包括嘴上的弧度，都竭力营造着一种胜利者的姿态。

华榕原本因为空白荒芜反而显得淡然的脸色，瞬间冷了下去。

她嗓音极平，却像是凝了冰霜："高小姐，我请你了吗？"

"没有呢，我蹭了个小哥哥的请柬进来的。"

夏泉之前没见过高若朦本人，所以并不认识对方，"高小姐"三个字一出，她自然知道出现的这个女人是谁了。

华榕本来就厌恶这个女人，此时看她这副张扬的表情更是反胃得连开口说话的欲望都没有，面无表情的一张脸已经是冷艳逼人。

高若朦等着华榕问一句"你来干什么"，但她眉眼冷漠至极，俨然并没有再开口跟她说话的意思。

她的眼神不仅冰冷，一米七二的身高再加上将近十厘米的高跟鞋，仿佛有种与生俱来的居高临下，仿佛在看什么让她厌恶又蔑视的东西。

这种姿态，永远最叫人不舒服。

高若朦的下巴抬得更高了，眉毛也扬得高高的："华大小姐，我今天是专门替云深来的。他现在很忙，没空过来。"

不仅下巴跟眉毛，她连声音都故意抬高了，像是刻意要让周围的人听到。

果然，她的声音一出，原本已经低下去的议论声又有起伏了。

华榕的表情好似依然没有变化，但她被指甲没入的掌心已经有些黏稠了，弧度漂亮的下颌线更是宛如要滴出冰冷的水珠。

夏泉开了口，凉意沁骨的嗓音淡淡道："替他来？订婚这么大的事情需要别人替他来？怎么，他是死了吗？"

高若朦不知是没料到会有人这么呛她还是怎么，脸色一下就难看了，登场时那得意的模样也变成了冷脸，唯嘴角带着没有温度的笑，朗朗道："我是来替云深转告你，今天的订婚宴取消，他跟你的婚约也取消。从现在起，你们既不是未婚夫妻，也不再是男女朋友。”

夏泉偏头看了一眼华榕。

她依然是面无表情，也没有要开口说话的意思。

上次高若朦找上门，华榕还有兴趣说她几句，泼她一脸的咖啡，现在华榕看着她，已经觉得跟她说句话都是自降身价了。

夏泉踩着只有五厘米的高跟鞋往前走了两步，逼到了高若朦的跟前，温柔标准的脸漾开类似要笑不笑的表情：“所以，他一个在帝都有头有脸的人物，究竟是腿下不了地，还是生命垂危，才连取消他自己求来的婚约都不敢露面。”她淡淡结语道，“江总为人处世向来受各方赞赏，不至于孬到这个地步吧？”

“我不是说了吗？他今天很忙，有很多事情等着他处理。”高若朦先是跟夏泉互呛，几句话后还是将视线落到了华榕的身上，“当然，这不是最重要的，重要的是，我不准他再跟华大小姐见面。虽然是你对不起他，做错事在先，但他毕竟跟你在一起有这么长时间，我实在很介意。”

“他也不想让你等得太久或者在订婚宴上丢脸，所以让我提前来跟你说一声。”

越到后面，她的声音越大，尤其是那句“虽然是你对不起他，做错事在先”开始，音调大得生怕别人听不到一般。

这话说完后，她又低头从手包里翻了翻，从里面拿出了一枚东西，伸手递了过去：“这次……华大小姐应该认识它了吧？”

隔得最近是夏泉。

那是一枚银色的戒指，看尺寸，一眼就能判断出它是男戒。

大概也不难猜出这是谁的戒指。

夏泉本是不太信的，无论是刚才她全程旁听到他们父女的对话，还是这个高若朦刚出现时说的那些话，她都是存疑心理，只能列为也许有可能。

可这枚戒指……

夏泉转头去看站在她后面的华榕，恰好看到她脸色突变，上前一步，劈手将高若朦手里的戒指抢了回来。

她精致得华美的脸上让人陡然生出一股错觉，仿佛此刻如果伸手摸上她的脸，只能触到没有温度的冰冷。

跟上次比，她再拿到这枚戒指时已经熟悉多了。

简单的银色男戒只镶了碎钻，内环刻着 HR 两个大写的字母。

高若朦见她脸色煞白，忍不住就咯咯笑了出来："上次说不认识，看来这次是认识喽，既然如此……"她刻意用了一种懒洋洋的语调，"你送的戒指他物归原主了，至于他送你的东西嘛，就不用还了，华大小姐自己处置吧。只要不拿着你戴的那枚戒指上门去纠缠我男朋友就好了。"

"我男朋友"四个字，被她刻意加重又放慢了语速。

嘴巴贱的不是没见过，而且还见得不少。

但人这么贱的，实属罕见。

这是夏泉看她这副嘴脸时唯一的想法，下一秒——

"啪"的一声，响亮的一记巴掌极重地扇到了她的脸上。

高若朦的脸直接被扇得偏到了一边，红了大片。

她先是蒙了，随即气得发抖。说起来她除了上回被华榕泼过咖啡，其他时候不管男人、女人，谁不是供着她捧着她。原本看华榕一副受了打击的样子正消了胸中的恶气，万万没想到，众目睽睽下她竟然又挨了个巴掌。

华榕已经没兴趣骂她或者打她了，抽她这个巴掌的是夏泉。

高若朦并不认识夏泉。

她捂着自己的脸，不可置信了三秒后："你到底算哪根葱，竟然敢打我？！"

说着，她扬手就要抽回去，手在半空中就被截住了。

韩竺眉眼冷清逼人，嗓音更是冰冰凉凉的："你这只手要是落在她的脸上，少说得拧断了才能算了，我们家未来的嫂子，可不是什么阿猫阿狗都能碰的。"

徐觐欢单手插在裤兜里，慢悠悠地晃了过来，笑眯眯地道："夏夏，韩大不在韩二给你撑腰，这张脸你想抽，还能再扇几个巴掌。"

高若朦气得牙齿都要打战了，正准备说话，又是一记更重的巴掌抽了过来。

她脸上火辣辣的，烧着疼。

"觉得委屈吗？"夏泉收回手，淡淡地笑道，"我倒是开始有点怀疑，江云深叫你过来是不是就是为了让人抽你的，啧，也算得上是真爱了。”

徐觌欢低眸瞥着貌似温柔下手却利落得狠辣的夏泉，心里又“啧啧”了两声，她就说这位是面柔心硬的狠角色。

“榕榕、夏夏……”墨念收到风声才过来，见状皱起了眉，“发生什么事了。”

华榕这才终于开了口：“念念，”她说，“叫两个保安过来，把这个女人给我扔出去。”

说完这句话，她拿起手机看了一眼时间：“不要记错了，是扔。”

高若朦几乎是一口血哽在喉间。

她原本是来一雪上次的耻辱，怎么都没想到会遭到更大的耻辱。

当然也就只有她“想不到”，在场的其他人并没有任何意外。何况，就她这副德行，不管是跟华榕熟的还是不熟的，喜欢她的或是暗暗讨厌她的，都由衷地觉得这女人真的欠抽。

小三就是大多数女人的公敌。

眼见墨念真的去叫保安，她真是又气又急，一怒之下就想干脆地离开，奈何手腕被韩竺攥住，怎么都抽不出来。

韩竺长了一张秀气、没有攻击力的脸跟纤瘦的骨架，但家庭氛围就注定了她不是柔弱那挂的。

“华榕！”

然而华榕并不搭理她，视线都懒得从她身上掠过，只在墨念领回来两个保镖时又淡漠说了一句：“帮我取消订婚宴。”

十一点已经到了。

话说完，她就毫不犹豫地转了身。

高若朦被两个保安一左一右地架住，看架势是真的准备把她“扔出去”。挣扎无果后，她又气急败坏地冲华榕喊道：“华榕！”

本来只是一种情绪发泄，不想已经走远了两米的华榕还真的顿住了脚步，并且转身往回走，折回到了她的面前。

“有件事我忘记问了……”华榕看着她，问道，“上次江云深发烧住院，你跟我说的那些话。”

高若朦想也不想，还颇为骄傲得意地道：“还不是云深让我那么跟你说的。”

“啪！”

华榕终于亲手扇了个巴掌过去，力度丝毫不亚于夏泉动手的那个。

高若朦的脸已经肉眼可见地肿了起来："你……"

"扔出去吧。"轻描淡写地扔下这四个字，她就真的头也不回地走了。

高若朦看着她高挑、挺直的背影，差点咬碎了银牙。

她本来也是带了保镖过来的，只是因为蹭了别人的请柬装作是亲属才进来，所以没能把他们带进来。

华榕直接从酒店回了枫桥别墅，墨念要处理订婚宴以及取消的后续工作，只有夏泉陪着华榕。当然，其他人即便想，也被她打发走了。

这种时候，没谁想热热闹闹的。

下车时，夏泉看着她缄默又没什么表情的脸，问道："榕榕，你准备继续待在这里吗？"

枫桥别墅是江云深为她准备的家的"栖息地"，虽然时间不算长，但估摸着还是有不少的回忆，不知道会不会更容易触景伤情郁结难消。

"对啊。"华榕不知想起了什么，竟笑了下，然后才道，"当然住这里，这别墅我挺喜欢的。之前我就跟他开玩笑，如果哪天我们分手了，让他把别墅卖给我。"

她想起那时他的反应，不由得又笑了一下。

就是那种没什么笑意的笑，连自己都不知道为了什么。

华榕回卧室把礼裙换了下来，又仔细地将脸上的妆卸干净，再把发型师精心设计的发型拆了下来。

那枚戒指自她从高若朦手里夺过来之后就一直攥在掌心，这一路上她甚至都忘记了，刚才要脱衣服时才想起自己手上有个东西。

她把手摊开，随意地将它扔在了盥洗盆的角落。

华榕穿着件居家袍，披散着长发回到了卧室。

夏泉听到动静转过身，就见她手里的遥控正对着窗帘。屋子里渐渐昏暗，她打开了床头的灯，没一会儿，两侧的窗帘彻底合上了。

"夏夏，你待会儿下去的时候替我跟张嫂说一声，我要休息，谁来了都打发走。公事转给念念，私事一概没空。"

华榕本是随手拨弄着自己浓密卷曲的长发，突然头皮被发丝扯得一痛。她低头看了一眼，才发现是头发缠上了钻戒。她遂拧了眉，细细把发丝绕着圈解救出来，然后顺手般把戒指取了下来，又随手搁在了床头。

那动作，不知情的人可能会以为她只是睡前摘下了不习惯戴着过夜的首饰，而不是订婚宴前消失的未婚夫送的戒指。

“你也回去吧。”她笑了一下，“不用陪着我了。”

夏泉望着她，没多说什么，只点了点头，软静地道：“有事你就给我打电话吧。”

华榕掀开被子上了床，话里有些微笑意：“你放心，没事我也会给你打电话的。”

门被温柔地带上，华榕伸长手臂关了灯。

世界顷刻间陷入了安静的黑暗。

她仰面躺在柔软的被褥里，闭上了眼睛，仿佛能听到自己的呼吸，更能听到自己的心跳。

夏泉从枫桥别墅回到了夏家。

用人看到她微愕问道：“二小姐，您不是去参加订婚宴了吗？怎么这个时间就回来了？”

“出了点意外，订婚宴取消了。”夏泉不欲多说，只道，“让厨房随便给我弄点吃的吧。我去换衣服，好了叫我。”

“哎，厨房正在给少爷备吃的，我去说一声让他们多准备点。”

“我哥还没吃午饭吗？”

“没呢，一到家就回屋睡觉了。”

夏淮半个月前就去了西班牙，好像是今天上午的飞机回国，估摸着是有了时差。

夏泉点点头，回卧室换好衣服，又待了十多分钟才回到了餐厅。

长方形的餐桌尽头，清贵俊美的男人姿势放松地坐在餐椅上，微乱的短发，一看就是从床上起来随手扒拉了两下，没怎么整理过的样子。

桌面已经摆好了饭菜，冒着热气，散着香气。

夏泉走过去坐下：“哥。”

夏淮抬头看她一眼，语气稀疏地问了一句：“我听说华榕的订婚宴取消了？”

“是。”这件事，现在怕是没人不知道了。

夏泉本以为他就是顺便一问，没想到他跟着又问了一句：“为什么临时取消了？”

“嗯，江云深没有来。”

“没来？”

但夏淮主动问起，夏泉既不敢拒答，也不能敷衍，思索片刻便给了个简单的说法：“他为了更重要的事情去了海城，缺席了订婚宴。”

“海城？”正盛着汤的夏淮挑了下眉，“他今早不是还在帝都吗？我没看他有准备离开的意思。”

夏泉愕然：“今早？”

“嗯，我在机场的停车场遇到他了，他好像也是刚飞回来。”

“你确定吗？”

夏淮手里盛着汤，淡淡道：“这有什么不确定的，我还跟他说了声恭喜。”

夏泉紧握着勺子：“今天早上什么时候？”

“不到七点吧。”夏淮耷拉着眼皮，像是没睡醒还带了几分困倦，嗓音淡漠懒散，“飞机六点半降落，在停车场遇到的。”

“那……你们聊了什么吗？”

“我跟他不熟，能聊什么？”夏淮跟江云深自然是认识的，但纯属商场上的来往，同一辈的合作伙伴，“我说了声恭喜，他问我去不去订婚宴。”

他刚从国外回来，又有时差，困得很。何况夏泉跟华榕是闺密，夏家去了夏泉一个人，就没必要再去一个了。

夏泉大约也能想象他们在机场停车坪遇到，客套随意地聊了几句。

早上七点不到。

那就说明他昨晚确实去了海城，但是也在今天清晨赶了回来。既然回来了，就代表他并没有打算参加华叔叔所说的董事会，可他又没有出席订婚宴。

还是说他回了帝都，又临时改变了主意，再次飞了回去？

夏淮无声无息地掀起了眼皮。

夏泉拿着筷子低头扒饭，显然是在走神，没心思吃饭。

他收回视线，继续吃自己的饭。

男人吃饭基本比女人要快，夏泉心不在焉，才吃到一半，他就起身离开了。

夏泉也没在意。

只有用人见他们一起吃饭，在心里嘀咕了一句：这对兄妹的关系素来冷淡，虽然不曾吵架或者争执，但一直就是一个冷漠、一个安静。

早上少爷回来的时候竟然说了句：二小姐回来后通知他一声。

夏泉思来想去也拿不定主意，是否把这件事告诉华榕，如果江云深真的是在回帝都后又飞回去了，那无疑是个二次伤害。

可是不说的话……

最后她打了个电话给墨念，把事情大概说了一下，包括她没听到的华榕跟华东森说的以及高若朦说的那些话。

墨念静默片刻，道："榕榕今天很累，我下午跟晚上打听下高若朦跟海城那边的情况，明天早上再去找她吧。"

"好。"

墨念跟夏泉第二天早上去找华榕的时候，枫桥别墅的用人说她从昨天上午回来一直睡到第二天早晨，昨天的午餐跟晚饭也没吃，他们正犹豫着要不要去叫醒她。

墨念道："我去吧。"

正说着，披着流苏薄披肩的华榕已经走了过来："念念、夏夏。"

夏泉朝用人道："把早餐端上来吧。"

三人在餐厅里坐下，挥退了用人。

华榕笑看她们："你们怎么一大早就来了？"

"有事跟你说。"

她慢条斯理地开始吃早餐："什么事？"

墨念大概把夏泉告诉她的事情跟她昨天粗略调查的结果一并告诉了她："挺奇怪的，高若朦没有立刻回海城，今天都还在帝都。"

华榕很慢很慢地咀嚼着口里的荷包蛋。

待口中食物咽下去，她才喝了口牛奶，淡淡地道："那我今天直接去找她吧，我本来打算去海城的。"

"你……打算去找江云深？"

"没什么，我向来有始有终，总要亲口听他一个交代才算是结束，如果都是真的。"

高若朦没回帝都，也容易查到她住哪里。

为了避免人太多，容易引人注目，华榕只带了墨念去酒店，直接驱车过去，定了跟她同层的房间，拿到了刷电梯的卡，然后在她的房间外摁响了门铃。

门一开，高若朦才看清楚站在她面前的人是华榕，她都没反应过来，就被靠墙站在一旁的墨念瞬间夺门而入，连着她人都被强制性带了进去。

华榕跟着不紧不慢地走了进去，顺手带上了门。

对华榕的操作，高若朦总是万万没想到。就像她怎么都没想到这女人竟然会嚣张到堂而皇之地到她酒店的房间来“欺辱”她。

“华榕，你是不是疯了？”

华榕没理她，而她又被墨念技巧性的动作钳制得死死的。

华榕进屋后就像是在找什么东西，墨念嫌她一直呜呜嚷嚷的，索性找了块东西堵住了她的嘴。

华榕从主卧的床头找到了高若朦的手机，折回客厅拿她的大拇指按上去解了锁。

高若朦抬脚就想踢她，被墨念更快一步，直接踹中了高若朦的膝盖，差点跪了下去。

华榕倒没过于窥探她的隐私，只翻查了她的通讯录：“高小姐，你跟你的新男朋友都不联系的吗？电话的记录没有，短信也没有发过。”

墨念终于把抹布拿了出来。

高若朦张嘴就想骂，华榕扬手就一个巴掌抽了过去：“你该知道我多厌恶你，最好少给我点动手的机会。”

“华榕，你竟然这么对我。”

“我都做了，有什么不敢的。我何止要这么对你，待会儿你不配合的话，我也不介意使用非常规手段了。”

她语调轻缓，却不像是开玩笑。高若朦气急怒急，却也煞白了脸。

华榕翻了一会儿，才从通讯录里翻到“云深”两个字，手指一点拨了出去。

她看高若朦。

对方的眼神飘忽，很紧张的样子。

“您好，您拨打的电话已关机，请您稍后再拨……”

华榕把玩着手机：“你男朋友不是很迁就你吗，为了你既不亲自来跟我说分手，连电话也不接我的，他怎么连你的也不接？”

“他只是在忙，没听到而已！”

华榕嗤嗤一笑，随手将手机扔在茶几上，摆着手道：“念念，你带她去卧室里弄吧，把嘴巴塞上，我不想听到她鬼哭狼嚎的。”

二十分钟后。

又惊又怒又恐惧的高若朦满脸眼泪地被带了出来：“我说……我没有见过云深，上次我从帝都离开后就再也没见过他了。我昨天说的话都是假的……你让你的人把照片删了！”

“你没见过他？”

高若朦满脸怨恨：“没有，你快点把照片删了！”

“你大闹我的订婚宴，害我丢了脸，我撒一把你的艳照又怎么样？”

“你……”

高若朦看着华榕，简直像是要背过气一样。

“你见都没见过他，来我的订婚宴干什么？”

她牙齿打战，道：“我爸让我去的，我不知道为什么。”

华榕又问：“戒指呢？”

高若朦的眼睛闪烁得很厉害：“是……是我爸给我的。”

“哦……”

华榕这才从沙发里起了身：“念念，我们走吧。”

“华榕，我的照片！”

“你的照片？”华榕朝她冷艳一笑，“你的照片当然要留着啊，万一你报警呢？毕竟我们私闯了你的房间，又对你动手了呢。”

高若朦简直想撕了她。

“你很想让我发出去吗？哪张？”

高若朦死死咬着唇，一动也不敢动。

华榕冷哼一声，跟墨念一起扬长而去。

华榕联系了徐觐欢。

徐三公子故作讶然：“堂堂公主殿下，怎么找到我身上来了？”

“你到底帮不帮？”

徐觐欢啧啧懒笑道：“行吧，美人总是有优待，让我查查……等我消息。”

华榕低声道：“谢了。”

徐觐欢又散漫地笑了两声，挂断了电话。

徐三公子出了名的吊儿郎当、不务正业，但真办起事来效率却快得惊人。华榕接近中午的时候找的他，不到傍晚，他就开着他一贯骚包至极的跑车来了枫桥别墅的外面。

他直接让用人把华榕叫了出来。

副驾驶上坐着韩竺。

华榕坐上了后座，简单地跟韩竺打了声招呼："韩二小姐。"

徐觐欢却是不知道想到了什么，又是摇头又是乐不可支地笑了起来，解释了一个华榕压根儿没问的问题："带上韩二，算是带了张护身符。"

韩竺冷冷地"哼"了一声，没说话。

跑车一个灵巧漂亮地倒车，然后驱出枫桥别墅。

华榕这才问："去哪里？"

徐觐欢边开车边笑："去见你男人啊。"

车开了很久很久，久到华榕怀疑他们的目的地："徐三，我们快出郊外了。"

"啊，在远郊呢。"

车已经开了近两个小时，韩竺都打瞌睡眯上好久了。

又过了差不多四十分钟，车开进了一个小城镇上。在帝都时，徐觐欢的车虽然很惹人注目，但还并不违和，但这一开到这种地儿，连他自己都说了句脏话："真该换一辆低调点的车。"

"你快点吧。"韩竺淡淡地道，"小心别人比你快。"

车于是徒然加快了速度。

一直到一栋一看就很有年代感的居民楼前，车才停下。

徐觐欢下了车，说了句："五楼。"

华榕从他们的表情和一路有些莫名的对话里已经预测到了什么，于是连落在车上的包都没拿，转身就往楼上去。

徐觐欢跟韩竺两人不紧不慢、一前一后地跟着她。

华榕一口气爬上五楼，直接"咚咚咚"用力敲门。

也没敲多少时间，但纹丝不动的门让她忍不住冲下面喊道："徐三，你帮我把门踹开。"

话音一落，门就被打开了。

"公主！"

林临顶着一头乱糟糟的头发，衣服褶皱得厉害，满脸悲愤，又惊喜交加地看着她，简直像是看到了救命的稻草。他激动得热泪盈眶，抹了抹眼睛，就差没哭出来了。

华榕盯着他："他人呢？"

"呜呜呜……"

华榕慌了一瞬，心一沉，直接推开林临夺门而入。

这是套很旧的房子，也很小，两室一厅，一眼就能望到尽头。她只扫了一眼，便直接推开了紧闭的那扇门。

虽然越靠近预感越强烈，可此时真的看到这一幕，她整个人还是呆滞到恍惚，有好几秒的时间，她的手扶在门框上一动不动。

直到身后有脚步声响起，她才走了进去。

这房子像是已经空置了许久，只有最简单的家具，而类似于床褥或者其他的东西，看起来则很新，一看就是新买的。

俊美的男人躺在床上，脸上血色尽失，头发比林临的还杂乱，他人安安静静的，像是没有生息，连唇色都是惨白。

可仔细看，他黑色短发下的额头上却是布满了密密麻麻的冷汗。

她伸手摸了他的额头，滚烫。

"他怎么了？"华榕转头问林临，声音都是战栗的。

韩竺歪了下头，走上前。

她是军医，俯身简单地查看了一番后，伸手扯开了盖在男人身上的被子。

淡淡的血腥味在空气中散开。

华榕蓦然间屏住了呼吸，更准确地说，她在刹那间忘记了该怎么呼吸，心跳骤然剧烈起来，可很快又好似压根儿不跳了。

原本名贵、一丝不苟的衬衫，扣子散乱不已，胸口缠上厚厚的白色绷带，却仍可以隐隐见到血色。

韩竺很快站直了身体，偏头朝华榕道："送医院吧，子弹虽然避开了心脏，但治疗粗糙到几乎等于没有，再晚个三两天，可以收尸了。"

帝都最好的医院，手术室外。

林临窝在长椅里，边抹着眼泪边瑟瑟发抖。

华榕靠墙而站，背是弯着的，浓密如海藻的长发垂了下来，遮掩住了半边的脸，从远处看，压根儿看不到她脸上的神色。

她维持这样的姿势足有十分钟。

手脚冰凉，眼睛也是冷的，好似温度已经在她身上消失了个彻底。

不知过了多久，她才僵硬地转过脖子，声音沙哑，开口：“为什么不送医院？”

“不敢。”林临一脸的可怜样儿，满是受惊崩溃后的恍惚，“江总醒的时候也不让我送医院。”

“为什么不联系我？”

“不敢。”

华榕用力地闭眼再睁开，然后才缓缓地再开了口：“发生什么事了？”

医院里不准抽烟，徐觐欢便百无聊赖地把玩着打火机，懒洋洋地笑道：“这还不简单吗，韩家的势力帝都基本没人赶得上，什么医院、警局，什么监控他们家的人想操控，就没谁躲得过呀。”

华榕看着安静地待着，满脸写着无聊的韩竺：“韩……家？”

韩竺这才看了过来。

她先看了眼徐觐欢，跟着视线才落在华榕的脸上：“没弄错的话，伤了江云深的人是我爸部下的一个退伍军人，刚退伍，还在办手续，你不用这么看着我。”

她波澜不惊的语调跟着道：“我们家跟江云深非亲非故、无仇无怨，我爸不可能专门找人对付他，你爸还差不多。”

华榕好一会儿都没说话。

良久之后，她才问一旁的林临：“他也是这么说的吗？所以你才不敢送医院？”

林临抚了抚皱巴巴的衬衫，小声地道：“江总没有明确说过。”

没说，但心里清楚嘛，所以连她都不联系了。

她说不出这一刻是什么样的感觉，好像脑子里有无数的念头堆积，可更多的似乎又是一片空白，什么都抓不住，什么都厘不清，空荡荡的。

静立了五分钟左右，她才从包里把手机拿了出来，走远几步，背过身给墨念打了个电话：“念念，帮我找四个保镖，找到以后，你跟他们一起过来吧。”

她的声音没什么很大起伏，但气压很低。

墨念静默片刻：“好。”

简单的对话后她便挂断了电话。

她转身走了回来，扯着嘴角露出几分类似笑了的弧度：“今天的事情谢谢你们了，奔波了大半天，你们也回去休息吧。”

徐覲欢眯眼一笑：“成。”

他后退了一步，然后两人并肩离开了。

华榕在林临身旁坐了下来，偏头看着“手术中”三个字，剧烈而杂乱的心跳似乎平静了下来，只是手也像是缺少了血液循环般，冰凉彻底。

直到天色逼近夜幕，手术室的门才被打开。

华榕起身几步迎了上去，一句“他怎么样了”分明要脱口而出，却不知道为什么生生卡在了喉咙里，像是短暂失语了。

好在她没问出口医生也照样说明了：“病人的手术很成功，不过受伤的地方靠近心脏，又耽误了治疗，要先转入加护病房继续观察。”

“手术成功的意思是……他能活下来是吧？”

“应该没什么大问题，但会不会留下什么后遗症之类的……就要看后续的恢复情况了。”

“好，好……”她喃喃地说了几个“好”字，然后才动作跟不上话地点了点头，直到心里紧绷的那根弦终于松缓下来才发现，原来她的神经几欲断裂。

墨念早已带着保镖到了，也办好了一系列的手续。

加护病房外，华榕整个人都靠在了墙壁上，手扶住额头，垂下了头，像是一根拉到极致后徒然松下来的弓弦。

墨念眼神复杂，轻叹一声，手抚上她的头。

三分钟后，她轻声道：“念念，我回家一趟，你帮我守着。”

“好，我会亲自守着。”

华榕直起身体后抱了墨念一分钟，然后捏着包，转了方向离开。

因为江云深不在，所以华东森这两天都亲自在华时坐镇。华榕嘴上说的是回家一趟，但实际上她直接去了集团总部的写字楼。

“哎哎哎，大小姐……”金秘书在秘书室，一见华榕就赶忙上前阻拦，“华董正在跟客户谈合作，您等会儿再进去吧。”

华榕别说正眼，连眼角的余光都没有从他身上瞥过，直接推门就闯了进去。

华东森的办公室里的确有一个四五十岁、穿着深蓝色正装的中年男人，两人正聊着什么，气氛还颇为愉快。

有人门都没敲就直接进来了，谈话的两人都吃了一惊。华东森看过来，见是华榕，当即皱眉训斥道："门都不敲，就这么进来，也不管是不是有客人！华榕，你还有没有规矩，有没有教养了？！"

金秘书跟在华榕的旁边，满脸为难："抱歉华董，我拦不住大小姐。"

也不是拦不住，上司的闺女啊，真不好拦。

而且，以往华榕也有过大发脾气、不管不顾的时候，但那种发火通常都不是最难应付的，一般发泄完她就会像扎了针的气球，迅速瘪下去。

但他从来没见过大小姐这么满身煞气、冷艳如冰刃的模样。

华榕手里拿着个黑色的手提包，她看也不看华东森，径直走到那张偌大的办公桌前，将包不轻不重地搁下，淡淡地道："爸，我估计你也不想让外人看到我们吵架，所以你还是跟这位先生另约时间吧。"

华东森一张脸登时难看得不行，怒道："你给我滚出去！"

她转过身，望着坐在沙发里的两人，挑着眉头冷道："你想就这么吵，我也没意见。"

"你……"华东森给她这副态度气得差点没提上气。

还是那个尴尬的中年男人先站了起来："华董，令爱找您想必是有要紧的事情。这样，您有时间再通知我，今天我就先告辞了。"

华东森也从沙发里起了身，强行缓和了自己的脸色："有个这么不懂事的女儿，实在是太抱歉了。"

他给了金秘书一个眼神："安排人送送孙董。"

"好的，华董。"

待门一关上，华东森就再忍不住怒意："华榕，你哪根筋不对，又跑来胡闹？！"

他的话音还没落，更高的声调就近乎尖锐地响起了："我还想问你到底哪根筋不对？！"

华东森没料到她突然间会有这么过激的反应，愣了一会儿，才气急败坏地道："你是不是疯了？！"

华榕的声音没再更尖，反而低了下去，却是更冷了："我疯了？我有你丧心病狂吗？连杀人的事情都干得出来，要杀的还是你女儿喜欢的男人。”

“你说什么？！”

“我说什么，你不知道吗？”

“你说的是江云深？”

她冷冷道：“你还背着我下过别的杀手？”

华东森看了好一会儿她的脸色，才皱着眉头问道：“江云深怎么了？他不是在海城吗？”

“你真的觉得他在海城？”

办公室里的空气突然沉寂了下去。

华东森眯起眼：“他出事了？”

“从一开始我就不怎么相信你让我们订婚是真心的，哦不，应该是从你当初从强烈反对我跟他在一起，到突然提出来让我们结婚，我就怀疑你的居心。”

“这次订婚宴，我也猜到有什么在等着我。我早说过我不想这么早考虑结婚的事情，订婚也从来不是我要的。是你，或者是他，反正你们心照不宣或者各有所谋。行，我成全你们。”

“你破坏订婚宴的计划是不是失败了，怕我真的跟他订成婚，又没法再反悔，干脆想杀了他，一了百了？”

华东森：“你到底在胡说八道什么？谁想杀他，我杀他做什么？”

“要不是你，谁使得动韩家的人？”

“跟韩家又有什么关系？”

华榕冷冷地哼笑了一声，只剩下心累，就连在剧组拍戏时面对高强度的拍摄，或是压力大到情绪崩溃时，她都没觉得自己这么累过，或者说，她很少会有自内向外觉得心累的时候。

“上次你差点废了陆林的手，江云深说得对，那一刀刺下去会有什么后果，我根本不知道，就是做好了手残的准备，其他多余的，我也不想再说了。”

说完，她最后看了一眼华东森，跟着就转身，头也不回地离开了办公室。

连他在后面叫了两声她的名字，她都当作没有听到。

华东森沉着脸，把金秘书叫了进来，他冷声道：“去查清楚江云深发生什么事了。”

金秘书也有丝诧异："那边不是说江总被控制了，暂时都不会回帝都吗？"

华东森眼神极冷地嗤了一声："显然他早就回帝都了。"

金秘书也是一愣，随即意会："我现在就去查。"

四十分钟。

大约是江云深已经在医院了，再加上有林临这么个全程的参与者，金秘书只花了一个小时不到，把徐觐欢通了不少关系，甚至拉上了韩竺的消息都了解了个透彻。

他赶忙回了办公室低声汇报："华董，江总昨晚一大早买了最早的机票回到了帝都。"

华东森："一大早？他没有等星澜的董事会？"

"没有，江总在那边过了一夜，头天晚上跟高董见了一面，第二天一早就飞走了。"

华东森眯眸，不语。

"据林临所说，江总本来准备回枫桥别墅，换好衣服就直接去订婚宴的酒店，但在机场回家的路上接到了余秘书的电话。"

华东森冷道："哪个余秘书？"

"就是……您的秘书之一。"

华东森的脸色更冷了。

金秘书继续道："不知道那姓余的跟江总说了什么，江总就先拐道去了江边，刚下车就被早就在那儿等着的人放了暗枪。"

"韩家的人？"

金秘书点头："对的。"

"啪"的一声，华东森铁青着脸从书桌后的椅子里站了起来，勃然咬牙怒道："江跃那小子，竟然阴到我身上来了。"

金秘书跟了华东森十年不止，自然很快也领略到了他的意思，试探性地问道："是因为江董的计划失败，他们没想到江总还是选择回来订婚，所以索性买凶杀人。而且特意用了跟韩家有关的人，就是为了把这桶脏水泼到您的身上吗？"

任谁都知道华时集团跟韩家是财阀跟权势的紧密结合，唇亡齿寒的关系。

如果江总真的出事了……

轻则能让华董父女决裂，重则会把韩家拖下水。想想后果，简直让人后怕。

金秘书摇头道："江跃这个人，真是心狠又险恶。"

杀人栽赃。

华东森冷笑："我看他也不是头回了，敢在我背后捅刀子，他以为我是他那个任人宰割的弱智弟弟吗？"

华榕离开华时后直接回了枫桥别墅，先吩咐厨房特意熬了粥，再让张嫂把住院需要用的生活用品收拾好。

一切都准备妥当后，她让司机送她去了医院。

江云深在加护病房待了三天后转入普通病房。

第四天傍晚时，江云深醒了过来。

彼时光线还好，橘红色的夕阳透过玻璃窗户投射了进来。

窗前摆着一张躺椅，铺着柔软讲究的毯子，女人正躺在上面，穿了件很薄的姜黄色毛衣，长发只在发尾扎了下，闭着眼睛像是睡着了。

夕阳的光线落在她的身上，静谧又慵懒，甚至是有几分岁月静好的味道了，如果这不是医院的话。

不知道真的是心灵感应还是视线的存在感足以叫醒一个人，华榕浅眠中，恍然间猛地失重，一下就把她惊醒了。

视线迷糊间，她下意识看一眼床上的男人，猝不及防地对着男人漆黑深邃的眸。

有那么一瞬间，因为初醒的朦胧跟这梦幻般的光线，她甚至以为自己进入了另一个梦。

"榕榕……"他声音很低地叫了声，声音粗哑，简直难听。

华榕却因为这一声，如梦初醒般从躺椅里跳了起来，几步冲到了病床边，本应该脱口而出的一句话变得很轻："你醒来了？"

男人的手艰难地从被子下伸了出来，轻轻地又好似用尽了力气般握住了她落在床沿上的手，他哑声道："嗯。"

"哪里疼或者不舒服吗？我叫医生过来。"

话说出口，她才发现自己的声音是哽咽的。

很奇怪，这几天她受了不少的打击甚至是冲击，但从来没有哭或者想要掉眼泪的欲望，像是忘记了。

可此刻突然想了起来。

但水意弥漫过眼睛，眼泪又始终没有掉下来。

受了这样重的伤，又耽搁了治疗，刚做完手术的身体自然是极端虚弱的，说话甚至是睁眼都会消耗他为数不多的体力。

他没回答，只是握着她的手，又闭上了眼睛。

华榕忙按铃叫来了医生。

医生检查的时候他似乎也是醒着的，可是太虚弱，连睁开眼睛的力气都没有。

做完检查后，医生叮嘱了一些照顾病人需要注意的事项，然后就带上门离开了。

华榕低头看他，轻吁了一口气，反手握住男人的手，弯下腰凑到他的耳边，低声道："你先松手，我去打个电话，让张嫂今晚送粥过来。"

江云深缓缓睁开了眼睛，他俊美的脸有种苍白而少见的孱弱，唯他漆黑的眼珠在衬托下更显得深黑了。

而眉眼又是平静的，甚至整个人都是平静的。

她慢慢地把手抽了出去。

男人这次没再握紧了。

华榕转身去打电话，张嫂一听江云深醒来了，当即就高兴极了，连声说她有照顾伤患饮食的经验，知道熬什么粥，炖什么汤好。

华榕笑了笑，道了声谢，让她弄好送过来，然后就挂了电话。

一回头，就看见男人微偏了头，半睁的眼正静静地望着她，眼形弯了一两分，像是极浅的笑容。

华榕握着手机的手指紧了一瞬，很快又松开了，她将手机随手搁在了置物的茶几上，走到病床前的椅子上坐下。

江云深眼皮动了动，声音沙哑地道："Sorry。"

她垂目，将被子盖过他的手，柔柔淡淡地道："睡吧，你还很虚弱，医生说你最好是休息。"

"订婚宴我没到，你很失望吗？"

"有一点。"

"只有一点？"

"嗯，因为更多的是其他。"

江云深看着她的眼睛，黑泽透彻，像盛夏的夜幕，只是无星无月，也没有蝉鸣。

他实在太虚弱了，只稍微移动了手腕，再次拉住了她温软的手，骨节分明的手指又从白色的被褥下露了出来。

男人闭上了眼睛。

华榕的手肘抵在床沿上，撑着下巴看他，视线转了转，最后落在他无名指的戒指上。

江云深住院的第二天，华东森来看过他一次，但那时他还在加护病房且昏迷不醒，所以只了解了大概情况就离开了。

江云深醒后第三天，华东森又带着金秘书来了。

彼时江云深已经好了很多，虽下不了床，但基本能正常地说话了。

“华董。”江云深没下床，但还是坐直了身体，俊美的脸仍有几分苍白，但面带微微浅笑，不减平日的谦谦礼节。

“你醒了，伤口恢复得怎么样了？”

“还好，就是还不能下床。”

“嗯，养好身体要紧。不过你还年轻，好好养不会有什么问题的。”

江云深微笑回答：“谢华叔关心。”

华东森看着他，眼神复杂，转而朝一旁不理他的华榕，皱眉道：“我有事跟他说，你先出去。”

华榕瞟了她爹一眼，淡淡道：“你说就是了，我又没碍着你们对话。”

华东森又要怒，江云深低咳一声：“榕榕，我想喝芒果汁，你帮我去附近买吧。”

华榕还是淡淡的：“什么时候喝个果汁还要我亲自去买，让门外的保镖去一趟就行了。”

“榕榕。”

华榕拧起眉头，看着华东森。

华东森：“你是觉得我会在这儿掐死他？”

“谁知道呢。”

“你……”

“大小姐，我陪您去买果汁吧。”金秘书忙适时上前，笑道，“江总的事情您对华董有误会，我们边走我边向您解释。”

华榕皱眉看了一眼金秘书，又冷冷地看了一眼华东森，最终还是起身了。

病房里只剩下了江云深跟华东森。

江云深垂了眼，低咳了两声："华叔有事问我？"

华东森走到病床前的椅子里坐了下来："我是想问问你，你这次差点被人杀了的事情。"

"华叔您不是应该已经查清楚了吗？"江云深略略挑眉，跟着道，"我没想到榕榕误会了您，所以事先也没有向她解释。"

话说到这里，他突然顿了一瞬。

他突然想起，华榕并没有跟他说起过这件事。他猜想过，她可能会对她爹有暂时的误会，但他以为她爹跟她解释清楚了。

但听刚才的对话，似乎并没有。

可她也并没有问过他。

她应该不清楚，不是应该，她是不清楚了。

她从来是有话就说、有不满就闹脾气、有疑问就问的性子。

江云深的手指无意识摩擦着戒指，眼神一下就幽深了，甚至短暂地走了神。直到华东森冷冷沉沉的声音再度响起："这件事，跟你有多少关系？"

"我？"他先是微讶，随即失笑般道，"华叔，您不是已经查清楚了，也应该跟江跃求证过了，怎么突然来问跟我有什么关系？"

委婉点叫求证，直白点，就是闹翻了。

华东森："哦，你知道是江跃。"

江云深淡笑："我差点给人干掉了，如果连放暗枪的人是谁都不知道，岂不是连死都不能瞑目？"

"高昌国没有打动你吗？还是说，他没能骗过你？"

"也许……都有？"

华东森静默片刻："你什么时候知道的？"

男人嘴角仍旧噙着浅笑："这个重要吗，是最后一刻才顿悟，还是从一开始就洞悉，结果都没有区别。"

"是最后一刻，只能说你险胜，如果是从一开始……"华东森看着他波澜不惊得像是深不可测的脸，淡淡地道，"那我只能说，你的确是后生可畏。"

江云深微哂："我也不是神……也许，是运气好。"

华榕拎着果汁回病房的时候，华东森已经离开了，金秘书见状便也没多留，也跟着离开了医院。

她也没问他们聊了什么，只低头插上吸管，把果汁递到他的面前：“芒果汁，喝吗？”

问他喝不喝，只是因为刚才他显然只是为了支开她，才随口说了一句想喝果汁。

江云深抬头，目光极深，注视着她。

她见他半晌不答，便将手收了回去：“你不喝吗？那我喝掉了。”

“我喝。”

“嗯。”她于是又递了过来。

他仍旧紧盯着她，低哑着道：“你喂我吧。”

华榕歪头，不解地道：“你不是能自己吃饭了吗？”

他说：“现在伤口疼。”

她看了他一会儿，没多问，就在床边坐了下来。她将杯子端在手上，习惯递到他的唇边，算是很耐心，甚至有些温柔。

江云深慢慢地喝了两三口的样子。

果汁很甜，他速来不爱甜的东西。

“还喝吗？”

她也清楚他不太爱这些，问的同时就已经收了回来，并且起身，应该是打算放到茶几上去。

可一起身还没转过去，手腕就被人从后面拽住了。

“榕榕。”

华榕回过头：“怎么了？”

他拉着她坐了下来，但手指仍旧攥着她的手腕，没松开半分：“你是不是在生我的气？”

“我生你的什么气？”

江云深的手往下，握住了她的手，五指跟她相扣，低低地、平缓地道：“订婚宴，我原本是可以去的。”

他掌心的手当即就有要抽出去的趋势。

他在同一瞬间更用力地握住了。

男人的声音还在继续：“接到你父亲另一个秘书的电话时，我就猜到有诈。”

华榕看着他，咬住了红唇。

“从我去东京前，你父亲突然让我们订婚开始，我就怀疑他们在准备什么，但当时我确实没看出什么来。对我来说，一无所知是最危险的。这个，我之前就跟你说过了。”

江云深的手指慢慢摩擦她的手指：“我去东京的当天，高若朦的父亲就联系上了我，他跟我提了个交易。”

“他愿意暗地里联合星澜的其他股东，或者花钱收购零散的股份，把江跃从董事长的位置上拉下来，再找机会撤掉欧瑜的位置，逐步稀释他们的权力，条件是我要娶他的女儿。”

华榕没再试图抽回自己的手，只问了一句：“所以，你发烧时高若朦跟我说的那些话，是你教她的？”

男人没说话，似乎是默认。

她闭了闭眼。

“这是一个局，是你父亲和江跃联手布的，他们用高昌国给我下套，目的就是借此让你对我死心。所以，所谓的星澜董事会才会跟我们的订婚宴是同一天，他们笃定我会因此而去不了订婚宴，那你就再也不会原谅我了。”

“他们为了自己的理由都不希望我跟你在一起。”

华榕看着他：“你从什么时候知道的？”

“很早。”

“既然如此，你为什么要留着高若朦？”

“我不留着她，高昌国跟他背后的江跃怎么会看到我合作的诚意，又怎么会有这场订婚宴，又怎么会有江跃狗急跳墙要谋杀跟栽赃，你父亲跟他的盟线又怎么会崩塌？你父亲选择了江跃，就算在东京我撵走了高若朦，不配合他们的计划，他们同样还有后招。”

“现在，你父亲即便不同意，也不会再强烈反对了。他不会容忍跟一个在背后阴他捅他刀子的人合作的，以后他们都只会是敌人。”

华榕张了张口：“你怎么知道江跃一定会狗急跳墙，不惜杀了你？”

“他的计划已经失败了。如果我跟你订婚成功，即便是你父亲想再反对，难度系数也会增大很多，他不会想看到这个。”

江云深顿了片刻，看着她的眼睛，轻笑道：“好吧，我承认，他身边有人委婉地向他提了这个建议。在他这几十年的商场争斗生涯中，我不是头例，对他来说并不是多难下的决定。”

华榕简直匪夷所思："你让人建议他，你不怕自己真的死在他的手里吗？韩竺说我再晚点去，你就死了！"

他淡笑："我有分寸，如果因为这个我就死了，那我早死了。"

华榕说不出话来，她真的不知道该说什么。

"你爸不希望你跟我在一起，也许是因为他跟你说的那些理由，还有一半原因，是他觉得我跟江跃是对立的，而他选择了江跃。"

华榕另一只手还端着那杯果汁，杯子是纸质的，早已经被她捏得微微走了形。她望着他："你为什么什么都不跟我说呢？"

虽然她用了个问句，但疑问的程度并不大。

"再来一次，我也不会告诉你的。"他牵起嘴角淡笑了一下，"说不定我真的死了。何况，我也不认为要让你知道跟承受这些。"

华榕问他："你觉得我什么都没有承受吗？"

江云深看着她的眼睛，嘴角勾出无奈的弧度。

"抱歉。"他低哑地说，"我已经尽力了。"

是啊。

跟他以身犯险、连自己的命都拿出去搏相比，她承受的这些根本算不上什么。

"休息吧。"她最后说，"晚饭送来了我会叫你。"

"你生气吗？"江云深定定地看着她的眸，似乎要透过这双眼睛看进她的灵魂，"我算计了你的父亲。刚才他问我，我也没说实话。"

"没有。"

他眼底涌动着暗流，嗓音却更低了："真的吗？"

"我生你什么气呢？我自己就是有仇必报的人，难不成还能要求你坐以待毙吗？树欲静而风不止这个道理，我还是懂的。"

"可你看上去闷闷不乐的。"

她扯了扯红唇："你伤成这样，我难道要开开心心的吗？"

江云深看了她一会儿，道："那你陪我躺一会儿吧。"

"嗯？"

男人沉声道："这张病床勉强够我们两个躺了。"

华榕指了指病房里的躺椅："我有躺的地方啊，为什么非要跟你挤在一张床上？"

"我就想你躺我身边。"

“你刚才说，我伤成这样让你闷闷不乐，是哄我的吗？”

华榕：“你别耍种小孩子脾气。”

他不说话，一声不吭地望着她。

华榕被他看了半分钟，最后还是妥协了。她脱了鞋，小心翼翼地在他右边的身侧和衣躺了下来。

江云深把被子半盖过她，侧身在她眉心一吻，低声道：“午安。”

“嗯。”

她本来也就是顺势躺了下来，没想到过了十来分钟，困意真的阵阵袭来。兴许是这些日子她要照顾病人，过于心力交瘁了。

于是，在这懒洋洋的午后，她便忍不住睡过去了。

华榕睡着了，江云深却没了睡意。他整天躺在病床上，睡得够多了。

待到身畔人的呼吸平稳了下来，他才凑过去，在她的脸颊上留下一个吻。

——第二册完——